BIBLIOTHÈQUE DES LÉGENDES.

LÉGENDE

DU

JUIF-ERRANT

PAR

J. COLLIN DE PLANCY.

Ouvrage approuvé par Monseigneur l'Évêque de Châlons.

PARIS,

MELLIER FRÈRES, LIBRAIRES-ÉDITEURS,
11, PLACE SAINT-ANDRÉ-DES-ARTS;

LYON,

GUYOT PÈRE ET FILS, LIBRAIRES,
HÔTEL DE LA MANICANTERIE.

LÉGENDE

253

DU JUIF-ERRANT.

APPROBATION.

Nous Marie-Joseph–François–Victor Monyer de Prilly, par la miséricorde divine et la grâce du Saint-Siége Apostolique, Évêque de Châlons.

M. H. Plon ayant soumis à notre approbation un volume de M. Collin de Plancy intitulé *Légende du Juif-Errant,* faisant partie d'une collection qui a pour titre Bibliothèque des Légendes,

Nous l'avons fait examiner, et sur le compte favorable qui nous en a été rendu, nous avons cru qu'il pouvait offrir une lecture intéressante et sans danger.

Châlons; le 17 septembre 1847.

† M.-J., Év. de Châlons.

IMPRIMÉ PAR PLON FRÈRES 36, RUE DE VAUGIRARD, A PARIS.

Le Juif Errant.

LÉGENDE

DU

JUIF-ERRANT

PAR

COLLIN DE PLANCY.

OUVRAGE APPROUVÉ PAR MONSEIGNEUR L'ÉVÊQUE DE CHALONS,

PARIS,

MELLIER FRÈRES, LIBRAIRES.

11, PLACE SAINT-ANDRÉ-DES-ARTS;

LYON,

GUYOT PÈRE ET FILS, LIBRAIRES,

HÔTEL DE LA MANIGANTERIE.

1847

I.

LE TAILLEUR DE LEYDE.

Hélas ! qui sait encor
si la science à l'homme est un si grand trésor?
LA FONTAINE.

Il y avait quinze ans que Luther s'était levé contre l'Église romaine ; il y en avait douze qu'il était excommunié. Parmi les petits princes du Nord, gens alors habituellement grossiers et profondément charnels, la plupart avaient adopté les innovations de Luther, parce qu'elles favorisaient leurs passions et qu'elles les autorisaient à s'emparer des biens ecclésiastiques. Charles - Quint avait voulu s'opposer à ce qu'on appelait la Réforme ; mais on lui répondait brutalement qu'il lui convenait mal de défendre l'Église catholique, à lui qui avait sans pitié guerroyé le Pape et saccagé Rome. Comme si le triste souvenir de sa criminelle expédition l'eût rendu timide, en effet, tandis que le repentir eût dû le porter à réparer, il hésitait et n'opposait qu'une molle résistance au torrent qui allait engloutissant les vieilles constitutions de l'Europe, menaçant les arts, les lettres et la civilisation.

Il avait pourtant, dans les diètes de Spire et

1

d'Augsbourg, fait proclamer défenses formelles de s'attaquer aux croyances catholiques. Mais les réformateurs avaient protesté (1) contre ces décisions ; leurs princes s'étaient ligués à Smalkalde en Franconie ; ils avaient levé des armées, et Charles-Quint n'avait su faire autre chose que laisser la liberté de conscience — jusqu'à la convocation d'un concile général.

Ainsi, les portes étaient ouvertes à toutes les fantaisies, à tous les excès, à toutes les licences de l'esprit humain. Des peuples matériels, à qui on disait qu'ils pouvaient manger de la viande en tout temps, qu'on les délivrait de la confession, du jeûne et des bonnes œuvres, qu'on leur permettait le divorce et la violation des vœux, des peuples très-ignorants adoptèrent cette religion plus commode. Les moines et le clergé de ce temps-là étaient en général peu instruits, et moins encore qu'ailleurs dans les contrées germaniques. Ils cédèrent en trop grand nombre à la tentation ; la désertion des pasteurs entraîna les troupeaux.

Ceux qui voyaient de sang-froid les germes que semait la Réforme, n'en auguraient qu'une moisson de calamités. Mais les têtes sensées ne sont point ici-bas en majorité, et les gens de bien qui prévoient le mal ne savent pas, comme leurs ennemis, s'entendre et s'unir pour les luttes.

_____

(1) C'est de là que leur vint le nom de protestants.

C'était à l'automne de l'année 1533. La Hollande, soumise directement à Charles-Quint, n'avait pas encore déployé ouvertement l'étendard de l'indépendance. Mais ce pays, qui s'est toujours recruté d'Allemands, subissait, comme on le voit encore de nos jours, des invasions perpétuelles de Westphaliens, de Hessois, de Saxons et de Suédois qui, infectés des nouvelles doctrines, apportaient le trouble dans des populations jusque-là heureuses et fidèles, opulentes de leur marine, de leur pêche et de leur commerce. En vain les magistrats poursuivaient tout hérétique qu'ils pouvaient découvrir. Les indépendants, parmi les cités qui les repoussaient, marchaient à la manière des sociétés secrètes, avec leurs mots de passe, leurs signes de ralliement et leur mode de reconnaissance. Des ferments de révolte agitaient donc sourdement les esprits téméraires. Nous disons de révolte, et non pas de luthéranisme, car dès ses jeunes années la réforme de Luther s'était variée en mille modifications et se formulait en autant de professions de foi qu'elle avait de ministres.

Parmi les enfants de Leyde, ville qui n'avait attendu ni son fameux siége, ni sa pesante université pour être riche et prospère, on citait comme une tête audacieusement folle un jeune tailleur de vingt-cinq ans qui se nommait Jean. Il était adroit, beau parleur, buveur joyeux, un peu querelleur. Il enviait la fortune, critiquait les riches; et si ce n'eût été qu'il avait peur de la mer, il eût couru les aventures pour conquérir des trésors. Il avait des manies bizarres, comme on en attribue tant aux Anglais. De nos jours, on l'eût un peu caractérisé en l'appelant un homme excentrique. Il avait dépensé son petit patrimoine à des entreprises singulières, parmi lesquelles on peut citer le retournement de la pierre d'Amersfort.

De temps immémorial, on connaissait sur la place principale d'Amersfort (1) une vaste pierre plate enclavée dans le pavé. Tous les enfants y jouaient, et à la longue une couche de mortier hydraulique qui la couvrait s'étant usée peu à peu, on découvrit des lettres gravées sur cette pierre. Les savants n'ont jamais manqué d'être à l'affût de toute trouvaille de ce genre. Ceux de la ville, qui cherchaient des preuves pour établir que Leyde n'était pas le *Lugdunum Batavorum* des Romains, et que cette gloire pouvait bien appartenir à Amersfort, virent là un monument, une antiquité, et s'efforcèrent de gratter la pierre, pour lire l'inscription dans son entier. Mais leur désappointement fut cruel de ne mettre à nu qu'une phrase énigmatique de mauvais hollandais, dont voici la traduction:

— Celui qui me retournera sera plus surpris qu'il ne pense. —

Les savants ne sont pas tous déshérités de finesse;

---

(1) A cinq lieues d'Utrecht.

aucun d'eux ne voulut risquer les frais que sollicitait l'inscription. Il fallait des machines pour remuer cette masse. Ils pensèrent que quelque ancien plaisant, de ces plaisants qui rient en eux-mêmes, comme le Nord en possède encore, avait imaginé là quelque facétie qui pouvait être un piége. On laissait donc la pierre à sa place. Mais elle était le sujet de beaucoup de conversations; et dans un temps où les nouvelles n'avaient encore d'autre organe que les voyageurs et les marchands, la phrase énigmatique se répandit assez vite dans toute la contrée. Jean, plus ardent que ses compatriotes, arriva un jour de Leyde à Amersfort. Il fit marché avec des charpentiers pour déchausser la pierre et la retourner, après avoir reçu du bourgmestre de la cité la promesse formelle que le trésor serait pour lui, s'il y en avait un; et que si l'avertissement qui le tentait découvrait quelque antique objet, qu'il convînt à la ville de conserver, on le lui payerait à sa valeur. La pierre, avec de grands efforts, fut retournée. Hélas! elle ne cachait rien; seulement à son envers elle portait une autre inscription, qu'aucun enduit n'empêchait de lire facilement, et que voici :

— Ah! que je suis aise de revoir le soleil.

On se fût moqué de Jean si, avec son caractère insouciant, il n'eût ri lui-même le premier de l'aventure, comme si elle ne lui eût rien coûté. On admira son désintéressement.

Pour remonter ses affaires, il s'était marié depuis;

mais sa femme ne voulant pas qu'il exposât sa petite part de fortune, il devait travailler de son métier; et il faisait assez habilement des pourpoints et des hauts-de-chausses. Il excellait surtout dans les costumes de mascarades, qui déjà étaient usités aux kermesses (1).

Au physique, Jean avait la figure régulière, mais très-mobile, les cheveux noirs, le teint frais, les yeux faciles à s'animer. Il était de taille moyenne et peu chargé de corpulence; sa voix était forte, lorsqu'il ne parlait pas long-temps; les passions la rendaient stridente; mais elle lui manquait bientôt, n'ayant pas pour base une poitrine robuste. Cependant il jouait la comédie, et il aimait à pérorer.

Il s'enflammait pour toute nouveauté; il soupirait après le moment où les apôtres de la Réforme pourraient venir librement à Leyde.

Dans ces dispositions, un soir que, seul dans son atelier à demi souterrain, il taillait sans beaucoup d'ardeur un pourpoint de noces, il vit entrer subitement un homme dont l'aspect le frappa. C'était un voyageur. Mais de quel pays? Une calotte de cuir vert couvrait sa tête; il était chaussé de bottines jaunes à l'antique, peu propres en des villes où la boue ne manque jamais; il n'avait pour vêtement qu'une robe traînante de laine brune, pâlie et fanée,

---

(1) Fêtes paroissiales, qui, en Flandre et en Hollande, sont très-animées.

que contenait une ceinture de peau blanche; il tenait un bâton à la main.

Sa taille était ordinaire ; il marchait fort droit, quoiqu'il parût fatigué; son peu d'embonpoint laissait ressortir partout des muscles vigoureux. Tout dans ses traits semblait accuser un âge de soixante ans. Son teint bruni paraissait fort tanné. On pouvait compter à son front seize rides bien tracées. Sur la dernière, les plis de la peau figuraient une petite croix, si profondément marquée qu'on l'eût pu prendre pour une cicatrice. Il y avait dans ses yeux noirs quelque chose d'indéfinissable, un mélange de longue tristesse et de profonde colère, et à travers cette expression de fréquents éclairs comme des jets de flamme. Son nez d'aigle, ses dents solides, sa barbe grise, épaisse et longue, mais sans excès, lui donnaient un air imposant ; et néanmoins sa tenue et son geste révélaient quelque habitude invincible de la soumission et de l'abaissement. Était-ce un renégat? Était-ce l'esclave de quelque riche marchand d'Asie? Jean, en l'examinant, se faisait ces questions.

Lorsque l'étranger mit le pied sur la dernière des six marches qui descendaient à l'atelier, il salua le tailleur.

— Vous êtes celui qu'on appelle Bockelzoon (1), lui dit-il.

(1) Fils de Bockel.

— Et mon nom est Jean.

— Votre mère était Aléïde, la servante ?

— Elle ne l'est plus.

— Votre père était Bockel, bailli de La Haye?

— En son vivant.

— Vous ne faites plus de pièces de comédie?

— Je m'occupe de choses plus graves.

— Vous les jouez pourtant encore?

— Quelquefois.

— Vous avez vu Londres?

— Et Lubeck.

L'étranger s'arrêta pour laisser passer quelque rougeur, que son singulier interrogatoire avait amenée sur les joues du jeune homme. Il reprit :

— Vous ne tenez plus cabaret?

— Ma femme donne à boire les dimanches. Mais, qui êtes-vous, et que me voulez-vous pour me demander toutes ces choses?

— Vous le saurez; encore un mot. Vous n'avez pas voyagé dans la principauté de Munster?

— Non. Il s'y passe, dit-on, des merveilles.

— Qui ne sont qu'à leur début. Vous connaissez Knipperdoling.

— Assurément, il a été mon maître. C'est un tailleur de première force. Je commence à vous comprendre. Vous m'apportez de ses nouvelles. Où exerce-t-il?

— Il n'exerce plus son métier vulgaire. Comme vous, il s'occupe de choses plus graves; il pense qu'un homme qui sent sa force ne doit pas rester en des lieux où rien n'est à faire. En ce moment, les premières dignités viennent à sa rencontre.

— Depuis deux ans qu'il nous a quittés, nous ne savions plus rien de lui. Pourtant Mathys, le boulanger de Harlem, qui s'est enfui en Westphalie, nous en a fait passer quelques mots vagues. Mais si vous l'avez vu, soyez le bienvenu. Que fait-il?

En parlant ainsi, Jean présenta un siége à l'étranger, qui refusa de s'asseoir. Il accepta pourtant un verre de vin d'Espagne.

— Je vous l'ai dit, reprit-il, il est sur la route des hautes fortunes. Mathys et lui gouvernent à peu près Munster. Là va renaître, avec des formes républicaines, une monarchie-modèle, comme on en vit aux premiers temps du monde. Là n'est déjà plus votre vieux christianisme. Les croyants régénérés de cette ville, qui sera bientôt la nouvelle Sion, n'ont déjà plus d'autre symbole que le baptême de Jean. Knipperdoling vous aime et vous appelle. Mathys-le-Voyant et Rothmann-l'Orateur, de concert avec lui, vous attendent.

Un moment de silence succéda à ces paroles concises.

Mathys et Knipperdoling dans les grandeurs, tandis que lui taillait un pourpoint! Telle fut la première réflexion de Jean. Il sentit son cœur bondir de pensées ambitieuses; en un moment sa résolution fut prise de partir pour Munster. Mais sa curiosité

excitée éveillait en tumulte mille interrogations
qu'il cherchait à mettre en ordre.

Il allait reprendre la parole, quand l'étranger lui
demanda froidement :

— Que répondez-vous à l'invitation de votre ami ?

— Que je m'y rendrai promptement , si vous me
donnez un témoignage auquel je puisse me fier ,
car je ne vous connais pas encore.

— Vous me connaîtrez plus tard , peut-être. Les
questions que je vous ai faites m'étaient dictées par
Knipperdoling. Voici de lui une lettre que je ne dois
vous donner qu'après votre promesse. Je viens de
l'entendre.

— Une lettre de sa main ! s'écria le tailleur en
recevant la missive. Oh ! je la reconnais.

Il rompit vivement le cachet et lut ce qui suit :

« Les voyants et les vrais apôtres de Dieu, dont
» le règne recommence, à Jean, leur frère. Tu vien-
» dras au milieu de nous, car j'ai vu ton âme ; je
» sais que l'Esprit te parlera. J'ai déclaré aux frè-
» res que la main du Père était sur toi. Avec nous,
» tu serviras la parole ; et dès que nous aurons
» vaincu l'Antechrist, tu auras ta part de nos cou-
» ronnes. Si ta femme veut t'accompagner , qu'elle
» vienne ; nous la purifierons dans le vrai baptême
» et elle sera notre sœur. Si les liens de la bête la
» retiennent , viens seul. Les palais des impies sont
» à nous. L'homme a les bras assez longs pour tout
» atteindre , s'il veut seulement les allonger. Ici ,

» dans la nouvelle Sion, les plus petits sont les plus
» grands. J'ai pris ta mesure, frère. Écoute le sage
» qui te remettra cette lettre.

> » KNIPPERDOLING,
>
> » Tailleur spirituel, enfant du libre Esprit. »

Jean relut trois fois cette lettre, dont le style mystique le surprenait étrangement. Le voyageur le
considérait immobile.

— Je partirai, reprit-il enfin.

— Quand?

— Bientôt.

— Voici venir novembre. Ne vous laissez pas gagner par les durs mois de l'hiver.

— Je partirai dans peu de jours.

— Adieu donc. Je rendrai votre réponse.

— Vous me quittez ainsi! Demeurez jusqu'à demain.

— Impossible.

— Soupez du moins avec nous; et que je vous
connaisse.

— Nous nous reverrons.

— Souffrez une question. Qui êtes-vous?

— Vous me retrouverez à la nouvelle Sion.

— Comment vous nommerai-je?

— On m'appelle Isaac.

— Et vous ne pouvez vous arrêter plus long-temps?

— Je dois ce soir être à Harlem.

— Permettez alors que je vous conduise jusqu'à
la barque.

— Je vais à pied.

— Je vous mettrai dans le chemin.

— Je le connais.

Malgré cette réponse, Jean fermait son atelier. Il sortit avec Isaac, qui parcourait les rues de Leyde comme eût fait un habitant.

— Mais vous ne regardez rien de notre belle cité, dit le tailleur; la connaissez-vous donc?

— J'y suis venu autrefois.

— Vous n'avez ni les traits, ni le teint d'un Hollandais. Vous devez être Hollandais cependant, car vous parlez notre langue aussi bien que nous.

— Les Westphaliens à Munster me font la même remarque.

— Vous savez plusieurs langues?

— Plusieurs en effet.

Les deux compagnons avaient franchi la porte de Harlem; et sur le chemin public le tailleur allongeait le pas de son mieux pour suivre Isaac, qui marchait comme un cerf. Ils aperçurent bientôt, venant à eux, sur un cheval robuste, un grand gaillard taillé en force, que l'œil perçant de l'étranger reconnut de loin.

— C'est un des nôtres, dit-il. Cet homme, que vous reverrez aussi, est la colonne des enfants de Sion. Il s'appelle Bernard Buxtorf. Je dois lui dire une parole; et il est utile que je ne vous nomme pas encore.

Le cavalier se rapprochait. Reconnaissant aussi le

compagnon de Jean. — Eh! père Isaac! cria-t-il
d'une voix d'airain, je vous trouve ici par les routes! quelle merveille !

— Je suis en mission, frère, comme vous sans
doute; car vous n'avez pas ici la cuirasse et l'armet
qui ne vous quittent point, et vous devez vous sentir peu à l'aise dans ce pourpoint de buffle.

— Au contraire, je suis plus léger. Je viderais
de bon cœur une cannette, s'il se trouvait en ces
chemins quelque honnête auberge.

— Vous trouverez tout à Leyde, frère. Retour-
nez-vous à la nouvelle Sion?

— J'y serai dans trois jours, s'il plaît au Père.

— Avant moi, par conséquent. Vous direz à Knipperdoling que le voyant qu'il attend viendra pro-
chainement.

— Adieu.

Et le cavalier piquait son cheval. Il l'arrêta aussitôt :

— Vous ne savez pas, cria-t-il en se retournant,
que notre ami Knipperdoling est sans doute en ce
moment chef de justice.

— Et Mathys?

— Roi peut-être.

Sur ce mot, il s'éloigna au galop.

Le cœur de Jean bondissait. Isaac le remarqua.

— Mon fils, dit-il au tailleur, une telle route
vous fatigue; je marche trop vite pour vous. Retour-
nez à votre logis et préparez votre départ. Je vous

remercie de la bonne compagnie que jusqu'en ce lieu vous m'avez faite. Nous nous reverrons. Adieu.

Jean voulut objecter quelques paroles de politesse. Mais le voyageur s'était si bien lancé, et le jeune homme éprouvait une telle émotion, qu'il ne fut pas capable de courir après lui. Il s'essuya le front, reprit son chemin vers Leyde, et rentra chez lui, absorbé dans des pensées qui lui déroulaient un avenir magique.

II.

LA BOULANGÈRE DE HARLEM.

> Ne vous fatiguez point sur le gouvernement.
>
> FÉNELON, *Maximes de l'honnête homme.*

Depuis que se sont formés le Zuyderzée et la mer de Harlem, le vieux lit du Rhin s'est tari peu à peu vers sa principale embouchure; et la faible partie des eaux de ce grand fleuve qui ne se confond pas avec la Meuse (1) ne fait plus au delà qu'un ruisseau qui conserve, avec étonnement sans doute, le nom

(1) Cette union des deux fluents s'appelle le Wahal. De même, en France, la Gironde est composée des eaux de la Garonne et de la Dordogne réunies au bec d'Ambez.

du Rhin, et se perd obscurément dans les sables de
Katwyk. A deux lieues en avant, les eaux stagnan-
tes et mortes que l'on continue à décorer du nom
du grand fleuve, ceignent sans bruit cinquante petites îles groupées, qui ont l'air d'avoir été jadis un
marécage. Sur toutes ces îles, que relie une multitude de ponts de pierre, s'est élevée cependant la
belle ville de Leyde. Elle ne compte pas aujour-
d'hui trente six mille habitants; mais on dit qu'elle
en avait bien davantage avant la Réforme. Cette
piquante situation, l'éclat de cette ville florissante,
ses édifices religieux, sa population animée, rien
n'avait paru frapper le messager de Munster. Il parcourait avec la même indifférence la route de Harlem, bordée comme aujourd'hui de fraîches maisons
de campagne, percée à travers deux lignes de
beaux jardins, tous clos par un simple petit canal,
tous émaillés de fleurs variées qui s'épanouissaient
là durant la belle saison, et qui duraient jusqu'à la
fin d'octobre.

Les charmes de la riante ville de Harlem ne l'oc-
cupèrent pas plus. Il faisait nuit lorsqu'il y entra;
mais la ville était encore catholique, et les lanter-
nes allumées devant les images des saints et des
vierges qui protégeaient la façade de la plupart des
maisons, éclairaient suffisamment les rues. Isaac
assurément connaissait Harlem aussi bien que
Leyde, car il ne demanda son chemin à personne;
il traversa, par les voies les plus courtes, une grande

étendue de la ville, et s'arrêta sans hésiter devant une des plus petites maisons du pourtour Saint-Bavon, sur la porte de laquelle on lisait cette enseigne :

In de peperkoek; Divarre, broedbakkerin.

Ce qui veut dire en français :

« Au pain d'épice; Divarre, boulangère. »

Les Hollandais, ainsi que les Allemands, ont toujours eu quelque bienveillance pour les juifs. Déjà alors les noms de l'ancien Testament n'étaient pas rares chez eux. Divarre n'est autre que Débora.

Le voyageur frappa à la porte. Un jeune mitron vint lui ouvrir; on n'était pas encore couché. Il fit entrer Isaac dans la salle du fond, où la maîtresse du logis, assise devant les débris de son souper, lisait dans une grande bible, à la lueur d'une lampe à deux becs. Elle leva la tête à l'arrivée de l'étranger et le reconnut.

—Des nouvelles de mon mari! dit-elle en fermant son livre. Asseyez-vous, père Isaac; soyez le bienreçu; et soupez, si vous arrivez avec la faim. Voici du bœuf fumé, des concombres au vinaigre, des pains à la viande (1), et de l'hypocras.

— Vous ne m'avez donc pas oublié? répondit le vieillard en s'asseyant et en témoignant qu'il acceptait l'invitation.

—Et pourtant je ne vous ai vu qu'une seule fois,

---

(1) Ce sont des chairs à saucisse cuites dans de la pâte : *vleeschbrood.*

lorsque, venu ici pour des motifs que je n'ai pas connus, vous avez décidé, il y a deux ans, mon mari ruiné à partir pour Munster. Ce qui m'étonne, père Isaac, c'est que votre habit n'ait pas plus vieilli que vous...

— Votre maison, si l'apparence est fidèle, n'a pas souffert non plus de l'absence de Mathys.

— Elle s'est relevée au contraire. J'occupe désormais quatre garçons. La clientèle revient, et les affaires marchent. Mais lui?

— Lui, il prospère aussi.

— Plus d'une fois déjà il me l'a mandé. Je ne l'ai cru qu'à demi. Les jeunes hommes dans notre ville sont enclins à se tromper. Cependant il sait les saintes Écritures; c'est un hardi parleur; et dans un état comme Munster, où la libre pensée peut se faire jour, il a dû percer, s'il n'a pas eu à travailler de sa personne. Il était ici fort négligent.

— Travailler! l'esprit se manifeste en lui. Il s'est révélé le voyant et le prophète du nouveau peuple; c'est par l'intelligence qu'il travaille, réglant tout, gouvernant tout; et un jour, inopinément peut-être, il sera roi, — s'il ne l'est déjà...

A ce mot prononcé froidement, la jeune femme bondit sur son siége.

— Roi! mon mari serait roi!... Et moi? dit-elle.

— Et vous, répondit lentement le voyageur, vous, — si vous le voulez, — vous serez reine.

— Mais, pardon, vous me faites dire des sottises,

2

reprit Divarre en rougissant un peu ; vous ne parlez pas sérieusement. Mathys serait roi ! Je serais la reine Divarre !... Je fais un rêve... Et pourquoi pas en effet, dit-elle ensuite en remarquant le grave maintien d'Isaac, s'il est vrai que Munster devienne la nouvelle Sion ?... Si l'esprit règne ?... Si c'est l'esprit qui gouverne et non plus le privilége ?...

— Oui, il en est ainsi dans la ville des fidèles enfants du Père. Les jours de Salomon vont renaître.

— Ainsi les comtesses, les duchesses, les femmes des princes et des margraves n'effaceront plus la simple bourgeoise ?

— L'égalité sur toute chair.

— L'égalité, c'est beau ! Je serais reine ! Il est temps, certes, que de tels retours arrivent. On nous gouverne par des lois, mesures générales qui ne vont à la taille de personne. Les inspirations de l'esprit ne sont pas au moins des règles mortes ; elles jaillissent à propos. Je serais reine ! Vous voyez que je lis, comme mon digne époux, les Écritures. S'il est roi, roi comme Salomon, il aura dans sa compagne un conseil. Mais les peuples ont soif d'un tel règne. Qu'il se lève donc, et toute la terre s'inclinera.

— Tel est, dit Isaac, sans paraître frappé des échappements ambitieux de Divarre, tel est l'espoir de la nouvelle Sion, centre d'une régénération immense, qui va ramener dans leur pureté les beaux temps des patriarches. Ceux que l'esprit discernera seront les seuls chefs. Débora fut juge en Israël.

— Debora!... une femme!... Et Divarre fit un soupir.

Isaac tira de sa ceinture une longue enveloppe de soie. Il l'ouvrit, et il fit briller aux yeux de la jeune dame une magnifique parure de diamants.

La boulangère, dit-on, était citée comme l'une des plus belles femmes de Harlem. Elle brillait encore plus par sa coquetterie vaniteuse. Elle n'eut pas plutôt entendu les paroles qui lui annonçaient que cette riche parure était pour elle, qu'elle poussa de longs cris de joie. Elle ne s'inquiéta pas des moyens qui avaient pu mettre tant de trésors aux mains de son mari. Elle s'écria :

— Voilà l'égalité! J'ai des diamants.

— Et quand le règne des jours antiques sera vraiment et pleinement rétabli, dit Isaac, toutes les femmes auront ces splendeurs.

A ces paroles, le front de Divarre se rembrunit.

— Mais toutes ne seront pas reines, dit-elle.

— Ainsi, reprit le messager, après un moment de silence, vous viendrez à Munster?

— Assurément. Dès demain, je fais mes apprêts. J'aliène cet humble comptoir et je quitte la Hollande. Mais, par quelle route sûre puis-je me hasarder dans la Westphalie?

— Vous rejoindrez le tailleur de Leyde, Jean, fils de Bockel, qui se rend sous peu de jours auprès

2.

des voyants. Mathys, prévenu par moi, qui arriverai
avant vous, viendra à votre rencontre. Le 15 novembre, vous pouvez y compter, il vous attendra à
Coesfeld. Pour gagner cette ville westphalienne,
que l'esprit n'a pas encore touchée, vous n'aurez
à traverser que le pays d'Utrecht, la Gueldre et
Zutphen, contrées paisibles. De Coesfeld à Munster
on compte neuf lieues de chemin, que les chances
de la guerre peuvent rendre périlleuses. Mais, par
les soins des nôtres, vous aurez une grande et
bonne escorte. Faites donc avertir Jean de Leyde;
concertez-vous avec lui. Je l'ai quitté tout à l'heure
plus décidé que je n'espérais. Que le Père soit pour
vous. Je me retire à présent. Demain, aux premières
lueurs du jour, je pars pour Amsterdam. Recevez
mes adieux.

— Vous coucherez ici, reprit Divarre.

— Dans cette chambre basse, si vous le permettez. Vos garçons se lèvent avant l'aurore; ils m'ou-
vriront les portes.

Divarre souhaita une heureuse nuit à l'étranger,
et pressant ses diamants sur son cœur elle monta à
sa chambre, où son agitation ne lui permit pas de
trouver le sommeil.

III.

LYDWINE.

Si vous compreniez bien ce que vous êtes, vous
ne chercheriez peut-être plus à être ce que vous
n'êtes pas.

PLAUTE.

Le même soir, pendant qu'Isaac entraînait la
boulangère de Harlem dans l'arène des ambitions,
le tailleur de Leyde essayait auprès de sa femme les
mêmes fonctions de tentateur. Mais, par un de ces
bizarres instincts qu'on a pu remarquer fréquemment dans les mauvaises têtes, il se trouvait que
Jean, au contraire de Mathys, avait épousé une
femme sensée.

— Vous ne savez pas, Lydwine, lui dit-il, les bril-
lantes fortunes qu'on est venu tantôt nous offrir?

— Pardon, répondit doucement Lydwine ; — et
désignant de la main un œil de bœuf ouvert dans la
cloison qui séparait la salle où elle se tenait de l'atelier de son mari, qu'elle pouvait inspecter ainsi à
tout moment: — j'étais là, derrière la vitre, conti-
nua-t-elle ; j'ai tout vu en soulevant le rideau, et
j'ai tout entendu en tirant un peu le châssis. Cet
homme qui vous parlait n'est autre qu'un vieux
juif.

— C'est possible, je ne le connais pas; mais qu'importe?

— Il vous a proposé d'abandonner votre pays.

— Pour faire fortune.

— On ne fait jamais fortune plus sûrement que par le travail. Par d'aventureuses entreprises on court des chances. S'il était nécessaire de quitter Leyde pour être heureux, la ville ne serait pas si peuplée. Mais enfin, que les hommes qui n'ont pas de toit ou qui sont réduits à fuir s'en aillent, leur excuse est dans leur extrémité. Vous n'en êtes pas à ce point. Ne vous proposait-il pas autre chose?

— Lui-même ne me proposait rien. Il m'apportait une lettre.

— J'ai bien entendu. Il est le messager de gens qui se sont sauvés prudemment de la Hollande, lorsqu'ils voyaient qu'on allait les en chasser. Je devine ce qu'ils vous offrent.

— Mathys est roi peut-être.

Lydwine leva la tête en sursaut.

— Knipperdoling est chef de justice.

Elle fit un second mouvement.

— Ils m'appellent à partager leurs prospérités.

— A gouverner avec eux, reprit Lydwine avec un sourire triste, et qui gouvernent-ils? Mais est-on propre à conduire les autres, lorsqu'on ne sait pas se conduire soi-même? Je parle pour Knipperdoling et pour Mathys. Sait-on administrer un état, et un état en pleine désorganisation, lorsqu'on n'est pas

de force à diriger son humble ménage? Je parle
pour vous. Ils vous invitent à régner dans leurs
rangs sur une ville où s'est mis le désordre flagrant,
sur un pays révolté. Vous ne songez pas que les
princes viendront avec des armées. Ils reprendront
la pauvre ville; et que fera-t-on de Mathys et des
autres?

— Le temps des princes est passé.

— Non, puisque vous dites que Mathys le devient; et je crois qu'il ne vous déplairait point d'être
roi aussi.

— Pourquoi pas? répliqua Jean en affectant un
sourire. J'occuperais un poste élevé, aussi bien que
Knipperdoling qui n'a que de l'audace, que Mathys
qui n'a que de l'adresse, si j'ai seul ce qu'ils ont à
deux. Mais vous, Lydwine, n'aimeriez-vous pas, si
une couronne vous était offerte, à vous entendre
saluer du nom de reine?

— Dans les temps de troubles, il n'y a que trop de
fous; n'en augmentons pas le nombre. Pour ma part,
je prie Dieu de m'en préserver, et à votre question
insensée je ne puis répondre.

— Vous êtes trop sage, Lydwine; j'admire votre
calme; les grandeurs ne vous tentent pas.

— Les grandeurs de la terre? Nous ne sommes
pas nés pour elles. Le bonheur est pour nous dans
l'obscurité; il est le prix du travail. Au bout de la
vie, la simple bourgeoise et l'honnête ouvrière sont
aussi riches que les impératrices. Pourquoi donc

nous tourmenter ? Personne n'emporte d'ici-bas que
ce qu'il y a apporté, et les enfants d'Adam sont
tous jetés nus en ce monde. En tenant cabaret comme
vous l'avez voulu, je remplis un devoir assez pénible. Mais si je ne fais pas le mal, je reposerai cependant. Pour vous, il y a pis que les grandeurs dans
l'appât qu'on vous tend. Je sais où on vous conduira; vous ne risquerez pas votre tête seulement;
on vous fera oublier votre âme; on vous demandera, déserteur de votre pays, d'abandonner aussi
votre religion. On fera de vous un renégat.

— Qui vous a dit cela?

— Un renégat! Si vous aviez sur vous cette tache
affreuse !...

— Mes amis sont des réformateurs...

— Des réformateurs! Et de quel droit? En sa-
vent-ils plus que le pape et ses cardinaux, que l'É-
glise et ses conciles, que les apôtres et les saints Pères? Qui les a faits docteurs? Qui les a établis juges
des évêques et des curés, eux des tailleurs et des
boulangers qui ne savent pas pétrir leur pâte et
coudre leurs boutonnières? Des réformateurs! dites
des destructeurs, et ce que je vous disais qu'ils feront de vous.

— Mais, Lydwine, vous les jugez mal. Vous ne
suivez pas comme moi le cours de l'opinion. Il faut
à notre époque une réforme. Les abus doivent tomber ; c'est un besoin senti. Luther, vous le voyez,
a triomphé; des évêques et des princes l'ont suivi.

Beaucoup de curés ont déjà secoué le joug de l'Église romaine.

— Oh! je devais prévoir que vous approuveriez ces criminelles nouveautés. Elles vont à votre tête malheureuse. Ainsi, Jean, vous donnerez la main à ces hommes méprisés, qui vous écrivent que le vieux Christianisme n'est plus, quand son fondateur divin a dit qu'il serait avec son Église jusqu'à la consommation des siècles. Je ne lis pas comme vous; mais je n'oublie point les sûrs enseignements de l'Église. Je n'abandonne pas la sainte bannière que nos pères ont suivie quinze cents ans.

— Mais, encore un coup, Lydwine, nous n'apostasions pas non plus; nous réformons les excès; nous rétablissons les choses anciennes. Je vous le répète, une foule de curés sont avec nous.

— Ceux qui étaient la plaie et la honte du sacerdoce, je le conçois. Mais l'Église, que dit-elle? Elle les excommunie; elle repousse de son sein les réformateurs téméraires; et vous allez vous joindre à eux. L'Église sait bien que vous ne vous arrêterez pas, que vous reculerez jusqu'au bout; que, semant la destruction, vous n'amènerez que la ruine.

— Je comprends, dit Jean en relevant la tête; vous êtes obstinée dans vos liens, vous aimez l'erreur et l'abaissement. Ni l'affranchissement de l'esprit, ni la liberté de l'action et de la pensée, ni la conquête des biens ne vous tentent. Vous refuserez de me suivre.

— Ainsi, vous partez. Vous délaisserez une femme qui s'était liée à vous ; vous irez dans un gouffre. Vous n'en sortirez pas.

Le tailleur poussa un amer éclat de rire, strident et bruyant, qui couvrit la voix de sa femme ; et, saisissant cette occasion de rompre brusquement un entretien qui l'embarrassait et qu'il soutenait mal, il sortit en disant :

— Vous y réfléchirez...

Deux jours après, Jean de Leyde reçut de Divarre un message qui l'engageait à se tenir prêt à partir le 10 novembre, pour être le 15 à Coesfeld, où l'on viendrait à leur rencontre. Il fit, en homme décidé, ses dispositions ; et, malgré les sages observations de Lydwine, qui ne voulut quitter ni sa maison, ni son pays, ni son Eglise, ni la paix de sa vie, Jean de Leyde ceignit ses reins, laissa sa femme, dont il dédaignait les représentations, et se lança avec l'ambitieuse Divarre dans les sentiers de ce qu'il appelait la Réforme.

Seulement, en franchissant le seuil de sa demeure, il dit encore à Lydwine :

— Mais enfin, quand je serai prince, viendrez-vous me rejoindre ?

— Non. Mais si les malheurs que vous affrontez épargnent votre tête, vous retrouverez toujours ici votre femme et un asile.

IV.

UN ÉTAT QUI SE RÉFORME.

Si vous n'arrêtez pas le mal à sa racine,
Il rendra bientôt vain l'art de la médecine.

OVIDE.

———⟡———

Parmi les principautés ecclésiastiques de l'Allemagne, l'évêché de Munster n'était pas une des moins importantes. Le prélat souverain qui gouvernait ce petit état possédait, — outre Munster, sa capitale, riche, grande, belle et peuplée, — plusieurs autres places fortes : Coesfeld, Meppen, Warendorp, Stromberg, Vecht, Borkelo, et toutes les plus belles portions de la Westphalie. D'heureux villages, des terres fertiles, de bons revenus, des sujets guerriers : c'était une noble souveraineté. La succession des évêques-princes remontait à saint Ludger, disciple d'Alcuin, envoyé dans ces contrées par Charlemagne ; et c'est d'un monastère illustre que l'apôtre de la Westphalie avait fondé qu'on tirait le nom de Munster (1), donné à la capitale.

Les peuples, doucement gouvernés, placés sur

(1) Munster, mot allemand qui, comme moustier en vieux français, veut dire monastère.

un sol heureux, jouissant d'un grand bien-être matériel, n'étaient pas assez éclairés pour comprendre
que les abus (et il y en avait quelques-uns) ne se
redressent jamais d'une manière durable par la violence. Plusieurs des enfants perdus de la Réforme
étaient venus chez eux ; ils y répandaient sourdement leurs doctrines. Ils annonçaient, comme tous
les novateurs, des choses merveilleuses. A les entendre, en adoptant les idées nouvelles, en supprimant les couvents, on allait partager les biens de
l'Église ; au moyen de quoi tous les pauvres devien-
draient riches. Les bonnes gens ne songeaient pas
qu'un monastère répand les bénédictions et l'aisance
dans les chaumières qui vivent sous son abri, et que
sa suppression n'enfante que des misères. Ils ne pensaient pas assez qu'on leur offrait de posséder par
le dépouillement et le vol. On leur disait, il est vrai,
que les biens de l'Eglise étaient le patrimoine des
pauvres, et qu'au lieu de l'usufruit ils avaient droit
à la propriété ; mais on ne leur montrait pas leurs
titres. Ces levains perfides, repoussés d'abord par
les cœurs simples des villageois, fermentaient dans
plusieurs cerveaux gâtés de la capitale, et de petites explosions avaient lieu de temps en temps.

Par malheur, la plupart du temps les évêques-
souverains ne résidaient pas. C'était un des abus.
Les princes, en Allemagne, cumulaient fréquemment
plusieurs suzerainetés. Si l'évêque de Munster était
en même temps évêque de Paderborn ou d'Osna-

bruck, et quelquefois élu à ces trois siéges, il habitait
un manoir paisible à la campagne, et laissait administrer ses villes par des corps municipaux, sortes
de sénats ou de tribunats qui jouissaient, sous des
noms germaniques, de beaucoup de libertés qu'on
appelait priviléges, comme le droit d'élection et le
droit de voter les impôts et les milices.— Les princes ecclésiastiques avaient presque partout établi des
communes et affranchi leurs sujets.

A l'époque où Munster, se bouleversant pour se
réformer, ne se dirigeait en effet que sur les capri-
ces de Mathys et de Knipperdoling, dont l'influence
et les progrès s'expliqueront un peu plus loin, dans
ces jours où l'on attendait l'arrivée de Jean de Leyde,
l'apparition de Divarre, le retour de Bernard Buxtorf et de celui qu'on appelait le père Isaac, trois
hommes, un soir, étaient assis autour d'une cruche
de vin du Rhin, dans la chambre principale d'une
petite maison retirée, non loin de la cathédrale. Là,
on n'entendait pas les tumultes des assemblées, les
clameurs de la foule, les querelles, les hurlements
des prophètes, les cliquetis d'armes, les batailles
qui de temps en temps ensanglantaient les rues. Ces
trois hommes s'entretenaient des affaires de la ville :
on ne connaissait plus, à Munster, d'autres sujets
de conversation.

L'un, le maître du logis, Herman Ramers, était un
bon bourgeois de cinquante ans, à la figure douce
et timide. Attaché à sa maison, à sa ville, il avait

l'air d'adopter les innovations et de suivre le torrent; mais au fond du cœur il demeurait catholique et fidèle sujet de son prince. Seulement, sa faiblesse s'effrayant à l'idée du bannissement prononcé contre ceux qui n'acceptaient pas la Réforme, pour conserver ses biens, il allait avec les rebelles, comptant que leur règne passerait vite, et ne pouvant supposer jusqu'où ils le mèneraient.

Son ami, Évrard de Morring, un peu plus jeune, était pareillement un homme effrayé, qui renfermait en lui-même sa persévérance ferme dans le catholicisme, mais qui n'était pourtant pas disposé à faire aux réformateurs autant de sacrifices que Ràmers. Ce dernier demeurait à Munster avec sa femme et ses enfants. Évrard avait déjà prudemment envoyé sa famille à Iburg (1). Jurisconsulte habile et conciliant, homme doux et bon, il était aimé de tous.

Le troisième des personnages auprès desquels nous introduisons le lecteur était un citoyen d'autre sorte. On voyait en lui un des chefs du mouvement. Il s'appelait Bernard Rothmann, et comptait environ trente-six ans. Comme Luther, il tournait entièrement contre l'Eglise les talents qu'il lui devait; car il n'avait été élevé aussi que par la charité des moines (2). Les chanoines de Saint-Maurice de Munster lui avaient fait avoir d'abord l'école de Waren-

---

(1) A douze lieues de Munster.
(2) Il était fils d'un pauvre maréchal-ferrant.

dorp (1) ; l'un d'eux avait pourvu ensuite aux frais de ses études de théologie à l'université de Mayence. Ordonné en 1524, il avait obtenu des bons chanoines une chapelle dans leur église. On lui avait reconnu, comme on disait, d'heureuses dispositions ; mais on n'avait pas prévu qu'à Mayence il s'était gâté. Il prêcha tout d'abord avec succès ; il avait ce genre d'éloquence qui, en censurant violemment les grands, attire toujours les multitudes. On lui reprocha qu'il manquait de charité ; mais il ne tint compte de la remarque et alla bientôt plus loin. Sous prétexte d'attaquer les abus, il lança des propositions si hasardées, que ses supérieurs crurent qu'il n'avait pas fait de suffisantes études. Ils formèrent entre eux une somme assez ronde et la lui donnèrent, en l'engageant à consacrer une année encore à se fortifier dans la saine théologie, non plus à Mayence, mais à l'université de Cologne, où l'hérésie n'avait fait jusqu'alors aucune brèche. Rothmann prit l'argent ; puis, au lieu d'aller à Cologne, il courut à Wittemberg et aux autres villes infectées ; il se lia avec Mélanchton ; il eut des conférences avec les autres chefs du protestantisme, et revint, ne prêchant plus que les dogmes de Luther, qu'il voulait pousser à leurs dernières conséquences. S'appuyant sur ces masses turbulentes qui croient gagner au trouble, il avait bientôt apostasié publiquement. Il avait fait

(1) A quatre lieues de Munster.

chasser les chanoines, ses bienfaiteurs ; il avait mis
la grande cité en pleine insurrection contre son évêque. Il gouvernait dans un effroyable gâchis avec
quelques hommes de sa trempe.

Il était venu chez Ramers pour lui demander de
recevoir sans bruit en sa demeure un ami qu'ils attendaient. C'était de Jean de Leyde qu'il voulait
parler. — Le timide bourgeois redoutait trop Rothmann pour lui refuser un service qu'il pouvait exiger ; et quoique, soupçonnant bien ce que pouvait
être un ami de ces gens-là, il le vît venir à contre-
cœur dans sa famille, il avait répondu que sa maison était à la disposition de l'ami du peuple. En disant cela, pour cacher la rougeur qui, malgré lui,
couvrait son visage, il avait fait volte-face vers une
étagère où il avait pris trois verres, et demandé en
même temps à sa servante un broc de vin.

— Pensez-vous, maître, dit Evrard après quelques vagues propos, que nous aurons bientôt quelque fixité dans nos affaires?

— Il faut premièrement, répliqua aussitôt l'orateur, que nous soyons délivrés de l'Antechrist, et
des appréhensions dont il est l'objet.

Il désignait sous ce nom le prince-évêque.

— Mais, dit Ramers en faisant bonne contenance,
ne négocions-nous point, et n'y a-t-il plus de paix
possible?

— La paix, répliqua Rothmann, suppose une réconciliation, qui ne peut se faire qu'au moyen de

concessions mutuelles. Sur les abus nous céderons peu ; sur la réforme nous ne céderons rien. Nous ne voulons donc pas la paix ; nous voulons vaincre. De nombreux appuis nous viendront avant peu ; et nous sommes sûrs de nos démarches. Mais comme il faut attendre, nous négocions pour gagner du temps.

Il y eut sur cette déclaration un moment de silence.

— Et quand nous aurons vaincu ? reprit Évrard.

— Alors l'âge d'or, dit vivement Rothmann. Nous serons libres de lui donner la meilleure forme. Ou nous ramènerons, comme le désirent plusieurs, les mœurs des patriarches, ou nous prendrons pour modèles les premiers chrétiens.

— Les mœurs des patriarches ne pourraient guère revivre que dans les campagnes, dit Ramers. Dans des villes compactes, peuplées d'artisans et de riches...

— Là ce sera plutôt la vie des chrétiens primitifs qu'il nous faudra rétablir. Ne sommes-nous pas tous en effet frères et sœurs ? Pourquoi donc des riches et des pauvres ? Les premiers chrétiens ne mettaient-ils pas leurs biens et leur misère en commun ?...

Sur ce thème, Rothmann parla une demi-heure et fit une diatribe redoutable à des gens qui possédaient encore quelque chose. Le malaise de ses deux auditeurs fut soulagé, comme il tirait ses conclusions ; une jeune femme de sa secte, Élisabeth Dreyers, vint le prévenir qu'on l'attendait au logis. Ramers offrit à la jeune dame un quatrième verre et vida le broc ; ce qui parut décider l'orateur à lever le siége plus vite.

Quand les deux amis se retrouvèrent seuls, ils se regardèrent long-temps sans parler. Enfin, Évrard, après un profond soupir, rouvrit la bouche :

— Ce qui nous consterne aujourd'hui, dit-il, nous aurions dû le prévoir ; et maintenant quelle en sera la fin ? Dès l'année 1525, il y a huit ans déjà, nous avons vu débuter ici trois docteurs de la Réforme ; à leur premier prêche, les tisserands ont voulu brûler sous nos yeux le monastère de Nising, sous prétexte que les religieuses nuisaient à leur industrie en faisant de la toile...

— J'avoue qu'à un tel début nos sénateurs ont été faibles ; ils ont enlevé les onze petits métiers de ces pauvres filles. Mais ils voulaient éviter l'irritation.

— On ne l'évitait pas. On l'animait par ce singulier triomphe, si facilement décerné. Partout les novateurs ont commencé de la sorte. Et peu après, rappelez-vous que des masses s'ameutaient librement, demandant le renvoi des clercs inutiles, la suppression des monastères et des confréries, l'inamovibilité des vicaires ; tout cela mêlé, il est vrai, de justes réclamations qu'on eût pu satisfaire. Mais on ne cédait que sur les points qu'il fallait maintenir.

— Nos magistrats ne furent habiles qu'une fois, lorsqu'ils donnèrent un bénéfice au luthérien Dewinch, qui cessa aussitôt de luthéraniser.

— Et cet étranger, ce drapier chassé de Leyde, ce Knipperdoling, qui est aujourd'hui si puissant et qui emploie à ses manœuvres je ne sais quel Juif vagabond, qu'ils appellent Isaac; si on l'avait pendu, il y a sept ans, lorsqu'il arracha des prisons un condamné de notre sénat, bien des choses n'auraient pas eu lieu.

— Non certes! car il a depuis dirigé tous les complots. Mais, au contraire, lorsque les troupes du prince, l'ayant pris en campagne, voulaient l'expédier, ce fut notre sénat qui le réclama. On croyait tout apaiser par la douceur. En effet, après ces événements que vous retracez, nous avons eu trois années de calme.

— De calme trompeur; car en 1530 les événements se sont réveillés bien autrement. La réforme avait grossi ses recrues, au point que Charles-Quint fut obligé d'écrire à nos magistrats de faire exécuter les lois. L'année d'après, l'homme que nous avions là tout à l'heure leva entièrement le masque.

— Deux ans seulement ont passé, et quel chemin il a fait!

— Rappelez-vous comme il attaqua sans réserve tous les rits de l'Église romaine.

— Comme il décria la confession, qu'il appelait un piége.

— Comme il railla la nécessité des bonnes-œuvres.

— Comme il établit que pour se sauver il ne fallait que croire, et vivre ensuite à son gré.

— Comme il soutint qu'on devait même secouer le joug des lois humaines.

— Alors seulement nos magistrats se remuèrent, lorsqu'ils étaient devenus impuissants contre lui.

— L'évêque instruit le frappa d'interdiction. Il dut se taire. Mais il s'en dédommagea bien, en faisant imprimer sa confession de foi, que l'un de nos officiers municipaux, Jean Langermann, a répandue à profusion. Il y proclamait, comme dans sa chaire, l'inutilité des bonnes-œuvres.

— Il ne reconnaissait que deux sacrements, le Baptême et la Cène.

— Il supprimait l'abstinence et le jeûne. Il traitait d'idolâtrie l'invocation des saints. Il proscrivait les vœux.

— Ce n'était que le préambule de ce qui se fait aujourd'hui.

Une servante entra alors, voyant la nuit venue et apportant deux lampes.

A la manière dont les deux amis poursuivaient leur entretien, malgré la présence de cette fille, on eût pu juger qu'ils étaient sûrs de leurs fidèles serviteurs.

— Et dites qu'on a marché vivement, continua Évrard. Après la publication de ce libelle, Rothmann, pour qui les églises étaient fermées, sut s'en passer et s'en venger. Il prêcha le peuple au cimetière de Saint-Lambert. A la suite de son sermon, — j'ai encore ces horreurs sous les yeux, — toutes nos églises furent saccagées, nos autels détruits, les saints tabernacles profanés.

— Frédéric de Wéda, notre évêque alors, abdiqua le 24 mars 1532; vous vous en souvenez; il était effrayé.

— Mais les agitateurs triomphèrent à cette nouvelle. Se croyant héritiers du pouvoir, ils ne demandèrent plus la liberté de suivre la doctrine de Rothmann; ils exigèrent que cette doctrine fût imposée. Ils réduisirent au silence les prédicateurs de la foi romaine, « à moins qu'ils ne voulussent disputer contre le savant myn heer Rothmann. »

— Chose triste à dire ! Dans nos rangs abattus, il ne se trouva pas un homme qui osât se lever pour se mesurer avec le champion du mal.

— Lorsqu'au mois de juin suivant, notre chapitre eut élu évêque de Munster le sérénissime François de Waldeck, aujourd'hui régnant, tout eût pu se réparer encore, si le Prince fût venu sur-le-champ dans nos murs, soutenu convenablement.

— Mais, évêque d'Osnabruck, administrateur de Minden, surchargé de trop de soins, il s'est contenté d'écrire et de négocier.

— C'est alors que Knipperdoling, voulant brusquer encore plus les choses, persuada à nos tribuns (1), Moderson le boucher et Redecker le

_____

(1) Il y avait à Munster deux espèces de bourgmestres qu'on appelait les deux tribuns du peuple.

peaussier, qu'ils avaient le droit d'assembler le peuple sans l'avis du sénat.

— Et à la première assemblée, l'honnête Jean Mennemann fut à demi assommé, pour avoir dit quelques paroles modérées qui n'allaient pas aux novateurs.

— Sur quoi nous avons jugé, vous et moi, qu'on n'avait plus dans notre pauvre ville la liberté d'émettre son opinion.

— Et tous les bons bourgeois, comme nous, ont laissé faire.

— C'est un tort; car enfin, si nous nous entendions?

— Nous ne sommes pas les plus nombreux.

— La peur nous le fait croire. Il en va de la sorte dans toutes les révolutions.

— Le sénat lui-même se troubla; il craignait le peuple et il craignait le Prince-Évêque. Il écrivit à Sa Sérénité pour déclarer qu'il ne soutenait pas Rothmann, et pour demander un homme habile qui pût discuter avec lui et décider les questions, puisque tous les savants de la ville s'obstinaient à ne pas entrer en lutte contre ce grand orateur.

— L'évêque ne répondit encore autre chose, sinon qu'il viendrait incessamment prendre possession de sa capitale.

— Les corporations, qui redoutaient son entrée, réclamèrent aussitôt la médiation du landgrave Philippe de Hesse, ce soutien dissolu de Luther.

— Le sénat se compromit davantage en nommant aux églises six prédicateurs luthériens, et Rothmann à leur tête. Le clergé catholique fut proscrit. Un luthérien, un étranger, Jean de Wyck, fut nommé syndic du peuple.

— A travers ces mouvements, au lieu d'arriver, le Prince-Évêque, qui a toujours sincèrement désiré la paix, a continué ses négociations et ouvert des conférences.

— Cependant, lorsqu'il a vu trop évidemment qu'on le jouait, il a ordonné à ses drossarts (1) de sévir contre les bourgeois de Munster, en saisissant leurs propriétés. On nous a enlevé un troupeau de bœufs gras.

— Pour ce seul grief, le peuple irrité s'est déclaré indépendant. Aujourd'hui il bat monnaie : il a organisé une petite armée; il s'est décidé à guerroyer.

— Le sénat, de son côté, charge Jean de Wyck, qui est Brémois, de solliciter l'alliance et les secours de la ligne de Smalkalde, ce qui complète la rébellion....

— Sur ces entrefaites, le provincial des frères mineurs de Cologne est arrivé pour réfuter Rothmann. Il a dit, en termes trop scolastiques, j'en conviens, les choses les plus irréfutables. L'ami du peuple ne lui a répondu que par des injures contre

---

(1) Sortes de prévôts ou juges qui, dans les temps de troubles, rendaient en campagne une justice expéditive.

le Pape, contre Rome, contre les catholiques; et ses auditeurs lui ont donné raison (1)...

— Mais en décembre dernier tout allait pourtant finir par la douceur; il nous le semblait du moins. Le Prince était à Telgt, à deux lieues d'ici. Il demanda, le 24, une commission du sénat pour régler son entrée. Au lieu de sénateurs, six cents hommes armés vont, la nuit de Noël, tenter de l'enlever, le manquent et amènent ici comme otages ses conseillers pris en guet-apens. Le Prince indigné réclame les secours de tout le corps germanique. Luther même écrit au sénat de Munster pour le redresser. Mélanchton écrit à Rothmann pour le modérer. Autre prodige qu'on n'eût jamais cru pouvoir espérer! le Prince-Évêque, dans de telles circonstances, accepte la médiation du landgrave de Hesse; il accorde une paix; il donne à Munster la liberté de conscience; il permet au peuple de choisir à son gré ses prédicateurs; il supprime toutes les actions intentées pour cause de religion.

— Et pour ravoir ses conseillers, il paye les bœufs enlevés. Le sénat proclame cette paix et donne à Rothmann le titre de surintendant, qui correspond

---

(1) Le provincial des frères mineurs de Cologne était Jean de Deventer. Sa réfutation imprimée portait ce titre : *Javelot de la vérité chrétienne et catapulte de la foi, contre la plupart des faux prophètes, et particulièrement contre Bernard Rothmann, séducteur du peuple.* Ne raillons pas trop ce titre, qui était dans le goût du temps. L'ouvrage n'était pas assez populaire, mais il était bon. Son plus grand tort fut de venir un peu trop tard.

en luthéranisme à l'épiscopat dans l'Église. On renouvelle le sénat pour l'épurer de quelques membres catholiques qui s'y trouvaient encore. Les luthériens pensent avoir tout gagné quand leur tour vient, comme vous allez voir; car c'est... — et le bourgeois baissa la voix, — c'est l'anabaptisme pur que veut Rothmann. Il l'établira. Il est soutenu par Knipperdoling et par Mathys. Il est plus puissant que le sénat. —

En ce moment, on frappa vivement à la porte; elle ne fut pas plutôt ouverte, qu'un homme de haute taille s'élança en quelque sorte dans la salle où causaient les deux amis. Ils se levèrent à son aspect. Cet homme avait des traits réguliers, mais durs et forts; ses yeux noirs gardaient leur fixité calme parmi ses mouvements les plus brusques. Quelque chose d'impitoyable semblait écrit sur ses lèvres. Sous une toque large et bouffante pendaient ses longs cheveux noirs; il n'avait pas de barbe; sa robe courte était relevée de fourrure et façonnée avec soin; il portait une lourde épée et maniait de ses doigts robustes un gourdin ferré. C'était Knipperdoling.

— On compte sur vous demain, honnêtes bourgeois, cria-t-il en entrant. Demain, Rothmann en est prévenu, il doit soutenir avec le sénat une lutte décisive. Ceux qui ne seront pas pour Rothmann, auront contre eux le peuple.

— Quoi! demain même, dit Ramers troublé.

— Demain ! on a cru saisir, pour nous abattre, une heureuse occasion. Jean de Wyck, en effet, et avec lui plusieurs autres de nos amis, sont en mission à Coesfeld. Mais nous ne succomberons pourtant pas. A demain !

Knipperdoling sortit aussitôt, courant sans doute chez d'autres bourgeois.

Lorsqu'il fut dehors, Évrard demanda à son ami :

— Que ferez-vous ?

— Que voulez-vous que je fasse ? dit Ramers. Je suis bien contraint d'y aller.

— Et moi, reprit Évrard, je n'irai certainement pas.

— Comment vous en tirerez-vous ?

— Votre famille vous retient, mon ami ; mais moi, plus heureux que vous, je suis libre ; et je vous fais mes adieux.

Évrard de Morring, ayant embrassé Ramers, sortit promptement, et par des chemins détournés s'échappa de Munster.

V.

LE SÉNAT DE MUNSTER.

C'est véritablement la tour de Babylone ;
Car chacun y babille et tout du long de l'anne.

MOLIÈRE.

Le lendemain matin, le tambour battait dans toutes les rues de la ville et toutes les cloches sonnaient pour avertir le peuple qu'il y avait assemblée. Des groupes se formèrent bientôt en tumulte aux abords de la salle où se tenait le sénat. Les renforts venus de la Gueldre, de la Hollande, du Brabant et du pays de Liége, se mêlaient partout aux habitants. Knipperdoling avait appelé de tous les pays voisins des hommes propres à soutenir l'œuvre qu'il entreprenait ; il avait fait luire à leurs yeux l'espoir d'en partager les profits. Rothmann avait ainsi beaucoup de partisans. Les femmes du peuple, qu'il flattait habilement, le défendaient surtout avec ardeur.

—Il paraît, dit une vendeuse d'écrevisses, que nous allons comme la marchandise, nous reculons.

— Et on nous taillera bien d'autres casaques,

dit une couturière, si nous souffrons qu'on nous ôte le digne messire Rothmann.

— C'est le seul qui nous dise la vérité, s'écria une jeune bohémienne.

— Nous devons démonter, intervint un tisserand, les trames qu'on ourdit contre lui.

— Si notre nouveau sénat ne veut pas de sa religion, dit la marchande d'écrevisses, c'est qu'on médite de nous mener de travers.

— L'excellent messire Rothmann est pour le peuple, reprit vivement la jolie bohémienne.

— Il est dans le vrai fil, ajouta là couturière.

— Pardon, mes bonnes gens, ajouta un fripier, il a le tort de ne vouloir que du neuf. Tout ce qui est ancien, il le rejette. Dans l'ancien il y a du bon.

— Et du propre! dit le tisserand. Ce n'est toujours pas votre vieux Busch, qui a disputé l'autre jour contre lui.

— Un brave militaire, s'écria un boucher.

— Et même un poète, dit le tisserand. Il a fait la chanson des moines. Cela n'empêche pas qu'en théologie il n'ait embrouillé ses bobines.

— D'ailleurs, ajouta le fripier, le luthéranisme que prêche Busch n'est pas de l'ancien. On aurait mieux fait d'écouter le révérend Henri Mumpert, ce dominicain que nous envoyait le prince-évêque.

— Ah! vous êtes papiste, cria la bohémienne, hors d'ici!

Et le groupe, entraîné par l'ardente jeune fille,

se jeta sur le fripier, lequel s'escrima à démontrer qu'il tenait pour messire Rothmann. Cette déclaration sincère le maintint dans son droit de présence.

— L'évêque, en tout cas, dit la couturière, avait bien mal pris sa mesure. Quand nous tenons la liberté de conscience, il nous adresse un prêcheur papiste.

— Mais n'est-il pas papiste aussi? riposta le tisserand. Vous avez beau dire, j'aime encore mieux le révérend dominicain qu'on n'a pas laissé parler, que le gros Fabricius.

— Dame! répondit la bohémienne, c'est un docteur luthérien. On l'avait demandé au landgrave de Hesse, qui nous a donné ce qu'il avait de mieux.

— Et pour débuter, il a traité de cyclope et de pourceau notre ami Bruno le forgeron, qui voulait se prendre de bec avec lui. Il est vrai, dit le fripier, que le forgeron l'a un peu étrillé. Aussi, le pauvre diable est en prison.

— Il n'y sera pas long-temps, dit la bohémienne.

— Le digne messire Rothmann s'est refusé à raisonner avec ce Fabricius. Il n'y a, poursuivit la couturière, que le prédicateur Norden qui ait un peu relevé le dé.

— Un bel apôtre, que ton Norden! s'écria la femme aux écrevisses.

— C'est un ami de messire Rothmann, dit le boucher, et un ministre du pur Évangile.

— Ami de ce que vous voudrez et ministre de ce

qui vous plaira, c'est un rien du tout, reprit la marchande. Si nous l'avions un peu plus éreinté, il ne prêcherait plus; et ce ne serait pas une grande perte.

— Qu'est-ce qu'il vous a donc fait? dit le tisserand.

— Il paraît que vous ne sortez pas tous les jours de votre trou, si vous ne le savez pas, mon bon homme. Mais pourtant vous auriez été des nôtres, vous qui aimez aussi l'ancien. Figurez-vous que ce grossier, ce manant, prêchant l'autre jour sur les saints, nous a soutenu effrontément que la vie et passion de notre bonne sainte Catherine n'était qu'un conte. En entendant traiter de la sorte notre chère patronne, nous grommelions. Il avait l'air de ne pas le remarquer, et il continuait. Mais quand il est descendu de sa guérite, il a vu de quoi il retournait pour lui. Soixante-dix Catherines, et j'étais du nombre, sont tombées sur sa laide carcasse, et à coups de sabots nous l'avons assommé aux neuf-dixièmes pendant un bon quart d'heure. Mais il est comme les chats, il a la vie dure.

— Et vous vous vantez d'une pareille équipée!

— Tiens! pourquoi pas? c'est public. Il s'est plaint au sénat. Requête dans les formes. Le sénat a répondu qu'il fallait pardonner un peu de vivacité au beau sexe.

— Il est galant, notre sénat, dit le boucher.

— C'est l'autre sénat, s'il vous plaît, qui a rendu

cette sentence; ce n'est pas votre sénat de marchands de beurre que vous venez d'élire.

En cet instant deux charretiers arrivèrent essoufflés dans le petit cercle.

— Vous ne connaissez pas encore le grand événement, dit le plus jeune au boucher, qui paraissait être son ami ou son bourgeois. Eh bien! l'abbesse de Nising, la fière femme, si serrée dans son papisme...

— Qu'a-t-elle fait?

— Vous vous rappelez qu'il y a quelques jours on l'a forcée à recevoir des prédicateurs évangéliques à la table de ses chapelains...

— C'est vrai; elle a dû trouver cela rude.

— Oui; mais la chose a mitonné; les évangéliques ont éclairé les pauvres religieuses. Elles ont ouvert les yeux; elles se sont mises en pleine révolte, et les voilà qui désertent le couvent.

— Bon! nous allons mettre la main dessus. Mais il nous faut aussi la maison des récollets.

— Le sénat les a priés de la donner pour y établir une école. Ils en ont déjà cédé la moitié.

— Voilà qui va bien, dit le boucher. Si les autres villes nous secondent, nous arriverons vite. Nos amis sont à Warendorp et à Coesfeld.

— Warendorp est à nous, dit le tisserand.

— Et Coesfeld, qui ne va pas au galop, répliqua le second charretier, entrera aussi dans l'ornière.

Un autre incident vint alors apporter une nou-

vel'e diversion aux idées. Des femmes circulaient
parmi les groupes, quêtant pour les ministres du
pur Évangile, et s'évertuant à exciter la munificence
des assistants, en leur représentant, avec toute
l'onction luthérienne, que les dits ministres avaient
des femmes et des enfants à nourrir. Ceux qui
étaient peu en humeur de donner prirent une mine
grondeuse et se mirent à hurler contre le sénat.

— L'assemblée devrait être ouverte?

— Où est le président?

— Il pèse sans doute son beurre!

— A bas le sénat! qu'on ouvre les portes!

— A bas les papistes! et les luthériens! et Fabricius!

— Vive Rothmann!

— Vive Knipperdoling!

Tels étaient les cris confus de la multitude. Knipperdoling venait de paraître, séparé de son cher Mathys, qui était à Coesfeld. Ni l'un ni l'autre n'avait
encore atteint les grandeurs que leur prêtait Isaac,
mais ils y marchaient. Knipperdoling entra dans la
salle du sénat, dont les portes s'ouvrirent aussitôt.

Il se fit un silence, quand le président du sénat,
qui était en effet un marchand de beurre, ôta son
grand chapeau pour annoncer que la séance était
ouverte.

La foule s'était ruée dans la salle; — mais une
centaine seulement des personnages du dehors
avait pu y pénétrer. Les trois quarts de la place

étaient occupés par des bourgeois entrés en faveur, comme cela se pratique.

— Citoyens, dit le président, nous sommes devenus un peuple libre ; soyons dignes de l'être. Il faut pour cela tenir balance égale entre tous nos vrais intérêts et ne pas changer tous les jours de poids et de règle. On nous mène d'innovations en innovations....

— A bas le papiste ! cria la foule. Il sent le fromage.

— Laissez parler, dit en se levant un autre sénateur, qui était un gros charcutier ; on nous prèche des choses qui n'ont ni queue, ni tête...

— A bas le luthérien ! interrompit la foule. Il met des rats dans ses saucisses.

Un troisième sénateur se leva ; c'était un maître cordonnier.

— Si la dignité du sénat n'est pas plus respectée, dit-il, on fera évacuer le bas de la salle.

— A bas l'esclave ! dit l'un des charretiers ; c'est lui qui chaussait les chanoines.

— Il pue la poix et mange du fil gros, ajouta le tisserand.

— Si vous ne vous taisez pas, s'écria alors la jeune bohémienne, nous ne saurons pas ce qu'on veut de nous.

— Rachel a raison, dirent les autres femmes. Écoutons les anciens.

Le marchand de beurre se releva à ce bourdonnement, qui lui promettait quelques moments de bienveillance.

— Citoyens, reprit-il, nous voulons tous le pur Évangile; or, vous n'ignorez pas qu'un homme dont, les premiers, nous avons révéré l'amplitude et l'éloquence, nous prêche maintenant qu'il ne faut plus baptiser les enfants; que le baptême des enfants est une abomination devant Dieu; que le baptême qui nous a été donné est nul....

— C'est vrai, et c'est singulier, grommelait l'assistance.

— Ainsi, poursuivit le président, nous devrions tous nous faire rebaptiser....

— En voilà une bonne! cria le boucher.

— Et ceux qui, n'ayant reçu que le baptême des enfants, se trouvent mariés, peuvent rompre leur mariage, attendu qu'il est nul....

Des murmures confus éclatèrent de toutes parts en sens divers.

— Il l'a prêché; il a fait plus, il a imprimé cette doctrine. Il dit encore que la femme doit appeler son mari monseigneur!

Les femmes poussèrent des huées. Les hommes applaudirent.

— Il veut aussi que nous cessions de célébrer le dimanche; mais que nous fêtions le samedi.

— Ah! nous redeviendrions juifs! hurla la marchande d'écrevisses. A bas l'orateur!

— Mais, cria vivement Rachel, le samedi est d'in-

stitution divine. Au sabbat, ce sont les hommes
qui ont substitué le dimanche.

— La petite a raison, dirent les autres femmes.
Elles admiraient dans Rachel un oracle.

Deux autres voyantes, qui prophétisaient et fai-
saient de la théologie, Gritte Modersohn et Hilla
Phey (1), furent consultées; elles décidèrent comme
Rachel.

— Il établit ensuite, reprit le président, que nul
n'est tenu d'obéir aux magistrats.

— Bon! très-bon! vive Rothmann! exclamèrent
en nombre les assistants.

— Mais si on n'obéit plus aux magistrats, dit un
sénateur, tout devient désordre et nous ne sommes
plus un peuple.

— Bien répondu! crièrent doucement quelques
bourgeois, dont la raison n'avait pas encore naufragé
complétement; et d'une voix peu assurée ils se ha-
sardèrent à crier :

— A bas les tapageurs!

En ce moment, la tête d'une immense cohue, qui
bousculait tout devant elle, pénétra dans la salle.
C'étaient les forgerons et les armuriers. Leur chef,
sans autre forme, sinon qu'il descendit de son
épaule et posa à terre son grand marteau, car ils
étaient tous armés de leurs outils, braqua ses yeux
sur les yeux du président et lui dit d'une voix
rude :

(1) Gritte, abréviation de Marguerite; Hilla, abréviation de Ludmilla.

— Vous allez nous rendre notre compagnon, qui n'a pas fait de mal.

Et il frappa le sol de son arme pesante.

Le président troublé ne répondant pas, un autre sénateur prit la parole :

— Vous voyez, citoyens, dit-il, l'effet de cet axiome qu'on n'est pas tenu d'obéir aux magistrats. C'est déjà la révolte.

— Mais, cria un charpentier, n'êtes-vous pas révoltés aussi ?...

— Le forgeron qu'on réclame, poursuivit le sénateur, est un séditieux. Il a maltraité Fabricius, l'envoyé du landgrave, notre allié. Il corrompt la parole de Dieu. Il a mérité d'être puni ; il le sera.

— Il ne le sera pas, ripostèrent les forgerons avec quelques jurements. Fabricius a eu ce qu'il méritait. Vous allez nous rendre notre compagnon.

— Vous interrompez la séance, dit alors le président, qui commençait à reprendre ses esprits. On décidera votre affaire demain.

— Point de demain, répondit le chef des forgerons, d'un ton résolu. Une fois, deux fois ; vous allez nous le rendre ; ou bien, ajouta-t-il avec un geste violent, nous le reprendrons nous-mêmes.

— Faites attention, sénateurs, insinua doucement Hermann Tilbeck, l'un des consuls ou échevins de la ville, que ces gens ont tout ce qu'il faut pour ouvrir les portes. Prévenez un événement qui compromettrait l'autorité.

Le président du sénat comprit. Il se baissa sur le bureau, écrivit un ordre, et le donnant à l'orateur des forgerons :

— Par égard pour une utile corporation comme la vôtre, dit-il, nous voulons bien pardonner les emportements de votre compagnon. Voici la levée de son écrou. Allez, citoyens paisibles, le mettre en liberté, et recommandez-lui la circonspection et le calme.

Les forgerons poussèrent en l'honneur du sénat des hourras qui firent trembler la salle, et sortirent avec fracas.

Peu d'instants après, dans un vaste cabaret, ils régalaient leur camarade en liberté, et l'engageaient à préparer de nouveaux sermons.

Le sénat débarrassé se reprit comme il put ; et, voulant poursuivre son instruction contre Rothmann, le président récapitula ce qu'il avait dit et ajouta :

— De plus, l'homme qui nous trouble veut bouleverser ici la propriété et les droits acquis. Il exige que tout soit en commun parmi nous, comme au temps des apôtres.

A ces mots, tous ceux de l'assemblée qui ne possédaient rien trépignèrent ; leurs cris de Vive Rothmann ! ne furent pas moins éclatants que les hourras des forgerons. Mais les notables bourgeois et les honnêtes artisans se trouvaient là en majorité. Le sénat se vit soutenu. Le président, s'armant donc de fermeté, lut contre Rothmann et quelques-uns de ses adhérents une sentence d'exil. Elle fut écoutée en silence. Mais des grondements sourds se firent entendre bientôt. Tilbeck, le consul, prit la parole :

— La peine est sévère, dit-il. L'excellent messire Rothmann a été mal compris. Ce partage des biens qui étonne notre avarice, il ne l'établit que comme conseil; il ne le pose pas comme précepte.

— Sa doctrine est formelle, répliqua un riche sénateur; la voici imprimée.

— Il a pu s'être trompé et mériter une réprimande. Mais, ajouta Tilbeck en élevant la voix, nous serions des ingrats de consentir pour cela à son exil.

— A bas la sentence! cria la foule en s'agitant.

Knipperdoling alors tira son épée. Tous ses partisans l'imitèrent. Le but de ce mouvement convenu était, d'une part, d'intimider le sénat; de l'autre, d'imposer au peuple. Mais le peuple criait :

— A bas le sénat!

Et quelques mains lestes s'étant emparées de l'arrêt le déchiraient en pièces; après quoi il fut foulé aux pieds.

Le sénat, s'effrayant d'une telle scène, se prit de peur, leva le siége en désordre, se réfugia dans la salle du conseil et, sous l'effroi que ce tumulte faisait croître, s'y barricada. Cette panique donna à la foule des idées qu'elle n'avait peut-être pas préméditées. Elle se renforça de la faiblesse des sénateurs, se rua contre les portes de leur refuge et les assiégea. C'est ainsi que le chien court bravement après le chat qui se sauve. Les pauvres magistrats un moment ne furent défendus que par les catholiques qu'ils opprimaient, et à la tête desquels se trouvait Herman Ramers. Knipperdoling vint assez vite à son aide; car il ne voulait pas encore abattre le sénat. Mais, malgré leurs efforts, la foule turbulente eût pu commettre quelques excès, si une sorte de géant n'eût paru tout à coup, traversant la place et accourant sur son grand cheval; c'était Bernard Buxtorf. Il mit vivement pied à terre, courut à Knipperdoling, et se campant à côté de lui il cria :

— Hors d'ici les oppresseurs! Le sénat est sous notre sauvegarde.

Sa voix puissante et la conscience qu'on avait de sa force inouïe, qui le rendait l'homme le plus redouté de Munster, calma sur-le-champ l'effervescence.

Et quand on l'eût instruit en peu de mots de ce qui se passait :

— Compagnons, reprit-il, c'est donc ainsi que vous risquez tout! Sachez que nous avons besoin de notre sénat, et que ceux qui l'insulteront sans ma permission passeront par mes mains. J'arrive d'Amsterdam; tout va bien; la grande ville fraternise avec nous; elle demande que nous lui députions quelques-uns de nos apôtres...

— Moyen de nous débarrasser de ceux qui nous gênent, dit tout bas Knipperdoling.

— Elle va nous envoyer des ambassadeurs et des troupes ; et c'est dans ce moment que nous nous mangeons nous-mêmes !... A bas les oppresseurs !

— Vive le géant ! cria la foule.

— Notre cause est gagnée, reprit Buxtorf, et je vous annonce, peuple de Munster, une grande nouvelle. On a vu le Juif-Errant.— Vous savez qu'il ne passe jamais sans présager quelque heureuse révolution. On l'a vu à Utrecht ; il se dirigeait vers nos contrées. Le présage est pour nous.

— On a vu le Juif-Errant ! dirent les femmes.

— Si on a vu le Juif-Errant, ajouta le tripier, c'est un fier signe. La chose ira toute seule.

Mille conversations bourdonnantes et animées s'entamèrent sur un si curieux sujet. Bernard Buxtorf et Knipperdoling profitèrent de la diversion pour rassurer les sénateurs, qui rentrèrent alors en séance.

On leur fit comprendre que, vu les manifestations populaires, il était prudent de supprimer la sentence d'exil.

— Mais, ajouta Knipperdoling, si vous voulez pourtant faire peser un peu votre puissance sur Rothmann, vous avez un autre moyen de le punir : ôtez-lui sa chaire.

— Nous ne demandons en effet que son silence, dit un sénateur.

— Faites donc ainsi, dit Bernard Buxtorf; et nous saurons maintenir votre arrêt.

— A la bonne heure ! répondit avec une certaine dignité le président du sénat; car nous ne pouvons faire grâce. Mais si on ne bannit pas Rothmann, ne pourrait-on exiler un peu Rollins et quelques autres ?

— Nous nous chargeons, sous peu de jours, de vous en délivrer.

— Soit ! je me fie à votre promesse.

Et le chef du premier corps de l'État, ayant pris les avis de ses collègues, déclara qu'en raison de l'attachement que le bon peuple de Munster témoignait pour messire Rothmann, on voulait bien excuser à demi les excès de sa parole, dans l'espoir qu'il rentrerait au giron du pur Évangile; mais que, pour juste châtiment de ses témérités, on lui interdisait toutefois les chaires de la ville.

Quelques vieilles femmes firent des huées, en menaçant les sénateurs de leurs quenouilles, de leurs ciseaux et de leurs aiguilles à tricoter. Mais la masse s'occupant de l'apparition du Juif-Errrant, on se moqua d'elles. L'assemblée se dispersa pour dîner; les dignes magistrats regagnèrent leur logis, dans une sécurité qu'ils avaient crue un moment très-exposée.

Quand Bernard Buxtorf et Knipperdoling se retrouvèrent seuls :

— Eh bien ! dit le second, les vraies nouvelles ?

— Les vraies nouvelles sont qu'en effet nous avons dans Amsterdam quelques amis qui demandent des apôtres de la doctrine de Rothmann. Nous leur enverrons nos exaltés.

— Et Jean de Leyde?

— Isaac, que j'ai rencontré, m'a solennellement promis sa prochaine arrivée. Le Juif se dirigeait sur Harlem.

— Il nous ramènera Divarre.

— Parmi les mille récits qu'on fait de nous par le monde, on contait à Amsterdam que Knipperdoling était devenu ici chef de justice, et que Mathys allait être roi. Je lui ai annoncé ces nouvelles.

— Il a dû en être charmé, car il ne rêve que le rétablissement du règne de Salomon. C'est un vieil enfant d'Israël qui, je pense, est au moins sorcier. Il échappe merveilleusement à tous périls et ne recule devant aucune terreur. Mais ces bruits de grandeurs pour nous sont bons à répandre. Ils nous préparent la voie.

VI.

LE DOYEN DE COESFELD.

Il n'y a pas de créature plus méritante
sur la terre qu'un auditeur patient.
THÉOD. HOOK, *Sayings and Doings*.

La députation de Munster à ses bons voisins de
Coesfeld avait pour but d'amener cette ville dans
la ligue qui s'était organisée contre l'Évêque. Mais
la raison n'avait pas déserté Coesfeld. Quand Jean
de Wyck et Mathys, les chefs des représentants de
la nouvelle république, eurent exposé leur mission,
le sénat de Coesfeld leur répondit, par l'organe de
son président, qu'il voyait dans leur projet une intention louable et bonne; qu'il était glorieux en
effet d'affranchir les hommes, qu'il y avait certainement des abus à réformer, des torts à redresser, de
grandes améliorations à conquérir dans la condition
des masses populaires. — Mais, ajouta l'orateur
sensé, votre conduite est répréhensible sous tous
les rapports. Les excès ne produisent que des excès. Vous ne deviez pas vous livrer, comme il a été
fait, aux violences désordonnées. Vous avez aboli
le culte catholique. De quel droit et pour quel chef?

Vous avez secoué le joug du Prince. Pour quelle
raison? Vous avez détruit et pillé les saints lieux.
Dans quel but? Croyez-vous, par ces démarches
que rien n'excuse, faire naître la confiance? Vous
vous tromperiez. Jamais une révolution commencée
de la sorte, n'est parvenue à heureuse fin. Nous
sommes vos frères. Nous ne romprons point le pacte
de notre union; mais tant que vous écouterez la
voix des folles passions, nous vous plaindrons sans
vous suivre. Rétablissez le culte catholique; reconnaissez franchement l'autorité du Prince-Évêque, qui est encore prêt à pardonner; chassez de
chez vous Rothmann, votre mauvais génie; et vous
nous verrez travailler avec vous à établir les vraies
réformes.

Ce discours ne plut guère aux députés de Munster.

Jean de Wyck répondit ironiquement qu'il re-
merciait les bons sénateurs des avis qu'ils voulaient
bien donner; qu'il s'en souviendrait en temps et
lieu; mais que le peuple qu'il représentait se croyait
assez fort pour ne pas reculer, et qu'à défaut des
bonnes gens de Coesfeld, il aurait d'autres soutiens.

Mathys, plus maître de lui-même, prit alors la
parole.

— Puisque vous reconnaissez, dit-il, que le besoin de certaines réformes est réel, vous ne repous-
serez pas au moins la lumière que l'Esprit nous
donne et que nous vous apportons. Vous permettrez

à nos prédicateurs de se faire entendre au milieu de ce peuple.

— Si vos orateurs sont de l'école de Rothmann, nous aimons mieux qu'ils cherchent d'autres auditeurs.

— C'est-à-dire, s'écria Jean de Wyck, que vous bâillonnez la parole. Êtes-vous des tyrans ou des administrateurs?

— Nous ne pensons pas être des tyrans; mais nous croyons devoir prévenir le mal. Notre ville est en paix, et nos concitoyens ne se plaignent pas de nous.

— Les prédicateurs que nous avons amenés, reprit Mathys, sont de pieux docteurs qui nous ont été envoyés par le landgrave de Hesse et les autres princes. Ils se bornent à prêcher le pur Évangile.

En effet, croyant la ville de Coesfeld trop peu avancée pour comprendre Rothmann, la députation de Munster ne voulait entamer ce peuple que par des ministres luthériens d'abord, sachant bien que s'ils faisaient une brèche, elle s'agrandirait ensuite aisément.

Le chef du sénat se contenta de répondre, après un moment de réflexion :

— Les chaires et les églises appartiennent au clergé. Adressez-vous au doyen de Coesfeld. S'il veut bien vous permettre de faire entendre vos orateurs, ce n'est plus notre affaire.

— Je n'aime pas les refus dissimulés, grommela

Jean de Wyck. Tous ces prêtres papistes étouffent la parole, parce qu'ils sentent qu'ils ne peuvent la combattre. J'en voudrais un qui nous laissât dire et qui sût nous répondre.

— Eh bien! dit en intervenant un paisible sénateur, je crois que notre doyen vous donnerait cette satisfaction.

— Quel homme est-ce? demanda Mathys.

— C'est un vieillard de soixante-dix ans, le plus doux des hommes, toujours joyeux, toujours de bonne humeur, simple et droit, qui se dépouille de tout pour les pauvres, qui ne possède jamais rien, qui pardonne toutes les fautes, qui console toutes les misères, qui supporte tout, qui aime tous les hommes, qui ne condamne personne et qui, dans son ministère, est un père au milieu de sa famille.

— Et ses mœurs? demanda Mathys.

— Il est pur comme un enfant. Depuis cinquante ans, toute la ville le connaît.

— C'est pour nous un homme dangereux, marmotta Jean de Wyck.

— N'est-il pas austère? demanda encore Mathys.

— Il l'est pour lui; il ne l'est jamais pour les autres. Il prie pour Luther, pour Rothmann, pour vous tous.

Jean de Wyck et Mathys se regardèrent en silence.

— J'y vais, s'écria ce dernier. Ce bonhomme ne nous empêchera pas de parler au peuple. Prêchet-il? reprit dédaigneusement le voyant de Munster, en se retournant vers le sénateur.

— Il prêche un peu, mais sans éclat.

— Vous verrez, dit tout bas Mathys à Jean de Wyck, que si nous parvenons à parler, ce sera ici comme là-bas. Personne ne nous répondra ; et nous emporterons la place. Laissez-moi faire.

Et le meneur de Munster, qui, dans cette circonstance, comprimait son esprit de voyant ou de prophète pour ne s'occuper que de son personnage de diplomate propagateur, s'en alla chez le bon doyen, soutenu des trois ministres de Christ qu'il avait amenés.

Le vieux curé habitait une maison pauvre et démeublée, car il donnait tout au premier qui avait besoin. Mathys le trouva lisant, assis dans un vieux fauteuil de cannes ; et il fut frappé de cette figure douce et ouverte, que soixante-dix ans de vertus rendaient vénérable et auguste. Il exposa sa demande de faire entendre la parole évangélique dans quelqu'une des chaires de la ville.

— Volontiers, mon fils, répondit sur-le-champ le vieillard, pourvu que vous promettiez sincèrement qu'on ne prêchera que l'Évangile, qu'on supprimera les quolibets, qui conviennent mal dans le lieu saint, et qu'on traitera décemment et gravement les questions religieuses.

— Nous nous y engageons, répondirent ensemble les trois ministres de Christ.

— Je n'ose disposer que de mon église, qui est au fait la plus grande. L'un de vous peut y prêcher demain, après la sainte messe, à laquelle j'espère que vous assisterez pour vous recueillir.

— Ce bonhomme est à nous, dit Mathys tout bas.

— Je n'ajoute qu'une condition à celles que je vous ai faites. C'est que si je trouve à reprendre, comme je le crains, dans votre prêche, je pourrai vous répondre immédiatement, et que vous m'écouterez comme je vous aurai entendus.

— Accepté! dirent vivement les trois orateurs.

Et après avoir remercié le bon doyen, Mathys et ses trois amis se retirèrent pleins de joie. Non-seulement ils allaient prêcher le peuple de Coesfeld, en dépit de la mauvaise grâce du sénat; mais ils trouvaient enfin ce qu'ils avaient tant souhaité : un champ-clos, c'est-à-dire un triomphe. Ils allaient lutter avec un prêtre papiste, un doyen, un homme vénéré. Comme ils allaient le rouler, l'entraîner, le convertir, et avec lui toute la ville! Et quelle gloire pour eux! Ils se hâtèrent d'annoncer à Jean de Wyck leur succès inespéré. Bientôt, on sut par toute la ville que les ministres du pur Évangile prêchaient le lendemain, 15 novembre, dans la chaire du doyen. Ce fut grande rumeur. L'église fut pleine à la messe qui précéda les prêches.

Le doyen avait fait disposer, dès le matin, un épais rideau qui ferma le sanctuaire quand la messe fut dite; et au milieu du plus grand silence, devant une assemblée compacte, le plus habile des trois ministres monta dans la chaire. Le doyen, placé au banc d'œuvre, se leva :

— Mes chers enfants, dit-il à ses paroissiens inquiets, j'ai cru ne pas devoir m'opposer à des communications qu'on désire vous faire. Si on ne vous prêche que la morale, elle est toujours bonne ; si on vous apporte la lumière, vous l'accueillerez. S'il se glissait quelques erreurs dans ce qui va vous être dit, je vous prie de ne manifester ni approbation ni blâme : je me suis réservé de répondre. Du moins, sur ce point de la réforme dont on fait tant de bruit, vous allez être éclairés.

Le vieux curé se tut ; et le luthérien commença à la manière de ses collègues, en se privant du signe de la croix. Comme tous les ministres de Christ, après quelques paroles d'une onction étudiée, il ne manqua pas de vomir un peu de fiel sur l'Église, sur le clergé, sur les moines, sur le Pape. Il attaqua ensuite, en s'animant avec mesure, les sacrements, et spécialement la confession. — Pendant les lieux communs qu'il débitait avec une chaleur évidemment factice, Mathys aperçut un mouvement dans l'auditoire. Tout le monde se retournait vers un homme placé en face de la chaire, et qui paraissait transporté d'aise et d'enthousiasme. Il reconnut le personnage ; c'était le père Isaac.

— Ce vieux Juif est partout ! pensa-t-il.

Mais quand l'orateur luthérien eut fini, sans exciter les applaudissements qu'il attendait de l'auditoire attentif, le doyen de Coesfeld lui succéda dans la chaire.

— Mon frère, dit-il au prédicant dès qu'il le vit assis au banc d'œuvre, à la place qu'il venait de quitter, je serai court, car je veux laisser à vos collègues, sans fatiguer trop l'assistance, le temps de parler à leur tour s'ils le jugent à propos.

Il fit le signe de la croix, et il ajouta :

— Nous invoquerons, s'il vous plaît, la sainte Mère de Dieu, dont l'assistance peut être inutile à votre cause, mais non pas à la nôtre.

Il récita un *Ave Maria,* puis il dit :

— Vous avez attaqué l'Église, c'est-à-dire l'unité, mon frère. Quand Jésus-Christ, notre Seigneur, a dit qu'il n'y aurait qu'un pasteur et qu'un bercail; quand il a dit que celui qui n'écouterait pas l'Église serait un païen; quand il a dit à Pierre que sur lui il fonderait son Église; quand il lui a dit qu'il aurait à confirmer ses frères, il a fondé pourtant l'unité de l'Église et la primauté du siége de saint Pierre.

En même temps qu'il promettait d'être avec son Église, jusqu'à la consommation des siècles; — et sa parole, qui, depuis quinze cents ans, ne s'est pas démentie, sans doute ne se démentira pas encore; — il nous a prévenus de nous garder des faux christs et des faux prophètes; il nous les a annoncés. Pauvres frères séparés, qui vous détachez de l'Église notre mère, vous venez après bien d'autres,

après mille autres que je pourrais vous nommer.
Dès le temps des apôtres, ceux qu'on appelle du
triste nom d'hérétiques se sont dressés contre l'É-
glise, comme les anges égarés s'étaient levés contre
Dieu. Saint Jean les a combattus; saint Paul a lutté
contre eux. Aucun de ces rebelles n'a duré; aucun,
mes frères. Croyez-vous que vous durerez plus
qu'eux?

Que Dieu, dans sa mansuétude infinie, vous touche et vous ramène !

Frères, quelquefois, en songeant à votre œuvre,
il me semble que je vois une noble et belle figure
à laquelle on a mutilé le nez, le front et les yeux,
déchiré les lèvres et rompu les dents. N'est-ce pas
là le christianisme, arrangé comme vous le faites?
Vous lui ôtez toutes ses grâces, convenez-en, et
vous ne lui apportez rien. Car, enfin, qu'inventez-
vous?... Vous niez... Si c'est là du progrès et du
mouvement, je ne le comprends pas.

Et, ce que vous faites au spirituel, vous serez en-
traînés fatalement à le reproduire au matériel. Vous
supprimerez dans les églises tout ce que les arts ont
créé pour élever l'âme ; car la matière même, si elle
cesse d'être brute, crie contre vous. Vous dessèche-
rez le culte ; vos temples seront des sépulcres vides,
où les fidèles, comme des automates, se rangeront
pour écouter des paroles mortes.

Je m'arrête ici, et c'est mon premier point : venons aux choses pratiques.

5.

Vous supprimez la confession. Assurément, c'est habile, car vous ne travaillez pas pour votre troupeau; vous travaillez pour vous. Et, en effet, humainement parlant, au lieu de passer la moitié de ma vie à entendre tous les jours trente confessions, si souvent tristes; au lieu de m'épuiser à consoler des cœurs brisés, à relever des âmes pusillanimes, à faire opérer des restitutions qui ne me touchent pas, à éclairer des consciences troublées, à instruire de pauvres ignorants, il me serait bien plus doux de me reposer dans d'affables causeries, de jouer aux dés avec des amis, de tuer le temps à table; car c'est ainsi qu'on s'exprime.

Par les froids de l'hiver, par les pluies et les frimas, par la neige et les ouragans, la nuit, arrachés à notre sommeil, le jour, aux douceurs de notre foyer, nous allons dans les lointaines campagnes porter aux mourants, que l'approche terrible de l'heure suprême désole et désespère, les consolations et la force que donnent les sacrements. Nous entrons dans des logis en deuil, dans des bouges infects, où l'odeur de la mort s'exhale partout; nous sommes accueillis par des larmes, par des sanglots, par des regards mornes et déchirants, et il nous faut longuement dévouer notre énergie et nos forces à remettre des cœurs abîmés. Vous vous épargnez ces travaux. Humainement parlant, c'est prévoyance habile; et vous savez bien ce que vous faites.

Vous abolissez les jeûnes et les abstinences. Vous

rejetez les mortifications. Vous dispensez des bonnes
œuvres ; et quand l'apôtre a dit que la foi sans les
œuvres est une foi morte, vous dites, vous, que la
foi suffit. C'est surprenant. On peut ainsi se replier
sur soi-même, rire de la famille humaine qui périt,
abandonner les malades sur leur grabat, les blessés
avec leurs ulcères, les pauvres condamnés dans les
angoisses de leur supplice, fuir les pestiférés, ne
s'occuper que de sa propre joie et vivre dans la vie
animale aussi largement qu'on le veut, sans charité, sans souci, sans compassion...

Vous bafouez les vœux, ces actes d'héroïsme
que la religion romaine a seule inspirés, comme
elle a inspiré seule, absolument seule, la chasteté,
l'humilité, la charité. Vos prêtres peuvent se ma-
rier, se voir entourés d'une famille qui leur sourit,
oublier, au milieu de leurs petits enfants, les pauvres qui souffrent et qui pleurent, vivre sans peines,
sans expiation, sans pénitence, comme s'il n'y
avait que cette vie. Je ne vous demande que de
prouver que vous avez raison en vous adressant aux
passions et à la chair, et que la sainte Église romaine, avec sa foi ferme et soumise, avec son dévouement sans bornes, avec sa charité sans mesure,
a tort de s'adresser à l'âme.

Vous nous attaquez en masse par des personna-
lités contre quelques-uns de nous qui se sont perdus ; mais, dans l'Église, les individus sont peu de
chose ; ils ne sont que des hommes.

Et, de plus, quand même, par des arguments logiques, vous prouveriez que vous raisonnez conséquemment, ce qui est impossible, il me semble qu'avec la grâce de Dieu je ne vous suivrais pourtant pas; car vous ravalez l'espèce humaine aux grossières jouissances de l'animal; vous ne vous occupez que du corps; et, si je ne me trompe, ce sont des âmes que Dieu réclame.

Le bon curé s'arrêta doucement; un frémissement d'adhésion circulait dans l'auditoire.

— Maintenant j'ai fini, reprit-il; et si un autre veut parler à son tour, j'espère que Dieu me donnera encore des paroles pour lui répondre. Quant à vous, mes fidèles paroissiens, vous jugerez tout à l'heure qui vous devez suivre. Mais je ne pense pas que vous me délaissiez, et je sais même que vous prierez encore avec moi pour ceux qui se trompent.

Après ces mots, il descendit de la chaire. Les deux autres ministres de Christ se regardèrent et ne montèrent pas après lui. Mathys cherchait Isaac, qui avait disparu. Il le retrouva dans le cimetière, et courut sous sa conduite rejoindre Divarre; elle venait d'arriver avec le tailleur de Leyde.

La députation s'en allait donc, quelque peu piteuse, entourant Jean de Wyck, qui disait :

— Je n'aurais pas cru ce bonhomme aussi fort.....

La ville de Coesfeld demeura catholique. Mais qui sait ce qui fût advenu, si son doyen n'eût pas été un saint prêtre? Ce fait grave, que mille faits pa-

reils appuient, nous dévoile la redoutable respon-
sabilité qui pèse sur les pasteurs. Quelques années
plus tard, la Réforme fut prêchée dans les trente-
trois villages qui s'étalent au soleil du nord, entre
Amersfort et Utrecht. Trente-deux curés succombèrent; un seul, celui qui occupait le village du
centre, garda sa foi et se maintint; et depuis trois
siècles, au milieu de trente-deux paroisses égarées,
ce seul village est demeuré catholique. C'est Ry-
senburg. Un vaste phalanstère de ces anabaptistes
mitigés, qu'on appelle les Frères-Moraves, est même
venu s'établir dans son voisinage. Il n'a fait aucune
plaie à ces cœurs que Dieu se souvient d'avoir
trouvés fidèles.

VII.

NETTIE DE WYCK.

> Quiconque n'a pas de caractère n'est pas un
> homme. C'est une chose.
>
> CHAMFORT.

Pendant le prêche que le sermon du doyen de
Coesfeld étouffa, la fille de Jean de Wyck, la belle Nettie (1), était demeurée à l'auberge. Quoique ardente

(1) Diminutif de Jeannette.

luthérienne, elle n'avait pas encouragé de sa présence
les prédicateurs de sa secte. Mais dominée, comme
tous ses codissidents, par le zèle du prosélytisme, elle
avait son projet; elle ne craignait pas qu'on l'accu-
sât d'indifférence, et elle voulait empêcher un jeune
catholique, dont nous parlerons bientôt, d'assister
à une défaite que son sens fin lui faisait deviner. Re-
cherchée par plusieurs, elle avait promis de n'épouser qu'un solide ennemi de l'Église romaine. Pour
quelle cause, pauvre jeune fille, se levait-elle aussi
contre les splendeurs catholiques, que sa mère pourtant lui avait enseignées? Hélas! c'est que la doctrine de Rome prescrit la confession, et que maintenant Nettie de Wyck ne se souciait plus de découvrir l'intérieur de son âme.

Aussi, malgré sa beauté, avait-elle ce signe glacé
qui, dans le nord, fait reconnaître à tout observateur les jeunes filles séparées de Rome parmi les
jeunes filles catholiques. Elles n'ont pas comme ces
dernières un sourire de sécurité, un regard qu'aucune arrière-pensée ne trouble. Elles ont un nuage
dans l'œil. On dirait qu'un certain poids les charge
et qu'elles vont, jusque dans leurs fêtes, embarras-
sées de je ne sais quoi qui les gêne et les inquiète.
Celles qui rentrent dans l'Église, où elles retrou-
vent la liberté de l'âme, comprennent ce mystère.

Parmi les soupirants de la grave et imposante
Nettie, chose étrange! le plus favorisé, contre ses
projets, et comme malgré elle-même, n'était pas un

protestant. Mais elle voyait en lui une conquête à
faire. Il se nommait Henri Mollenbeck; maître forgeron, aussi doux au moral que taillé en force au
physique, complétement épris de la jeune luthérienne, il était lié à Munster avec les chefs du
mouvement. Jean de Wyck le jugeait un parti convenable pour sa fille et voyait sa recherche avec
plaisir; il ne doutait pas que Nettie ne l'amenât à
l'abjuration : c'est le nom qu'on donne, hors de
l'unité, à l'apostasie. Le forgeron, de son côté, se
flattait de l'idée qu'il ferait rentrer doucement sa
future dans la barque de saint Pierre. Avait-il pour
cela assez de science et assez d'habileté? Peut-être
d'ailleurs, la grâce qui fond les cœurs endurcis ne
devait-elle plus, dans les décrets suprêmes, être accordée à Nettie. La suite des faits montrera du
moins que Henri se berçait d'illusions. Toutefois il
sentait dans le fond de son âme la résolution d'é-
pouser cette jeune fille et se jurait en même temps
qu'il ne déserterait jamais sa sainte bannière.

Il y avait donc entre Henri et Nettie, toutes les
fois que l'occasion leur ménageait un peu de solitude, assaut de prêche et de sermon, et leurs entretiens intimes n'étaient jamais que de la controverse.
La jeune fille parlait avec chaleur, jusqu'à s'entraîner elle-même. Le forgeron se défendait avec plus
de raison et plus de calme, et le calme enlève rare-
ment les esprits passionnés. De plus, comme il savait
qu'il était bien vu, il traitait généreusement son

adversaire. Il en résultait que ses ménagements lui donnaient, au terme de chaque discussion, la semblance d'un vaincu, bien qu'il ne se sentît pas même blessé.

Quelquefois il se troublait de ces querelles religieuses; il voulait les éviter; il n'y parvenait pas. Il s'inquiétait aussi d'un symptôme qui le choquait; c'est que Nettie n'avait pas, dans sa foi, de règle fixe, qu'elle innovait dans l'innovation, qu'elle improvisait des dogmes et réformait dans la réforme. Ignorait-il que la stabilité ne peut jamais asseoir un édifice détaché de toute base?

Au moment où le doyen de Coesfeld répondait si simplement aux clameurs de ceux qui se disaient ministres de Christ, Nettie de Wyck était devant son futur, au plus fort de son prêche animé, dans la grande salle de l'auberge.

Le forgeron, qui devait aussi aux bons moines quelque instruction, parvenait mal à soumettre son adversaire, qu'il ménageait trop; mais il s'impatientait.

— Puisque nous passons le temps à ces disputes, dit-il, nous eussions mieux fait d'aller au sermon.

— Et qu'eussiez-vous entendu? Un vieux prêtre qui vous eût vanté les sacrifices. Immolation de l'esprit dans l'humilité; immolation de l'intérêt dans la charité; immolation du cœur et des sens..... car tout est croix dans cette religion vieillie.

— Mais, Nettie, les sacrifices ne déplaisent pas à

Dieu : ils sont une preuve d'amour ; ils coûtent médiocrement à un cœur qui aime. Vous-même, n'exigez-vous pas des sacrifices ? Ne me demandez-vous pas l'immolation de mes croyances ?

— Pour votre affranchissement et votre bonheur.

— Au contraire, je suis plus affranchi qu'un réformé, car j'ai la confession qui me remet mes dettes, et mon âme est en paix. Quant au bonheur dont vous parlez, nous le cherchons aussi dans notre patience ; mais c'est le bonheur éternel : l'autre est bien court. Et puis, en supprimant, comme vous faites, les commandements de l'Église, vous ne brisez pas tous vos liens : les commandements de Dieu vous restent.

— Au moins ceux-là ont une autorité.

— Dieu les a donnés à Moïse ; il a donné à l'Église les autres. Il est vrai que l'Église, votre mère, vous la repoussez. Mais vous ne pouvez pourtant pas faire qu'elle ne soit pas ; et vous oubliez que Jésus-Christ a dit formellement : Celui qui n'écoutera pas l'Église sera regardé comme un païen et comme un opprobre.

— C'est vrai ; mais l'Église, c'est nous.

— Les hussites, les vaudois, les iconoclastes, les ariens, les nestoriens, tous les autres qui se sont séparés ont dit la même chose. Il ne peut y avoir qu'une Église, celle qui n'a jamais varié, celle qui remonte à saint Pierre, le seul pasteur du seul bercail toujours ouvert aux chrétiens. Hors de son enceinte les pasteurs sont souvent des loups. Je voudrais là-dessus, Nettie, vous voir plus calme, continua le forgeron, en remarquant la rougeur de la colère qui empourprait le front de la jeune fille. Je n'exagère point; mais vos docteurs ôtent tout à la religion et ne lui donnent rien. Ils prêchent une foi vide, et je ne puis me retenir de vous répéter une comparaison que des hommes sensés faisaient devant moi, c'est que, chrétiennement parlant, il y a entre un catholique et un protestant la différence qu'il y a entre un homme et ses habits remplis de paille (1).

— Vous avez, Henri, s'écria la jeune fille, une tête d'acier. Ce sont vos moines qui vous disent de telles choses. Ils ne vous parlent pas du progrès.

— De quel progrès? Voici des hommes qui viennent d'inventer la fourchette. C'est commode. Jusqu'à présent nous mangions tout avec la seule cuiller. Voilà une amélioration. On peut en faire dans les choses matérielles; on n'en fait pas dans les choses de Dieu.

— Mais les abus?

— Il y en a trop assurément, et il est juste qu'ils tombent. Cependant, pour enlever les taches d'un vêtement, c'est un singulier procédé que celui qui détruit le vêtement et le brûle. Vous faites ainsi. Vous nous enlevez, non les abus, mais les saintes choses

---

(1) Le protestant Reeves cite cette comparaison; et, ce qui est plus original, il la trouve assez juste.

sous ce prétexte ; vous avez interdit l'invocation des
saints, nos consolants auxiliaires : vous supprimez
la prière pour les morts ; de votre autorité vous niez
les sacrements. Un homme va, livré à son sens, et
il meurt comme autre chose. S'il fait des fautes, et
qui n'en fait pas tous les jours! il les amasse. Le
mariage est ici un acte de société. Pour vertus, vous
nous laissez la foi, une foi isolée, la foi sans les œuvres, et vous dites qu'elle suffit au salut. Si j'admet-
tais cette doctrine, je demanderais qu'on me définît
au moins la foi que je dois avoir. On ne le pourrait
pas. Mélanchton impose dix-huit articles ; Luther se
contente de seize ; un autre déclare que onze suffi-
sent ; Rothmann n'en exige que sept : il viendra un
plus fort qui n'en prescrira aucun. Croyez-moi, Nettie, sortez de cet égarement.

Mais la jeune fille, qui avait laissé au forgeron la liberté de parler, et qui le berçait perfide-
ment de quelque espoir qu'elle pourrait entendre
encore la raison, réclama à son tour le privilége
d'exposer complétement son symbole. Elle parla
avec feu, démontrant que, si on pouvait critiquer la
réforme, c'est qu'elle n'était pas encore assise,
avançant qu'il fallait étendre de beaucoup les dimen-
sions du protestantisme, avoir un culte simple, des
églises nues, supprimer les arts, et, dans une religion uniquement organisée pour les sens, remplacer
par le rigorisme matériel les saintes rigueurs dont
on délivrait les âmes. Elle entra ensuite pleinement

dans les enseignements de Rothmann, que certai-
nement elle avait lus. Elle parla de l'esprit individuel qui devait suffire à tout. Elle commençait à
effrayer un peu le forgeron, quand son père rentra
avec Mathys et les autres.

— Nous partons à l'instant, dit Jean de Wyck,
laissant voir qu'il était sous l'influence de la mauvaise humeur; et s'adressant à Henri, il ajouta :
— Allez rassembler notre escorte. Je ne resterai pas
une heure de plus dans cette ville.

Le forgeron sortit en soupirant.

— Est-ce que vous avez essuyé de nouveaux
déboires? demanda Nettie, interdite de la mine
sourcilleuse que faisait son père.

— Ne m'en parlez pas, ma fille, répondit le député. Une ville encroûtée! de vraies têtes de bois! de
vrais manants! de vrais Westphaliens! de vrais
poeps (1)! Aussi nous ne reviendrons pas ici avec
des ministres qui se laissent battre; nous y reviendrons avec des arquebusiers.

Il sortit en grondant, alla surveiller son bagage;
et Nettie, demeurée seule, car Mathys et les ministres de Christ avaient disparu, ne put apprendre que
d'une servante de l'auberge la déconfiture des propagateurs du pur Évangile. Les trois luthériens qui
avaient échoué dans leurs prêches emballaient avec
dépit les manuscrits qu'ils venaient de débiter et

(1) On prononce poups. C'est un terme injurieux et grossier que les
Hollandais, les Brêmois et d'autres appliquent aux Westphaliens.

qu'ils froissaient, comme si le papier qui les souffrait n'eût pas été innocent de leur désastre.

Le Juif marchait à grands pas dans la rue, s'impatientant évidemment. Mathys, enchanté de ravoir sa femme, lui annonçait que, s'il n'était pas roi encore, il allait le devenir. Reprenant son assiette de prophète, il promettait un trône au moins à Jean Bockelzoon, car toute la terre, disait-il, allait être leur conquête. Le jeune tailleur de Leyde, que les défaites qu'on venait de subir à Coesfeld n'avaient pas refroidi, l'écoutait avec l'attention d'un élève qui étudie son maître. — Tout à coup il se sentit pénétré de l'esprit de voyant lui-même. On l'avait prévu. Il parla en termes obscurs de la nécessité de renouveler toutes choses; ses yeux flamboyèrent.

— Knipperdoling m'avait annoncé ce que je vois! s'écria Mathys en embrassant Jean de Leyde. A nous trois le monde!

Les trompettes sonnèrent le départ; Jean courut serrer la main de son juif mystérieux, et la députation de Munster se remit en route, solidement escortée d'une troupe que commandait le forgeron, et en avant de laquelle marchait en éclaireur le vieil Isaac.

VIII.

LE JUIF-ERRANT.

> Est-il rien sur la terre
> Qui soit plus surprenant
> Que la grande misère
> Du pauvre Juif-Errant?
>
> *Complainte populaire.*

Pendant la marche de ce retour peu triomphal,
et tandis que les compagnons de Jean de Wyck
maudissaient sur le chemin de Munster le temps
affreux qui leur faisait cortége et les routes détes-
tables qu'il leur fallait parcourir, -- quatre femmes,
que le lecteur connaît déjà un peu et qui doivent
paraître plus d'une fois dans cette chronique, étaient
assises, le soir du 15 novembre 1533, autour d'un
petit poêle chauffé de ces bonnes tourbes que pro-
duisaient alors les marais de la Westphalie. C'était
dans une salle aux vitraux étroits de la maison de
Rachel la bohémienne, qui occupait loin du bruit,
dans une ruelle voisine des remparts, une silencieuse
cabane de peu d'apparence, où de curieuses dames
venaient souvent, inquiètes de l'avenir.

Les quatre jeunes femmes réunies ne s'étaient
pas rassemblées alors pour des thèmes d'horoscope;
c'était, avec la maîtresse du logis, l'ardente Hilla

Phey, Gritte Modersohn, plus concentrée, et Catherine Cruse, la marchande d'écrevisses.

Depuis que Buxtorf, le Goliath de Munster, avait annoncé d'un ton solennel l'apparition du Juif-Errant, il avait produit dans la ville une grande diversion aux préoccupations politiques. A peine songeait-on à la mission de Coesfeld. Les femmes, suspendant l'exercice de leur part d'activité dans les mouvements de la réforme, les progrès de la raison et les luttes de la liberté, voulaient avoir autant que possible le cœur net de cette grande nouvelle. Les trois jeunes têtes romanesques, par lesquelles la Bohémienne alors était courtisée, ne venaient donc pas interroger sa science profonde sur les chances de leur vie. On leur avait dit que Rachel, bien plus instruite qu'on ne le soupçonnait, savait dans presque tous ses détails la mystérieuse histoire du mystérieux vieillard des anciens jours; et elles voulaient puiser à une bonne source des renseignements et des récits qui leur fourniraient matière ensuite à de glorieux applaudissements, lorsqu'elles les répéteraient avec commentaires dans leur voisinage.

A la vérité, on racontait déjà partout bien des choses singulières; on en avait même imprimé de surprenantes; mais tous ces récits étaient hasardés, décousus, informes; les esprits excités avaient soif de quelque chose de moins vague. Hilla Phey et Catherine Cruse avaient inutilement harcelé Buxtorf de questions multipliées ; il n'avait pu, ne sachant rien, que leur répéter le bruit dépourvu d'accessoires qui était venu à ses oreilles en courant la Hollande, et il avait cru leur être fort agréable en ajoutant que le Juif-Errant vivait depuis plusieurs centaines d'années. Gritte avait trouvé plus de lumières chez quelques révérends. Mais ce n'était là non plus que des faits insignifiants, qu'on pouvait même traiter de suppositions ; et d'ailleurs quelques-uns, dans leurs récits, chargeaient les Juifs avec si peu de ménagement, qu'étant amie de la Bohémienne, qui sortait évidemment de la race d'Israël, elle ne se plaisait pas à croire ce qui la noircissait.

On mit donc bientôt la grande question du moment sur le tapis, et on pria Rachel d'en dire tout ce qu'elle en savait :

— Oh ! ce serait un long récit, dit-elle, si je le prenais à son origine, et je ne le pourrais suivre sans interruption et sans désordre, car la plupart des chapitres de cette grave histoire ne sont connus que de Dieu, et peut-être du pauvre homme qui porte à présent plus de quinze siècles sur ses cheveux grisonnants.

Cette expression étonna la marchande d'écrevisses.

— Mais s'il grisonne aujourd'hui, dit-elle, il va donc aussi à reculons ; car il a eu le temps de blanchir, le bon homme, à moins qu'il ne se renouvelle comme le phénix.

— Vous le jugez à la manière des autres, reprit
Rachel, et c'est là ce qui vous trompe. Il ne peut
vieillir qu'en raison de la durée de sa vie; or, il doit
marcher toujours, et ce mot est long. Il avait cinquante ans lorsqu'il fut condamné. Depuis ce jour-là,
chaque période d'un demi-siècle ne lui compte que
pour une année de douze mois. Ainsi, aujourd'hui il
peut avoir l'aspect d'un vieillard de quatre-vingts
ans bien conservé; sa barbe pousse peu et ne l'in-
commode point. C'est donc une erreur de nous le
faire barbu comme on dit que l'était Pilate. Il n'est
ni gras ni maigre, plutôt maigre que gras. Aucun
de ses organes n'est affaibli, et il se maintient infatigable sur ses pieds.

— Vous l'avez donc vu? exclama vivement Hilla
Phey.

— Non; mais mon père l'a vu, et il est mort trois
jours après.

— Et qui l'a fait mourir?

— La rencontre du Juif-Errant.

Les trois femmes frissonnèrent. La Bohémienne
reprit :

— C'est qu'on ne peut le voir, dit-on, et surtout
être vu de lui, sans mourir. Mon père le savait, et il
en était frappé. Il nous en racontait plusieurs exemples; il nous citait entre autres la fin de Frédéric
Barberousse, qui se noya en Cilicie trois mois après
avoir vu le Juif-Errant, lequel lui promettait l'empire du monde. La mort triste de Frédéric II, son

6.

petit-fils, qui fut étouffé sous des coussins par Manfred, un de ses bâtards, avait la même cause; elle eut lieu trois semaines après qu'il eut rencontré le Juif-Errant, lequel lui avait annoncé que bientôt l'Église romaine ne lui ferait plus obstacle. Arius vit pareillement ses entrailles s'échapper subitement comme pour livrer passage à son âme, trois heures après que le Juif-Errant, joyeux de ce qu'il attaquait le Christ avec tant d'énergie, lui eut prédit qu'un grand triomphe allait éclater dans sa dispute.

— Mais c'est donc un prophète que cet homme? dit Marguerite.

— Ce n'est pas un prophète, puisqu'il est condamné, releva la marchande d'écrevisses; ce serait plutôt un sorcier.

— Ce n'est pas un sorcier non plus, reprit Rachel. Nous ne savons pas. Mais si nous décousons en bribes son histoire, vous la retiendrez fort mal. La voici : — Lorsque Jésus naquit...

— Croyez-vous en Jésus-Christ? interrompit Hilla Phey.

— Comment l'entendez-vous? dit la Bohémienne. Je crois aux faits de sa vie, racontés dans l'Évangile de Matthieu, car ces faits ne peuvent être contestés. Comme tous les sages de ma nation, qui savent bien qu'on ne peut nier sa vie et ses prodiges, je révère en lui un prophète et un homme puissant en œuvres.

— Vous ne le croyez pas Dieu?

— Si je le croyais, je serais chrétienne.

— Mais les miracles qu'il a faits, et que ses ennemis même, comme Julien, ont dû reconnaître,
n'ont pu être faits par un homme.

— Si Dieu l'avait envoyé?

— Mais la rédemption du genre humain n'a pu
être consommée que par un Dieu.

— Hilla parle comme un prédicateur, dit Marguerite.

— Elle fera un jour des sermons, ajouta Catherine.

— Nous ne sommes pas réunies pour cela, dit
Rachel, ne voulant point répondre à la dernière objection.

— Mais, reprit Hilla Phey, la dispersion des Juifs
et le maintien de leur nationalité depuis quinze siècles sont un témoignage unique, éclatant, miracu-
leux et subsistant toujours de la divinité de celui
qu'ils ont mis à mort. Mais le prodige du Juif-Errant, qui, en cette année 1533, doit compter quinze
cent quatre-vingt-trois ans, est un signe redoutable. Et quand même ce personnage extraordinaire
n'existerait pas en réalité (cependant il existe, puisque plusieurs l'ont vu, et qu'il s'est montré dans
chaque siècle, à diverses reprises), quand même
néanmoins il ne serait, comme l'ont dit quelques-
docteurs, qu'une personnification, une allégorie,
un emblème de la nation juive errante sur la terre,
sans demeure assurée, je crois qu'on n'en devrait
pas moins voir là quelque chose de surnaturel,

quelque chose qui n'a paru que cette fois dans le monde.

— Il est certain, répliqua Rachel, que le Juif-Errant n'est pas une allégorie. Les hommes qu'on appelle savants, et qui, ne sachant rien élever, se croient forts lorsqu'ils peuvent démolir, sont toujours prêts à nier un fait qui les étonne. Si ce fait merveilleux est très-populaire, ils en saisissent la signification morale pour en faire un symbole ou un emblème. Les amis de Luther, dans leurs entretiens de Wittemberg, prétendent, eux, que le Juif-Errant n'est pas la personnification du peuple israélite seulement, mais du genre humain tout entier, qui aussi jamais ne s'arrête. Avec ce système, on ferait de toute l'histoire un recueil d'allégories. Il est reconnu au contraire que les récits mêmes du prophète Jésus, qu'on appelle ses paraboles, dans un sens que Jérusalem n'entendait sans doute pas comme nous, le Samaritain, le Mauvais Riche, l'Enfant prodigue, et les autres, sont des faits positifs que la science profonde de Jésus connaissait par l'esprit de Dieu. Mais chez vous, qui êtes chrétiens et qui allez saluer tous les matins, aux portes de vos églises, l'image de saint Christophe, pour vous garantir de tout danger pendant le reste du jour, vos docteurs modernes n'ont-ils pas voulu faire de ce saint un apologue? Parce qu'il porta un jour sur ses épaules, à travers un fleuve débordé, le mystérieux enfant que lui envoyait le ciel pour éprouver son

dévouement ; que cet enfant, dit-on, était le Christ
de Dieu ; que depuis lors le saint s'est appelé Christophe, c'est-à-dire porte-Christ, vos docteurs, jouant
sur ce mot, ont dit que saint Christophe était un
emblème du chrétien, qui doit porter le Christ avec
lui dans le périlleux océan de la vie. Ne tentent-ils
pas encore de réduire en allégorie la digne patronne
des jeunes filles et des sages, sainte Catherine ? Cependant, aussi bien que Christophe elle a vécu, et
comme lui elle a couronné sa foi des palmes du
martyre.

— Vous êtes une brave et digne fille, et plus sa-
vante que Norden ! s'écria la marchande d'écrevisses, heureuse de voir sa patronne défendue.

— Mais comme il y a de singuliers contrastes ! dit
Marguerite. Ceux qui voient saint Christophe sont
saufs ; ceux qui rencontrent le Juif—Errant sont
perdus. Ne tirez-vous pas de là cette leçon que le
plus sûr est d'être chrétien ?

— Non, si la force qui tue est plus puissante ici
que la force qui sauve. On raconte qu'en son vivant
Christophe, depuis qu'il portait ce nom, car il était
né avec un autre, avait le privilége que vous attri-
buez à ses statues. Tous ceux qui le rencontraient
s'en allaient à l'abri de tout péril. Lui—même avait
échappé aux efforts des persécuteurs qui voulaient
le mettre à mort, lorsqu'il vit passer le Juif-Errant ;
trois heures après il n'était plus.

— Sans perdre son pouvoir néanmoins, car ses

images l'ont conservé; et sous leur appui le Juif-Errant passerait que je ne craindrais pas.

— Cependant, si je consultais les horoscopes, je vous dirais que, dans ce temps où nous sommes, à Munster, on doit voir le Juif-Errant, et que de ceux qui l'auront vu, trois ans après, on ne trouvera plus que la tombe.

Les curieuses jeunes femmes frémirent et gardèrent un moment le silence.

— Mais, objecta ensuite Hilla Phey, qui voulait secouer de pénibles pensées en écartant ces matières, comment se fait-il, Rachel, que, n'étant pas chrétienne, vous preniez tant d'intérêt à nos réformes ?

— Parce que je sais où elles marcheront; qu'elles amèneront l'égalité sur toute chair; que les Juifs ne seront plus des étrangers; que les Bohémiens cesseront d'être des jouets.

— Et, sans doute qu'avec vos lumières, si peu communes dans une femme, connaissant déjà tant de merveilles du christianisme, vous abjurerez un jour et viendrez avec nous?

— Non; mais la réforme fera du judaïsme et du christianisme une même religion. Vous voyez que déjà on substitue le sabbat au dimanche; toutes les prescriptions embarrassantes de vos dogmes se suppriment de jour en jour; le libre esprit nous vient.

— Si cependant, fit doucement Catherine Cruse, nous reprenions l'histoire du Juif-Errant?

— Lorsque Jésus naquit, dit Rachel, il se répandit d'étranges nouvelles dans les montagnes de la Judée. On disait que des bergers, conduits par un ange, étaient allés pendant la nuit visiter dans une grotte de Bethléem un enfant prodigieux, qui devait être le Messie, le Sauveur, le second Moïse annoncé par les prophètes, et plus puissant que le premier.

De grandes merveilles se rattachaient à ce récit, et plusieurs allaient à la grotte.

Douze ou treize jours après, on raconte que trois princes de l'Arabie, savants dans la science des astres, éclairés par une étoile inaperçue jusqu'alors, la même, disait-on, que Balaam–le-Voyant avait promise, et guidés par cet astre nouveau, qui n'était pas soumis aux lois ordinaires des corps célestes, vinrent à Jérusalem cherchant, disaient-ils, le roi des Juifs nouvellement né. Pendant qu'Hérode se préoccupait gravement d'un fait qui lui donnait de l'ombrage, plusieurs habitants de Jérusalem, et parmi eux un jeune apprenti-cordonnier (il se nommait Lakedhem et non pas Ashavérus, comme l'ont imaginé les trouvères de la Flandre), surpris de ce qu'ils entendaient, suivirent les trois princes arabes et allèrent avec eux saluer le roi-enfant, qui, peu de semaines après, fut soustrait aux recherches d'Hérode et emmené en Egypte avec sa mère. Il n'en revint qu'après que tout danger fut passé, et mena, jusqu'à l'âge de trente ans, une vie cachée à Nazareth.

Lakedhem, durant ce temps-là, avait grandi et s'était marié. Il songeait souvent à son jeune roi, car il l'avait salué et il avait vu l'étoile; il croyait bien fermement que c'était là le Messie attendu; mais il était étonné de n'en plus apprendre un mot. Long-temps il s'était dit qu'assurément il se préparait en silence à éclater dans sa force, à reprendre le trône de David, à conquérir le monde, comme tous les Juifs s'y attendaient. Le Messie en effet devait être né, puisque les soixante-dix grandes semaines de Daniel étaient écoulées, et que, selon la prédiction de Jacob, le sceptre de Juda se trouvait dans des mains étrangères. Le cordonnier en était venu à craindre par instants que les iniquités du peuple n'eussent irrité le Seigneur, et que le Messie se fût retiré sans paraître. Lorsque les prédications de Jésus commencèrent, on racontait de si puissants miracles, qu'il ne se put tenir de courir à lui. Des paralytiques ranimés à sa seule parole; des malades guéris ou par l'attouchement des franges de sa robe, ou par l'ombre de son passage, ou par un mot qu'il accordait à l'humble prière; des aveugles de naissance qui recevaient la lumière; des morts mêmes ressuscités, des prodiges si grands, si divers, si nombreux faisaient dire que jamais un tel prophète n'avait visité Israël.

En voyant Jésus, Lakedhem ne fut pas moins frappé de son aspect. C'était, comme on l'a dit, le plus beau des enfants des hommes. Sa figure, pleine à la fois de majesté, de suavité, de douceur et de grâces, ne portait aucun des signes de nos passions et n'avait d'humain que la forme dans son extrême perfection. Quelque chose de lumineux, comme une auréole d'en haut à demi voilée, encadrait toujours cette face auguste. Aussi ses disciples le croyaient-ils le fils de Dieu. Jamais on ne l'avait vu rire; mais on l'avait vu pleurer souvent. Il accueillait et consolait toutes les misères, protégeait toutes les faiblesses, pardonnait les péchés, et jamais ne repoussait personne. On le vit plus tard recevoir le baiser de celui qui l'avait vendu et l'appeler son ami, n'attendant évidemment, pour oublier son crime, qu'un mouvement de repentir. Il était si grand et si divin que Lakedhem s'affermissait dans la croyance que professaient d'autres, qu'il était véritablement le Messie envoyé de Dieu, et que l'heure allait sonner où il ressaisirait le sceptre d'Israël pour dominer les nations.

Il entendit Jean l'annoncer au peuple comme l'agneau de Dieu qui prenait sur lui le péché des hommes. Mais il n'osa demander ni à Jean, ni à Jésus, ni à ses disciples, si ce prophète, qui nourrissait les multitudes avec quelques petits pains, qui marchait sur les eaux, qui maîtrisait les vents et les tempêtes, que les anges, disait-on, servaient dans le désert, qui allait à la fois si puissant et si doux, était l'enfant merveilleux qu'il avait visité à la grotte de Bethléem, et qui devait avoir effectivement l'âge

que Jésus annonçait. Il fut bientôt pourtant éclairé
dans son doute. Un jour devant lui on parla de la
mère de Jésus, qui vivait pieuse et révérée dans
une humble retraite, mais qui souvent venait entendre les paroles du prophète. Il se la rappela, car,
avec les princes arabes, il avait admiré sa beauté
surhumaine. Bientôt il la revit parmi d'autres saintes
femmes. Les grâces d'un ange, ces grâces immor-
telles qui ne peuvent inspirer qu'une vénération
pure, éclataient en elle. Il la reconnut; car, s'il faut
en croire toutes les traditions de l'Orient, par un
privilége unique sans doute qui la distingua des
autres femmes, elle n'avait pas vieilli, et sa figure
était telle qu'il l'avait vue trente ans auparavant.
Les rabbins juifs et les docteurs musulmans expli-
quent ce phénomène en disant que Jésus et sa mère
avaient été préservés de la goutte noire que Satan
met au cœur de tous les hommes, par un droit que
lui a donné le premier péché. Lakedhem surpris
s'inclina :

— J'ai véritablement trouvé le Messie, dit-il; et
il retourna à Jérusalem pour annoncer cette bonne
nouvelle à sa femme et à ses enfants. Il voulut même
se ranger parmi ses disciples; mais, s'attendant à
être enrichi par le nouveau roi des Juifs, qu'il voyait
déjà roi de la terre, il ne comprit pas les paroles
que lui dit Jésus :

— Si vous voulez me suivre, vendez ce que vous
avez et le distribuez aux pauvres.

Il ne se soumit pas à la prière que Jésus recommandait aux siens, prière où ils ne demandaient à Dieu que le pain de la journée. Il fut scandalisé d'apprendre que Jésus un jour s'était soustrait à la foule qui voulait le proclamer roi. Une autre fois il fut consterné de voir cet homme si puissant, outragé par une multitude en démence qui voulait le précipiter du haut d'un rocher, se contenter d'échapper à leurs fureurs et ne pas les punir.

— Ce n'est peut-être pas le Messie, dit-il.

Dans ses fluctuations, il cherchait pourtant toujours à se rapprocher des disciples ; mais tous le repoussaient, et il ne put se lier qu'avec un seul, qui s'appelait Judas. Celui-là portait la bourse où l'on gardait l'argent offert à Jésus et à ceux de sa suite pour leurs besoins. Si les autres étaient rudes, grossiers, ignorants, car Jésus appelait à lui tous les hommes, ne rejetant que la mauvaise volonté et sachant bien, comme il le fit voir, que de l'homme le plus misérable il pouvait faire un grand prophète, un pontife et un ange, Judas était avare et gourmand. Lakedhem le visitait donc souvent, lui faisait de petites offrandes ; et il espérait par son appui obtenir les bonnes grâces du Messie, lorsqu'il aurait ceint la couronne de David son père. Judas effectivement était un des douze à qui étaient destinés douze trônes où ils devaient juger les douze tribus d'Israel. Lui-même le disait.

Cependant depuis près de trois années Jésus pro-

diguait d'éclatantes merveilles. Plusieurs voyaient
en lui le plus grand des prophètes, et il l'était assurément. Mais ceux que sa doctrine troublait et
ceux qui redoutaient son règne conspiraient sans
relâche contre lui. Ils s'indignaient de ne pouvoir
établir sur son compte un grief sérieux ; ils n'espé-
raient plus le saisir brusquement et le lapider dans
une émeute, car la foule était pour lui ; et plus d'une
fois d'ailleurs il avait disparu d'au milieu de ses ennemis. Ils n'étaient donc pas sûrs de parvenir à se
rendre maîtres de sa personne, car ils le disaient
magicien et soutenaient que ses miracles étaient des
enchantements et des prestiges. Les uns l'accusaient
de tenir sa puissance de Belzébuth même, le prince
des démons. Mais on les confondait en leur objectant
que Jésus ne pouvait tirer des démons une autorité
qu'il employait toujours contre eux, les forçant à
fuir devant lui ; et il est constant que son seul nom
a rendu muets les oracles des esprits de ténèbres.
Les autres, plus sensés, racontaient qu'il y avait à
Jérusalem, dans le saint des saints, la partie la plus
auguste du temple, une pierre de nature inconnue
où se trouvait gravé le nom ineffable de Dieu, ce
nom redoutable que Salomon seul avait su et par
lequel il était devenu en son temps le plus puissant
monarque de l'univers. De peur que des impru-
dents n'apprissent ce nom pour en abuser, Salomon
avait placé des deux côtés de la pierre deux lions
d'airain coulés par lui et fabriqués si merveilleuse-

ment, qu'ils rugissaient dès qu'un homme s'approchait du nom ineffable. Leurs rugissements étaient si effroyables, ajoutait-on, qu'ils troublaient la mémoire et l'esprit de ceux dont ils frappaient les oreilles, de sorte qu'entrés pour conquérir la science toute-puissante, ils se retiraient insensés. Le grand-prêtre lui-même ne pouvait lire le grand nom; et tout ce qu'on en savait, c'est que celui qui parviendrait à l'apprendre hériterait du pouvoir sans bornes de Salomon sur toutes les choses créées.

Or, disait-on encore, Jésus, privilégié de Dieu, dont il était le prophète, était entré dans le saint des saints, avait lu le nom ineffable et l'avait prononcé si vivement qu'il avait empêché les lions de rugir. Il en était sorti maître du monde, s'il l'eût souhaité. Mais il déclarait que son règne devait être sans pompe, sans éclat, sans violence, et qu'il ne voulait conquérir que les cœurs. Il renversait les idées communes en élevant les petits, en abaissant les grands. Peu de gens le comprenaient.

On disait enfin qu'il savait échapper à toute puissance matérielle, qu'on ne pouvait le prendre et le retenir, qu'il fallait l'acheter des siens, que lié alors il ne romprait pas ses entraves. Comment expliquait-on cette singularité, je l'ignore. Les rabbins ou maîtres en Israël, ses ennemis, parce qu'il blâmait leur orgueil, contaient beaucoup d'autres choses étranges, mais si absurdes qu'il est mieux de ne les pas répéter.

Quelques jours avant la pâque, on tâta l'un des disciples, celui qu'on savait le plus avide, Judas; on lui demanda s'il ne pourrait pas livrer son maître, dont on voulait réprimer les enchantements. Il hésita, car il savait ce que pouvait le prophète; mais, comme on lui présentait trente pièces d'argent et qu'on les lui offrait d'avance, il les prit et il promit de conduire les gens chargés d'arrêter Jésus en un lieu où ils pourraient le saisir.

— Et si ses prestiges nous trompent, dit un juif, s'ils nous voilent sa figure ?

— Convenons d'un signe auquel vous le reconnaîtrez, répondit Judas ; puisqu'il ne se cachera pas de moi, celui à qui j'irai donner un baiser, ce sera lui. Vous le prendrez.

Le contrat ainsi fait, Judas se retira. Le lendemain Jésus célébra la pâque avec ses disciples. Sachant tout ce qui devait lui arriver, il ne fit rien pour arrêter le cours des choses ; au contraire, il annonça aux douze étonnés que cette cène était la dernière qu'il ferait avec eux. Il leur déclara qu'il allait être livré aux bourreaux ; il fit plus, il leur dit que l'un d'eux le trahissait et il le désigna. Puis, comme pour détruire tout obstacle devant la voie où marchait Judas, par une cérémonie mystique dont les chrétiens seuls ont le sens, il se donna lui-même tout entier à chacun des douze. Peu après Judas sortit, à la parole de Jésus, qui lui disait : — Ce que vous faites, faites-le promptement.

Avec quelques-uns des disciples, Jésus alla ensuite au jardin des Oliviers, où il aimait à prier; et
bientôt on vit venir une troupe en armes, précédée
de flambeaux et conduite par Judas. Il fit ce qu'il
avait promis; Jésus fut arrêté, non toutefois sans
avoir fait sentir sa puissance aux hommes armés,
que sa parole renversa deux fois contre terre. Mais
enfin il se laissa lier. Vous êtes chrétiennes, vous
savez les outrages dont il fut abreuvé.

Le lendemain matin, veille du sabbat, c'était
grande rumeur dans Jérusalem. Une partie du peuple se déchaînait contre Jésus; une autre partie
huait Judas et croyait faire assez de l'accabler de
mépris, car les enfants de la paix ont de tout temps
laissé passer le mal sans l'arrêter. Lakedhem était
consterné. Quelques jours auparavant, il avait vu
Jésus escorté par la foule immense, entouré de palmes, salué des cris d'hosanna, proclamé le fils de
David, et entrant à Jérusalem en triomphe. — C'est
le Messie, avait-il dit. — Ce jour-là, il courut à la
maison de Pilate, où il vit Jésus déchiré par la fla-
gellation, couronné d'une couronne d'épines en dé-
rision de sa royauté, armé d'un roseau en guise de
sceptre, couvert d'un haillon de pourpre, et pré-
senté au peuple qui demandait sa mort. — Ce n'est
plus le Messie, dit-il alors; et il s'en retourna à sa
boutique.

Des scribes et des pharisiens qui le rencontrèrent
le raillèrent, car on savait qu'il avait suivi fréquem-

7

ment Jésus ; ils lancèrent leurs sarcasmes contre le roi des Juifs abandonné, et le cordonnier, qui chaussait Caïphe et sans doute aussi ces hommes, parla comme eux.

On sut une heure après que Pilate, le gouverneur romain, n'ayant pas pu condamner Jésus, qu'il trouvait innocent, mais ne croyant pas avoir dans le peu de troupes qui étaient à ses ordres la force d'empêcher une sédition, l'avait livré à ses ennemis pour faire de lui à leur volonté, et qu'ils allaient le crucifier sur le Golgotha.

La boutique de Lakedhem bordait le chemin même que les chrétiens ont appelé depuis la Voie douloureuse. A peine assis à son travail, qui pressait sans doute, il vit passer Judas, d'un pas précipité ; le disciple félon semblait fuir, et son visage était sombre. C'est que, voyant qu'on lui reprochait d'avoir livré son maître à la mort, il était allé trouver ceux de qui il avait reçu les trente pièces d'argent : il voulait rompre son odieux marché. Mais on l'avait repoussé avec moquerie en lui disant que *c'était son affaire*, et il gagnait désespéré la vallée de Josaphat, s'éloignant de la multitude. Pourtant, il avait beau cheminer, les clameurs furibondes du peuple, qui demandait sans relâche que Jésus fût crucifié, ne s'éloignaient pas de ses oreilles. Poussé par le démon qui le possédait, il se pendait au tronc d'un sureau, pendant que les ennemis de Jésus, chargeant sur ses épaules sanglantes la lourde croix qui devait être son lit de mort, l'obligeaient à marcher sous ce faix.

Il monta ainsi péniblement le chemin qui menait au Golgotha, marquant sa trace de son sang, et rencontrant peu de regards où fût la pitié.

Lorsque, courbé sous sa croix, il passa devant la porte de Lakedhem, reconnaissant dans le cordonnier un homme qu'il avait vu souvent à sa suite, il parut vouloir se reposer un instant sur son banc, et le centenier qui guidait le cortége et qui semblait ému ne s'y opposa point. Mais deux pharisiens étaient entrés dans la boutique pour jouir du passage de Jésus condamné. Ils jetèrent sur le cordonnier un regard qui exprimait je ne sais quelle pensée. Soit qu'il crût la comprendre, soit qu'il fût cruel, il repoussa de sa porte celui qu'il avait appelé le Messie, disant qu'il ne voulait pas que son banc fût souillé par un criminel.

Jésus le regarda d'un air attristé et se contenta de lui répondre :

— Je vais et je reposerai ; mais vous, — vous marcherez et vous ne reposerez plus, — jusqu'au jour où vous me verrez assis à la droite de mon Père, venant juger ceux qui maintenant me condamnent.

Jésus poursuivit donc sa marche dure ; et au même instant, dominé par une puissance inexplicable, agité d'un mouvement qu'il ne pouvait comprimer, Lakedhem, hors d'état de se rasseoir, alla au fond

7.

de sa maison prendre son bâton de cèdre, et, sans dire un mot à personne, il sortit.

Sa femme, ses enfants, les deux pharisiens qui étaient là et ses voisins crurent qu'il voulait suivre le crucifié. On fut surpris de le voir, au contraire, lui tourner le dos, descendant par un autre chemin; et en quelques secondes on le perdit dans la foule. Jamais sa famille ni ses amis ne devaient le revoir.

Les légendaires ajoutent que, parvenu à la porte de la vallée, il y trouva un étranger; c'était l'ange de la colère qui lui dit : — Tu as refusé le repos au fils de l'homme : il t'a dit que le repos te serait refusé aussi jusqu'à son retour. Marche! Voilà ta loi. Dis adieu à Jérusalem, que tu ne reverras plus, et à cette vallée de Josaphat, où tu ne te réuniras à tes pères que le jour du jugement. L'ange, en achevant ces mots, le marqua au front d'un signe qui devait à jamais arrêter la mort devant lui. Car il ne mourra point.

— Et sait-on quel est ce signe? demanda Hilla Phey.

— Non. Mais sans doute il n'est pas visible à nos yeux. Du moins je le présume ainsi. L'ange disparut, et Lakedhem, ne pouvant plus s'arrêter, vit dès lors avec terreur de petites croix paraître inopinément sur la terre, comme si elles en sortaient, et se former devant ses pas, deux par deux : l'une paraissait figurée par cinq pièces de petites monnaies régulièrement disposées, l'autre par cinq petites fleurs

ayant forme de croix. Il se baissa pour les ramasser,
mais il voyait et ne palpait rien. Il voulut éviter de
marcher sur ces croix; mais son pied, par une at-
traction pareille à celle de l'aimant, y était entraîné
irrésistiblement. Il se retourna pour voir ces croix
derrière lui. Il n'en restait aucune trace après qu'il
les avait écrasées.

— Et cette merveille, dit Marguerite, existe-t-elle
toujours?

— On le dit. Elle lui marque le sillon qu'il doit
inévitablement suivre et l'emporte sans cesse, malgré le désir qu'il aurait souvent de s'arrêter.

— Marche-t-il toujours?

— Il a des heures de relâche et le repos de la
nuit. Mais on assure qu'il fait chaque jour le chemin
que peut parcourir un marcheur solide. Ce qu'il faut
remarquer, c'est qu'ayant vu Jésus aller à la mort,
il ne voulut plus reconnaître en lui qu'une puissance magique; qu'il jugea comme des prestiges les
surprenantes merveilles qui l'avaient saisi et qui
l'entouraient encore, et qu'il se flatta long-temps de
vaincre sa destinée, cherchant partout de plus puissants enchanteurs, et ne les trouva jamais.

Lorsqu'il apprit la ruine de Jérusalem, qu'il ne
devait plus revoir, il s'imagina que son châtiment
touchait à sa fin. Mais les années se succédaient toujours semblables. Ses vêtements et sa chaussure ne
s'usaient point; sa santé restait exactement la même
que le jour de son départ; un siècle avait passé, et

il ne se trouvait pas vieilli. Il allait comme un homme pétrifié, mais vivant, au milieu des hommes qui changeaient, naissaient, souffraient, mouraient et disparaissaient devant lui.

On a raconté bien des choses de ce premier siècle du condamné. Joyeux d'abord de son immortalité, il avait parcouru avec surprise le monde si grand, dont il n'avait jamais auparavant soupçonné les mille variétés. Mais après quelques années il pleurait déjà sa solitude. Il n'avait jamais en sa possession, par les soins d'une invisible Providence, que de quoi acheter chaque jour les aliments nécessaires à sa conservation. Lorsqu'au bout d'un siècle d'exil, — ne voyant plus rien de son époque, — ne pouvant nulle part retrouver son semblable, — n'osant rien aimer, car tout ce qu'il eût aimé devait bientôt lui être ravi, — condamné à vivre longuement sans femme, sans amis, sans famille, — il se prit de désespoir et désira la mort, — il songea qu'il pourrait tromper son juge en se laissant mourir de faim. Pendant un mois, il s'obstina à repousser tout aliment. Mais chaque nuit le sommeil rétablissait si complétement ses organes, qu'il se crut nourri pendant qu'il dormait par une main enchantée. Il voulut se refuser le sommeil; il n'en fut pas le maître.

Désolé de se sentir toujours vaincu, il chercha dans sa ceinture les cinq pièces de petite monnaie qu'il y trouvait tous les jours pour sa dépense, songeant qu'elles avaient dû s'accumuler pendant son

mois de jeûne, et se promettant d'en faire un excès.
Il n'y trouva que la rente d'un jour.

Un désespoir périodique le saisissait à toutes les
lunes. Plusieurs fois il s'était jeté dans les flots, qui
l'avaient toujours revomi sur la rive. Il s'était élancé
dans les précipices et s'était relevé sans blessures.
Il s'était enfermé dans les villes saccagées et n'avait
pas pu être écrasé sous les ruines.

Durant la persécution de Domitien, il lui vint une
pensée ; il courut à Rome, se fit passer pour chrétien
et fut condamné à mort. Mais la hache des bourreaux s'émoussa sur son cou. Il s'enrôla pour la
guerre : les javelots et les lances ne purent effleurer
sa poitrine. L'éléphant vainement le foula aux pieds,
la massue de fer et le maillet de plomb tombèrent
inoffensifs sur sa tête ; les poisons furent sur lui sans
effets.

Il entendit parler des éruptions du Vésuve ; il se
lança dans le cratère, qui le renvoya avec ses laves.
Furieux de ne voir autour de lui que la mort et de
ne pouvoir mourir, pleurant des larmes de sang,
appelant la mort avec rage, la voyant à toutes les
secondes passer devant lui sans daigner le favoriser
d'un regard, se refusant à comprendre encore que
la main qui le châtiait ainsi était toute-puissante, il
s'opiniâtrait d'autant plus à mourir que la mort le
repoussait.

En Perse, il renversa une idole du soleil ; on
l'enterra vivant jusqu'aux oreilles ; la terre le re-

poussa. Ses bourreaux voulurent l'empaler; le pal de fer se rompit. On le condamna au gibet; aussitôt qu'on eut ceint de la corde son gosier ossifié, les petites croix qui l'obligeaient à marcher parurent devant lui, et il marcha, entraînant son gibet, qui tomba bientôt en débris.

Il serait long de dire toutes ses aventures, et on en sait d'ailleurs bien peu dans un si grand nombre. Il s'acharna contre les doctrines que le Christ avait laissées. Il visita les persécuteurs, qui le prirent, à cause de ses avis et de son expérience, pour un être extraordinaire. Il ne se doutait guère qu'il était encore là l'envoyé de Dieu, car sa vue avançait leur mort. Il se mit à l'aide de toutes les hérésies, dont il hâta les transformations et la décomposition qui les tue. Il sourit à toutes les philosophies rebelles, dont aucune n'a pu vivre.

Quelquefois, et à plusieurs époques, il lui vint de curieuses hallucinations. Il se persuada souvent que lui-même était le Messie immortel; qu'un ennemi l'avait enchanté; qu'il oubliait sa propre puissance, et qu'il pourrait par le mouvement rompre le charme dans le cercle duquel il languissait comprimé. Aussi l'on prétend que la plupart des faux Messies qui ont levé l'étendard, rassemblé les Juifs, causé la perte de tant d'Israélites et amené tant de déceptions, n'étaient autres que le Juif-Errant.

On dit aussi que, presque toujours, ces actes de cruelle démence où l'on vit des Juifs s'imaginer qu'ils redeviendraient une nation s'ils crucifiaient un innocent enfant chrétien, étaient l'œuvre de Lakedhem, qui prétendait par là conjurer un prestige magique. Selon ces traditions, ce serait lui qui, à une époque peu éloignée de nous, en 1462 (soixante et onze ans seulement nous en séparent), serait venu à Inspruck dans le Tyrol, couvert de la robe d'un rabbin, suivi de dix compagnons, et aurait crucifié à un arbre un gracieux petit enfant de trois ans, nommé André, honoré depuis comme martyr dans l'Église catholique. Ce serait lui encore qui aurait commis le même crime à diverses reprises dans des temps plus reculés, et aussi dans des jours plus près de nous, par exemple le meurtre tout semblable accompli en 1475 (il n'y a que cinquante-huit ans) dans la ville de Trente, sur un autre enfant nommé Siméon.

Quoi qu'il en soit de ces charges graves, qui peuvent n'être que des suppositions, il paraît constant que le Juif-Errant se montre partout où l'on fait la guerre au catholicisme; qu'il doit venir dans cette ville; que sa venue contribuera puissamment au triomphe des temps anciens sur les temps nouveaux; qu'il est pour les enfants d'Israël un auxiliaire actif; que c'est lui qui a sauvé, dans les cavernes, ceux qu'on appelle Bohémiens des implacables persécutions du quatorzième siècle. Il est certain aussi que ceux qui le verront mourront, et je ferai en sorte de ne pas le voir.

Rachel s'arrêta; ses compagnes reprirent ensemble :

— Est-ce là tout ce que vous connaissez du Juif-Errant? et n'en savez-vous pas autre chose?

— Mais n'est-ce pas beaucoup? répondit la Bohémienne. Peu de docteurs vous en apprendraient autant.

— Ce n'est pourtant pas tout, dit alors une grosse voix qui venait du fond de la salle et qui fit tressaillir les quatre femmes. Car dans la demi-obscurité qu'avait produite une petite lampe basse, dont les préoccupations de la conteuse et l'avide attention de son auditoire n'avaient pas permis de s'occuper, elles n'avaient pas vu entrer un personnage qui depuis quelque temps déjà écoutait. C'était Norden.

— Vous nous avez effrayées, dit Marguerite en le reconnaissant; dans le premier moment je vous prenais pour le Juif-Errant lui-même.

— Je n'ai pas encore quinze siècles, répliqua le prédicant en s'approchant du poêle; et je ne pense pas que Lakedhem ait le front de venir ici sous le costume respectable des ministres de Christ.

— Vous nous direz donc, interrompit vivement Hilla Phey, quelques détails ignorés de notre amie?

— Moins que vous ne pensez, répliqua Norden; car je ne connais qu'un seul des traits de sa vie. Mais d'autres vous la compléteront autant qu'il est possible, et plus que personne le père Isaac, qu'on appelle père je ne sais pourquoi, car il n'a pas d'en-

fants, du moins on ne lui en voit point. Il est vrai
qu'on ne lui voit pas de femme non plus, ni de famille, et qu'on ne sait d'où il vient.

— Il paraît, dit Catherine, qu'il vient de l'Orient.
Mais faites toujours votre récit, vous qui êtes père,
quoique ministre de Christ.

— Est-ce que je n'en ai pas le droit? s'écria
Norden; est-ce que vous seriez papiste?

— Il ne me remet pas, dit tout bas la marchande
d'écrevisses à Rachel; — c'est moi qui, avec
d'autres, l'ai si bien arrangé à propos de sainte Catherine.

— Personne n'est papiste ici, avait répondu pendant ce temps-là Gritte Modersohn.

— Eh bien! dit alors Norden, ce que je sais de
Lakedhem, le voici : c'est qu'il est privé généralement des sensations qui, chez les autres hommes,
précipitent ou ralentissent le cours de la vie. S'il se
désole de ne pouvoir aimer et de vivre solitaire partout, c'est seulement par égoïsme; car on dit que
son cœur est ossifié comme son gosier ou pétrifié
comme sa poitrine, qui oppose aux poignards la résistance du granit. Cependant il paraîtrait qu'une
fibre sensible lui a été ménagée, comme vous allez
voir. Pendant quatre cents ans, il n'avait jamais pu
ni pleurer, ni prier; et son rire n'est toujours qu'une
grimace qui ne va jamais plus loin que les lèvres.
On dit que vers le commencement du cinquième
siècle, s'étant embarqué dans un vieux navire, il fit

naufrage sur les côtes de l'Égypte. Rejeté seul, il alla visiter un pieux solitaire, qui, je ne vous dirai pas comment, le reconnut, pria pour lui et l'engagea à prier. Mais ce fut sans succès, et pourtant il lui dit:

— Subissez avec patience votre châtiment. Vous êtes un redoutable exemple pour les chrétiens qui repoussent Jésus, car il en est qui le repoussent comme vous. Un jour votre erreur obstinée se dissipera. Mais, en attendant, sachez que celui qui a pardonné à ses bourreaux, qui a pardonné à saint Pierre, qui eût pardonné à Judas si Judas eût prié, le Christ vous pardonnera aussi, quand vous vous serez humilié. Présentement votre cœur est sec. Les larmes seulement peuvent le ramollir, et vous pleurerez trois fois : à la première vous pleurerez de rage, à la deuxième vous pleurerez d'orgueil, à la troisième vous pleurerez de pitié. Alors l'acier de votre cœur se fondra ; vous serez aimé et vous pourrez mourir.

On ajoute que de longs siècles passèrent sur cette prophétie, et que ce ne fut qu'au temps du pape Innocent III que le Juif-Errant pleura pour la première fois, transporté de rage à la destruction des Albigeois, qui démolissaient l'église chrétienne avec plus de rapidité et d'adresse que les persécuteurs. Il n'a pas encore pleuré depuis.

— Mais, demanda Marguerite, d'où peut-on tenir ces renseignements ?

— De sources certaines, répondit le prédicant,

de gens graves qui ont vu le Juif-Errant lui-même.

— Et qui sont morts ?

— Tous ceux qui le voient meurent plus ou moins vite, et aussi ceux qui ne le voient pas. Mais je venais ici pour une mission que vous me faites oublier. Nous sommes avertis tout à l'instant qu'un voyant de Leyde, attendu par Mathys et par Knipperdoling, fait demain son entrée à Munster. Quoiqu'il arrive mystérieusement, pour ne paraître qu'un peu plus tard dans la pompe convenable, on juge qu'il est bon que les femmes du libre esprit l'aillent saluer à une demi-lieue de la ville; et je venais vous inviter à cette démarche, que nous tiendrons secrète.

— Le voyant est-il jeune ? demanda Hilla Phey.

— Il est jeune.

— Nous irons.

IX.

UNE EMBUSCADE.

> Combattre des sujets révoltés, c'est la pire des guerres!
>
> PACHIMÈRE, liv. XII.

Jean de Wyck et sa phalange bigarrée pressaient leur marche par des chemins détournés. Ils savaient

que le prince-évêque se proposait de revenir à Telgt,
qui n'est qu'à deux lieues de Munster ; et ils ne se
trompaient pas en pensant qu'il pouvait y être déjà.
Ce qu'ils ignoraient, c'est que sa petite armée était
augmentée depuis quelques heures de plusieurs
auxiliaires venus en nombre des divers États de la
Germanie, et plus décidés que lui à frapper les
grands coups pour terminer enfin des troubles dé-
sastreux. Les avancés de Munster, qui devaient venir le lendemain matin recevoir à une demi-lieue le
nouveau prophète, n'en savaient rien non plus, la
ville étant investie sévèrement. Les voyageurs devaient coucher en un village où il était convenu
qu'on saluerait Jean, pour l'emmener ensuite dans
un mystérieux triomphe, en attendant une plus pom-
peuse entrée, que Mathys et Knipperdoling avait
combinée.

Le prince-évêque, François de Waldeck, était un
homme plein de loyauté, de mansuétude et de droiture, comme il s'en est trouvé en si grand nombre
encore à cette époque parmi les chefs catholiques, si
obstinément calomniés par un intérêt qui s'explique.
Sa figure régulière, belle, imposante, sa tenue noble, sa taille assez élevée, son front chauve mais
calme et pur, ses yeux pleins de douceur et de
bonté, tout en lui portait au respect. On ne lui reprochait qu'un peu d'indolence, et on fondait ce
reproche sur ce grief qu'il ne s'irritait jamais, qu'il
montrait de la répugnance pour tous les excès, qu'il

était plus aisé d'obtenir de lui dix grâces qu'un châtiment. Ces défauts n'empêchaient pas tous les hommes de cœur de révérer François de Waldeck.

Dans la soirée du 15 novembre, à une heure déjà tardive, pendant que tout dormait autour de lui, le sérénissime François de Waldeck s'entretenait seul avec Evrard de Morring, qui, échappé de Munster et aussitôt investi des fonctions de drossard d'Iburg et de Fastenaw, était venu renouveler son serment.

— Je me réjouis de vous voir, mon cher Evrard, hors de cette guêpière, disait le prince ; et je voudrais bien que tous les honnêtes bourgeois de notre bonne ville de Munster eussent pu vous suivre, car il arrivera mal, je le crains, à la vieille cité. Si j'étais seul, je ne pourrais me tenir de pardonner encore, quoique depuis trois ans on ne fasse guère autre chose. Mais les princes qui sont avec nous voudront sévir, et je vois que je ne suis déjà plus le maître.

— Votre Sérénité doit regretter surtout, dit Evrard, que ses confédérés n'aient pas levé trois ans plus tôt leurs bannières ; ils auraient prévenu alors de grands désordres.

— Malgré tant d'excès qui se sont commis, principalement depuis ces trois ans que vous signalez, je ne puis me persuader pourtant que la rébellion soit ancrée dans le cœur de mes bons bourgeois de Munster. Des étrangers ont fait tout le mal, et que n'ont-ils pas fait ? C'est un de leurs coups les plus

infâmes et les plus odieux, le pillage des églises,
exécuté par des bandes sacriléges dont personne ne
reconnaissait les figures, qui a déterminé l'an passé
le vénérable Frédéric de Wéda à l'acte de son ab-
dication. Il est heureux maintenant, paisible et
calme, dans sa douce obscurité à Cologne ; et la
vie agitée de ses successeurs ne lui fait pas regretter la mesure qu'il a prise. Celui qui l'a remplacé
immédiatement, Eric de Graben-Hagen, n'a régné
que six semaines. Le bon prélat est mort de douleur
devant des énormités qu'il se trouvait impuissant
à réprimer. Car je ne crois pas, comme l'ont dit
quelques-uns, qu'il ait été empoisonné. Ces hommes
sont des insensés, des extravagants misérables; ils
ne sont pas encore des scélérats.

— Il est pénible sans doute au cœur de Votre Sérénité, reprit Evrard, que l'un des meneurs du pillage et des rébellions, l'audacieux Rothman, soit
un homme du diocèse, car il est né à Stadtlen.

— Mais il est entraîné, le malheureux, par Mathys et Knipperdoling, ces deux vipères.

— Ils en attendent une troisième.

— Et puis il a rompu la digue à l'hérésie... Pour
moi, continua le prince absorbé dans la pensée que
lui inspirait souvent la pesanteur de sa dignité, j'ai
accepté le dur héritage d'Eric ; et je n'ai pu encore
avec sécurité entrer dans Munster. — Le sénat de
cette ville est bien déchu ! — Il écrit de magnifi-
ques protestations, et il recule dans le mal à mesure

qu'il promet le plus de rentrer dans le bien. Ce Rothman aussi nous a adressé de singulières lettres!
Dans l'une il prie humblement pour notre Altesse
Sérénissime et se dit notre petit serviteur. — Dans
une autre, qui suit de près, il nous fait entendre
que, nous sommes tyrannique. Assurément cet
homme est fou.

— Fou à lier; et ceux qui, comme moi, ont entendu ses prêches n'ont pu voir en lui qu'un affreux
énergumène.

— Mais le sénat ne lui a-t-il pas interdit les chaires? Il l'avait promis.

— Alors Rothman a prêché sous un tilleul.

— Et de quelles gens vient donc cet homme?

— Son grand-père a été condamné comme em-
poisonneur; son père, poursuivi pour crimes de
même gravité, n'a évité le châtiment que par la
fuite. C'était un maréchal-ferrant.

— Il est vrai que nous vivons en des jours de démence inexplicable; tout est renversé. Les races
des bandits ont pied dans le gouvernement. Le
landgrave de Hesse, qui a si lâchement déserté les
saintes bannières de l'Église romaine, m'écrit à moi,
catholique fidèle, pour m'engager à laisser aller l'hérésie. Dans une lettre plus inconcevable encore, le
sénat de Munster, un sénat venu on ne sait d'où,
qui s'est en quelque sorte nommé lui-même, mais
qui n'a pas encore apostasié, que je sache du moins,
le sénat me demande des orateurs propres à com-

battre Rothman, et ce sont formellement des orateurs luthériens qu'il sollicite, et c'est à moi qu'il
s'adresse. Pauvres cerveaux malades ! c'est la pitié
qu'on leur doit.

— Rothman est, dit-on, l'âme secrète de ce sénat ; et il n'est pas le seul champion des doctrines
de trouble. Nos magistrats en ont laissé nommer
d'autres aux paroisses, Norden, Glandorx, Rollins,
Witheren ; tous ces hommes ont des seconds, ou des
aides, ou des vicaires, comme ils disent, dont chaque jour voit augmenter le nombre ; et les catholiques se taisent. Ils voient leurs temples dépouillés,
souillés, profanés ; on y débite des prêches injurieux
contre l'Église ; on n'y fait plus d'autres cérémonies
que la cène, non plus comme sacrement, mais
comme souper, et ce souper a lieu le soir.

— C'est affreux. Et pourtant nous leur avons ac-
cordé assez de libertés ! mais ils voulaient encore
des vicaires inamovibles.

— Si Votre Sérénité eût cédé sur ce point, qui
tuait la hiérarchie, l'évêque et les curés n'étaient
plus rien.

— Ils demandaient à travers ces impossibilités
des choses justes, et que j'espère leur accorder un
jour ; par exemple, une loi qui oblige les juges à
terminer tout procès en six semaines. Ils reconnaîtront bientôt, dans les tyrannies qui les accablent,
que ce n'est qu'avec nous, c'est-à-dire au sein de
l'Église romaine, notre mère, que l'homme est vrai-

ment libre. Les bienfaits sont d'elle tous, les abus sont de nous seuls.

Un bruit qui se fit au dehors arrêta sur ces paroles le prince-évêque. Un officier des auxiliaires entra :

— Je me réjouis, Monseigneur, dit-il, de trouver encore otre Sérénité debout. Deux de nos espions viennent de nous apporter d'utiles avis. D'un côté, la députation de Munster, qui se flattait de séduire les fidèles bourgeois de Coesfeld, en est sortie conspuée, et s'est mise en route aussitôt regagnant la ville. Nous l'allons surprendre non loin d'ici, malgré son escorte, et Votre Sérénité, demain matin, aura en son pouvoir Jean de Wyck, Mathys, le nouveau voyant qui accourt de Leyde; avec eux peut-être quelques autres tisons étrangers, dont elle pourra faire bonne et haute justice. S'il faut compter ensuite sur ce qu'on nous rapporte d'autre part, que Knipperdoling, Rothman, Cruse et les mégères des voyants doivent venir à la rencontre de leurs amis en avant des faubourgs, la capture se trouvera assez importante pour amener fin à ces tristes guerres. Les Hessois et les autres confédérés, alliés de Votre sérénissime Grandeur, se préparent à marcher. Ils comptent un peu sur le temps affreux de cette nuit pour leur embuscade.

— Que le ciel leur donne le succès! dit le prince. Mais recommandez-leur très-formellement, de notre part et comme notre expresse volonté, de ne tuer

8.

et de ne maltraiter personne, sous peine de nous
déplaire profondément. Rappelez-leur que sur une
robe épiscopale le sang versé est une tache qui ne
s'efface point.

— On espère surprendre si vivement les ennemis
de Votre Sérénité, qu'ils ne feront pas résistance.
Dans ce cas, ils seront amenés sains et saufs aux pieds
de votre justice, du moins ceux qui sont sujets de
Votre Sérénité. Ces misérables ne méritent pas en
effet la glorieuse mort du champ de bataille. Nous
comprenons tous qu'il les faut réserver au gibet.

— Mais quand même ils résisteraient, répliqua
François de Waldeck, en se contenant aux expres-
sions qu'il venait d'entendre et qui le blessaient,
recommandez bien qu'on les ménage. Qu'on arrête
absolument l'irritation du soldat; qu'on songe que
parmi ces gens il y a des têtes faibles qui ne sont
qu'égarées. C'est à moi qu'ils appartiennent, et je
me réserve le droit de les juger. S'il y a des femmes,
comme vous dites, qu'on ne les amène pas dans les
camps; qu'on leur laisse la liberté de regagner la
ville en assurance. Nous serons vainqueurs si nous
avons les chefs.

— Votre Sérénité doit être persuadée qu'on sui-
vra fidèlement ses ordres.

L'officier sortait; le prince le rappela.

— Si ce vieux juif dont on parle tant se trouvait
dans la bande, dit-il, nous désirons que vous l'a-
meniez aussi.

— C'est un homme que l'on dit curieux, reprit-il
quand il se vit seul avec Evrard.

Mais un moment après, il tomba dans le silence,
en entendant la marche sourde des chevaux chargés de leurs cavaliers, qui gagnaient les bois pour
se rendre à l'embuscade préparée. Pendant plus
d'un quart d'heure, François de Waldeck resta muet.
Il releva enfin la tête, lorsqu'il ne distingua plus
que les murmures du vent dans les vieux arbres et
les bondissements de la pluie sur les verrières. Il
prit la main d'Evrard de Morring.

— Je vous prive de votre repos, mon fidèle, dit-
il ; c'est cruel à moi peut-être. Mais vous êtes drossard ; j'aurai besoin de vous pour juger équitable-
ment. Si le sommeil vous presse, jetez-vous sur ma
couche ; pour moi, je ne pourrais dormir cette nuit.

— Je suis trop ému aussi, répondit Evrard, pour
céder à l'assoupissement. Si la tentative qui nous
occupe réussit, tout est sauvé en effet, et nous tou-
chons peut-être à d'heureux jours. Otez à Munster
les esprits du mal qui bouleversent ses habitants et
qui sont si faciles à compter, la ville rentrera dans
l'ordre. Je suis au reste de l'avis de Votre Sérénité,
qu'il faut ici une extrême indulgence et que peu de
châtiments suffiront.

— Knipperdoling, Mathys, Rothman, Jean de
Wyck, Kiliau, Cruse, le nouveau voyant et le vieux
juif, sept exemples.

— Encore, Jean de Wyck est un homme que l'on

ramènerait. Il a rendu quelques services au parti
de la paix. Sans doute que Votre Sérénité ne le ferait pas pendre.

— Mais, s'écria le prince, je ne veux la mort
d'aucun. Il suffira de les jeter des grandeurs qu'ils
se sont données dans les méditations d'une prison
solitaire. Pourtant il y a de lourds griefs contre ce
Jean de Wyck. C'est un ardent propagateur du luthéranisme.

— Il reculerait, Monseigneur, tandis que Knipperdoling et Mathys sont des fous enragés qui ne
peuvent être calmés que par une prison perpétuelle.

— Notre prédécesseur Frédéric de Wéda a tenu
un jour en sa puissance ce Knipperdoling, qui est
de Leyde, je crois; et ses juges, qui le trouvaient
convaincu de quelques meurtres, voulaient sa mort
prompte. Mais il lui a fait grâce.

— Il eût mieux valu le retenir, au moins; car
cet homme a commis des crimes; et il est dans une
voie qui l'emportera fort loin.

— D'autant plus qu'il a merveilleusement toute
la puissante habileté des enfants de ténèbres, et
qu'il est plein d'expédients. Je suis encore à comprendre par quelles menées prodigieuses cet homme
de rien, ce tailleur spirituel, comme il signe quelquefois; chassé de son pays, déshonoré, a pu obtenir ou plutôt surprendre un édit de la chambre
impériale qui nous défend de maltraiter les consuls,
sénat et cité de Munster.

— Il a obtenu cet édit par des requêtes adroites, tissues de mensonges, gonflées d'intelligentes flatteries. Aussi Charles-Quint, bien éclairé aujourd'hui, pour ne pas rapporter l'édit en question, a-t-il engagé les princes voisins de Votre Sérénité à se charger des actes de rigueur devenus nécessaires.

— Je laisserai faire ces actes de rigueur contre les étrangers; je ne réclamerai que la vie des coupables, dont il faut attendre le repentir, et j'espère qu'on me laissera juger mes sujets. Au reste, je ne châtierai guère qu'un certain Antoine Cruse, qui a outrageusement et impunément insulté notre official, et que je soupçonne de l'incendie qui a dévoré, dans l'antique maison de l'officialité, notre précieuse bibliothèque.

— On regrettera toujours, dans ce désastre, la riche collection de monuments et de titres du règne de Charlemagne, qui était, dit-on, unique au monde.

— C'est la vérité. J'enfermerai comme lui leur général Kiliaü. C'est du moins aussi le titre qu'il se donne. Je ne puis oublier qu'ici même, lorsque nous attendions de Munster une loyale réponse à nos propositions de paix, il est venu de nuit, à la tête d'une bande, enfoncer à coups de hâche les portes de ce bourg, en piller les maisons, enlever dix-neuf de nos conseillers. Il nous a même fallu racheter leur liberté. Mais, je le répète, je livrerai volontiers aux

Hessois Mathys, Knipperdoling et le nouveau prophète qu'il amène. Quant à ce vieux juif inconnu, qui a pris dans la ville une si singulière influence, je désire l'interroger. On le dit magicien.

— Je le croirais ; car il échappe à tout péril et ne connaît pas la peur. Il est vrai que Buxtorf et Knipperdoling, Rothman et Mathys le protègent...

— Nous verrons qui il peut être...

Tandis que cette matière occupe en longues causeries l'évêque et son drossard, transportons-nous au village boisé où reposent, dans une sécurité inquiète, Jean de Wyck et ses amis. Mais d'abord voyons à Munster le départ des personnages d'élite qui vont au-devant d'eux.

L'éclaireur agile qui avait averti Norden et les autres de l'arrivée de Jean Bockelzoon n'était autre que le juif Isaac lui-même. Ce fut lui encore qui, deux heures avant le jour, éveilla Knipperdoling, Rothman, Kiliau, Antoine Cruse, Norden et les voyantes renommées, Rachel, Hilla Phey, Gritte Modershon, Elisabeth Dreyers, Catherine Cruse, la marchande d'écrevisses et la digne fille d'Antoine, Jeanne Timmermens, qu'on appelait plus communément Timmermensche, abréviation qui, dans la langue du pays, voulait dire la petite Timmermens. Cette dernière, dont le nom de Timmermensche désignait la petite taille fine et légère, était très-nourrie du libre esprit et prophétisait intrépidement.

Quelques braves indépendants, comme Bernard

Buxtorf, s'étant joints à cette troupe, elle se disposait à sortir silencieusement de Munster, lorsque la petite Timmermens, s'arrêtant, dit à Rothman d'un ton concentré que dans l'excursion entamée il y avait péril pour lui. Le prédicant, qui n'était hardi qu'à l'abri des remparts, ne marchait qu'à contre-cœur ; il se hâta de regagner son lit, malgré toutes les objections de Buxtorf ; les autres sortirent, en vertu d'un ordre que Knipperdoling donna aux gardiens de la porte.

Le juif, qui ouvrait la marche, et Buxtorf, qui la fermait, crurent entendre bientôt, à quelque distance du chemin, dans les taillis, des hennissements de chevaux. Rachel, qui avait la vue fine, soutint même qu'elle voyait à cent pas, derrière un buisson dépouillé, un homme en sentinelle. Knipperdoling soutint que les prétendus hennissements n'étaient que les roucoulements de l'orfraie ; et quant à la sentinelle, c'était, dit-il, un vieux tronc d'arbre qu'il connaissait bien. On ne s'arrêta pas, car il tombait une pluie très-froide.

— Quand ce serait, d'ailleurs, une sentinelle, dit héroïquement Kiliau, elle ira dire que nous n'avons pas peur.

— Elle ira conter à l'évêque, ajouta Cruse en croyant dire une gaillardise, que nous allons le surprendre encore.

Il n'avait pas été de l'équipée qu'il rappelait.

— Et puis, dit à son tour Élisabeth Dreyers, ne

serons-nous pas dans quelques minutes protégés par l'escorte de Jean de Wyck?

— S'il y avait péril, poursuivit gravement Marguerite Modersohn, l'esprit l'aurait révélé aux voyants et à nous.

— Qui vous dit que l'esprit se taise? répliqua Timmermensche. Il y a danger peut-être, mais ce n'est pas ici.

— Peut-on parler de danger, cria Buxtorf, quand je suis là !

— Et quand nous voyons le vieux, qui n'a pas peur non plus, ajouta Hilla Phey, en désignant du doigt, dans l'obscurité, le juif Isaac, qui était toujours de vingt pas en avant.

On était à une portée de mousquet du village, lorsque tout à coup on vit paraître une vive lumière qui ne brilla qu'une seconde et disparut subitement.

— Est-ce un signal? dit Norden s'arrêtant effrayé.

— C'est un feu follet, répondit le général Kiliau.

— C'est un homme qui a battu le briquet, dit Buxtorf.

— C'est de nos amis qui s'éveillent, dit Kuipperdoling, une lumière qui a passé devant une fenêtre.

Au même instant on entendit un miaulement très-accentué, qui fut répété de distance en distance par trois voix différentes.

— Si ce sont là des chouettes, dit Catherine

Cruse, la marchande d'écrevisses, elles ont des becs qui pourraient bien être faits comme des mâchoires allemandes.

— Ou nos amis veulent nous éprouver, dit Norden, ou quelque embûche nous attend.

Tout le monde se mit au pas de course ; et en un moment, Buxtorf, qui protégeait les derrières de la colonne, vit tout son monde dans le village, où l'on reprit un peu d'assurance.

Mais il n'y avait de lumière nulle part, et personne n'était levé, car il restait encore une heure de nuit.

Henri Mollenbeck, Jean de Wyck, Mathys et les autres furent bientôt debout, au bruit que firent leurs amis. Les hommes de l'escorte sellèrent leurs chevaux ; et, pendant qu'on allait retirer pour le départ les trois factionnaires placés en sentinelles aux trois angles du village, Knipperdoling embrassait Jean de Leyde et le présentait à ses amis, venus courageusement à sa rencontre. En voyant le tailleur de pourpoints, séduite, comme ses compagnes enthousiastes, par l'audace de son regard, par le mouvement de ses lèvres, par le port de sa tête, la petite Timmermens lui prit la main et lui dit à l'oreille : — Tu seras roi.

Surpris de cette première parole que lui faisaient entendre les prophétesses de Munster, Jean recula d'un pas, examina Timmermensche, fut frappé de son éclat et de sa vivacité, jeta autour de lui quelques regards pour s'assurer que personne n'avait entendu, et demanda tout bas à la jeune fille :

— As-tu déjà fait cette promesse à d'autres?

— A toi seul.

— Qui te l'a dit?

— L'esprit qui est en moi.

— Eh bien ! l'esprit m'a parlé aussi ; et quand je serai roi, tu porteras la couronne de reine.

— Je le sais, dit Timmermensche, avec une dignité froide.

On ignore si dans cet élan Jean oubliait sa femme de Leyde : la suite l'expliquera.

— Mais avant d'être roi, dit gravement Isaac en s'approchant comme un homme qui avait entendu, il faut passer par les épreuves...

Il rejoignit en achevant ces mots Knipperdoling, qui demandait à Jean de Wyck ce que pouvaient signifier des hennissements qu'on avait très-certainement et très-nettement distingués entre Munster et le lieu de rendez-vous.

— Rien autre chose, répondit le chef des luthériens, sinon que les chevaux de nos sentinelles vous ont effrayés. Auriez-vous peur?

— Non, pas moi, s'écria Knipperdoling.

— Mais, ajouta Norden, on a vu une lumière qui semblait un signal.

— On a entendu, poursuivit Cruse, de singuliers cris qui avaient la prétention de passer pour des cris de chouette.

— Vous êtes des poltrons, riposta Mathys. Nous sommes bien gardés.

— Est-ce à moi que tu dis cela ? s'écria Buxtorf en s'élançant.

— Tu sais bien que non, répondit Mathys.

Et, tandis qu'ils se serraient la main d'un air moitié digne, moitié tapageur, les trois escouades qu'on avait envoyées retirer les sentinelles arrivèrent en désordre, à quelques secondes l'une de l'autre, annonçant que les trois factionnaires avaient été enlevés.

A la surprise que causa cette nouvelle, ils ajoutèrent qu'on entendait de tous côtés, autour du village, des mouvements de troupes, et qu'on était menacé d'une attaque.

Le juif sortit aussitôt.

— Il serait plaisant, dit Jean de Wyck, que le prince-évêque, avec la poignée d'hommes qui l'entoure, ait fait le dessein de nous prendre ; qu'il éparpille donc son armée autour de nous ! Il ignore que nous sommes plus forts que Sa Sérénité, et qu'une brave escorte de deux cents cavaliers éprouvés nous met à l'abri de ses escarmouches. Eh bien ! nous retournerons contre lui la surprise qu'il nous ménageait. Henri, à cheval ! donnez à Buxtorf vingt de vos hommes, qui lui suffiront pour reconduire les femmes à la ville ; et nous autres, avec Kiliau, allons à Telgt, puisque nous voilà en chemin. Nous réussirons mieux encore que la première fois ; nous enlèverons le prince ; nous l'emmènerons à Munster ; et, une fois avec nous, il faudra bien qu'il laisse marcher librement la parole.

Ce plan ne convenait pas à Knipperdoling, qui aimait mieux voir la ville sans chef. Il s'en expliqua, et Jean de Leyde le soutint. — D'ailleurs, ajouta-t-il en prenant sur-le-champ l'accent de prophète, vous seriez impuissants ; car l'ennemi est plus nombreux que nous.

— Le nouveau voyant serait-il trembleur ? dit Kiliau.

— Nous verrons tout à l'heure, répliqua la petite Timmermens, qui de vous ou de lui tremblera le mieux.

— Le fils de Bockel a raison, ajouta sévèrement le vieux juif qui venait de rentrer ; et ce n'est pas l'esprit grossier de l'homme qui conduit sa langue. Vos espions, en mon absence, vous servent mal. Vous êtes bloqués ici en ce moment par deux mille cavaliers qui ne reculent pas.

Le silence de la consternation succéda subitement aux vifs entretiens, et permit d'entendre le son des trompettes qui éclata subitement de toutes parts.

— Que faire ? dit Jean de Wyck, dont la mine s'était graduellement allongée.

— Négocier, répondit Knipperdoling ; c'est le système de Rothman, et il est bon.

Il y eut alors une étrange confusion d'idées et de paroles. Jean de Wyck, se soulevant un peu contre son abattement, jurait que ces têtes de choux de Coesfeld payeraient de telles alertes. Nettie, qui tremblait, pâle et troublée, les accusait de trahison. Divarre reprochait tout bas au juif de n'avoir pas averti plus tôt ses amis du danger, et elle cachait ses diamants. Isaac, qui paraissait indifférent, répondait qu'il venait seulement de connaître la situation en voyant, de ses yeux de lynx, l'étendue de la troupe solide qui cernait le village. Knipperdoling blâmait en grommelant la petite Timmermens de ne l'avoir pas empêché, aussi bien que Rothman, de franchir les portes de Munster, où il se jugeait indispensable.

— Il fallait que vous fussiez ici, répondait-elle.

Les ministres de Christ demandaient, ainsi que Norden, quels étaient les hommes qui allaient les attaquer. Ils cessèrent de palpiter et leurs dents de claquer lorsque Isaac leur eut dit que c'étaient les Hessois et les autres auxiliaires du prince. Ils s'attendaient en effet à peu de mauvais traitements de la part de gens qui avaient repoussé comme eux l'Église romaine.

Cependant il fallait prendre un parti. Henri Mollenbeck fut chargé, pendant qu'on délibérait, d'aller reconnaître l'ennemi et savoir ses intentions; il s'avança, soutenu de dix hommes à cheval, un drapeau blanc à la main, comme parlementaire. Les premières lueurs du jour commençaient à poindre. Au débouché du hameau, il se vit en présence d'une

masse imposante et compacte de cavaliers, à travers
lesquels il comprit fort bien qu'on ne ferait pas aisément une trouée. Il demanda un des chefs : un
vieux capitaine hessois s'avança.

— Que voulez-vous ici? dit Henri Mollenbeck.

— Nous voulons, répondit le Hessois, au nom du
sérénissime François de Waldeck, prince de Munster, et au nom de ses confédérés, le rétablissement
de la paix. Nous avons ordre de vous offrir toute
capitulation honorable si vous acceptez nos conditions, et de vous livrer bataille à l'instant si vous
les rejetez.

— Quelles sont vos conditions ?

— Nous savons que vous conduisez, sous une
escorte de deux cents hommes, plusieurs femmes
turbulentes, qui seraient plus convenablement ailleurs qu'ici par une nuit de novembre ; mais c'est
l'affaire de leurs maris et de leurs pères, si elles en
ont. Nous les laisserons donc rentrer librement dans
Munster, le sérénissime prince-évêque n'entendant
pas qu'aucune des femmes de sa bonne ville soit ju-
gée militairement.

— Henri releva la tête, car il ne voyait le péril
que pour sa chère Nettie.

— Mais nous savons aussi, reprit vivement le
capitaine, que vous protégez ici cinq des meneurs
criminels qui ont fomenté les troubles. Si Rothman
se trouvait dans leur bande, nous tiendrons les seuls
ennemis réels du prince et de la paix.

— Nommez-moi ces cinq hommes, dit Henri.

— Vous les connaissez, à moins que les turbulents ne soient plus nombreux chez vous que nous ne pensons : Knipperdoling, Mathys, Kiliau, qui a osé à Telgt attenter à la sûreté de son maître, Jean de Leyde, qui vient renforcer les deux premiers, et le cinquième...

— Le cinquième, demanda Henri d'une voix craintive, en voyant le capitaine chercher son nom, serait-ce Jean de Wyck?

— Non; Jean de Wyck est un luthérien, que l'évêque peut ne pas aimer, mais que nous n'inquiéterons pas nous autres, aujourd'hui. Le cinquième est Antoine Cruse.

Henri Mollenbeck parut soulagé tout à fait; il tenait peu à ces cinq hommes, et il s'intéressait au père de Nettie. Il soupirait dans son cœur après la paix; il espérait bien que le règne du prince-évêque ramènerait la jeune fille et son père dans l'Église romaine.

— Quel temps accordez-vous pour répondre? dit-il.

— Un quart d'heure suffit, répliqua le capitaine. Mais j'oubliais un sixième personnage, votre vieux juif Isaac. En nous livrant ces six rebelles, vous sortirez librement avec tous les honneurs; et personne de vous, pour le moment, ne trouvera en nous des ennemis.

Henri se hâta de rentrer au village, où l'on at-

9

tendait avec anxiété la proposition des assiégeants.
Le jour était venu assez clair pour laisser voir toute
la campagne aux alentours occupée par des cavaliers. Dès que le parlementaire eut exposé les conditions offertes, on vit respirer les femmes et tous
ceux qui ne devaient pas être livrés. Mais Kiliau,
Mathys et Cruse s'agitaient violemment ; Knipperdoling était furieux et criait qu'il fallait combattre.
Jean, maintenu par Timmermensche, paraissait mé-
diter. Le juif seul n'était pas ému.

— Je suis prêt, disait-il, et qu'on ne craigne rien
pour moi.

Les femmes revenaient ensuite à des sentiments
de seconde impression. Sûres de n'être pas captives,
quelques-unes se montraient ingrates.

— Ah! l'évêque ne nous craint pas, disait Hilla
Phey ; et elle s'en trouvait humiliée.

— Il nous renvoie à notre ménage, disait la belle
Divarre d'un ton piqué ; et il nous enlèverait nos
époux.

—C'est une plaisanterie, s'écriait Nettie de Wyck;
il faut donner à ces papistes une bonne leçon.

— Ma fille, reprenait son père, qui se sentait plus
à l'aise, ce ne sont pas des papistes, et ils sont dix
contre un de nous.

— Allons combattre ! s'écria Knipperdoling en
tirant sa grande épée. Je n'en crains pas dix.

— Non ! hurla en se levant Jean de Leyde, on ne
combattra pas aujourd'hui. L'esprit m'a révélé qu'il

nous est bon de paraître devant l'antechrist, qui ose se dire prince de Munster ; qu'il ne touchera pas un cheveu de notre tête, et que sa puissance se brisera à propos de nous.

Il avait dit ces mots d'une voix stridente et saccadée qui imposa aux auditeurs.

— L'esprit a parlé, ajouta Timmermensche.

— Allons donc, reprit le juif ; et nous qui sauvons les autres, ne voyons en ce qui arrive qu'un retard d'un jour à notre rentrée dans la vieille cité.

Les trompettes des Hessois se firent entendre ; le quart d'heure était écoulé.

Toute la phalange munstérienne, agitée de sentiments divers, sortit malgré les récriminations de Knipperdoling, et s'alla ranger en quatre lignes à la sortie du village. On vit bien, à l'aspect et au nombre des assiégeants, qu'il y aurait folie à combattre ; et Jean de Wyck, reprenant le commandement, dit aux chefs rassemblés qu'on acceptait la capitulation offerte, et que les six hommes de cœur exigés pour la rançon de leurs frères consentaient à se livrer.

— Nous savons, ajouta-t-il, que le sérénissime prince n'est pas sanguinaire. Nous recommandons toutefois nos amis à votre bienveillante intervention. Nous avons à vous, dans la cité, trente prisonniers dont nous proposons dès ce moment l'échange contre nos six otages.

— Nous ferons de notre mieux, répondit un des

chefs; — faites avancer les six hommes réclamés.

— De plus, ajouta Buxtorf, nous laisserons aux chanoines qui sont encore dans la ville la liberté de rejoindre le prince.

Le vieux juif se présenta pendant ces paroles. Jean de Leyde le suivit d'une marche fière; il craignait moins qu'un autre, pensant n'avoir encore rien fait qui le compromît. Knipperdoling, relevé enfin par les ministres de Christ, qui tremblaient à la pensée d'une résistance, décelait néanmoins dans ses traits farouches une certaine inquiétude. Mathys paraissait très-affligé de quitter encore sa femme, et Kiliau affectait le sang-froid sévère d'un militaire qui s'immole.

Mais on s'aperçut, lorsqu'on demanda le sixième meneur, que le prudent Antoine Cruse avait trouvé moyen de disparaître, et il s'était si parfaitement évanoui qu'on le chercha vainement de toutes parts; on fouilla vainement le village et l'église; il s'était éclipsé. Après deux heures d'inutiles perquisitions, les chefs, persuadés de la bonne foi des Munstériens, se contentèrent des cinq prisonniers importants qu'ils tenaient en leur pouvoir. Ils firent jurer à tous les hommes qu'ils livreraient Antoine Cruse s'il reparaissait à Munster, à moins que l'échange proposé n'anéantît cet engagement; et la capitulation fut exécutée. La troupe, sauf les cinq personnages qu'on lui enlevait, rentra donc dans la ville.

Dès que les voyantes eurent ébruité toute l'affaire

dans les divers quartiers de la vieille cité, des masses
de populaire, amies de Knipperdoling et de Mathys,
s'assemblèrent en tumulte, avec des hurlements,
autour de la maison de Jean de Wyck et de celle de
Mollenbeck, en cassèrent les vitres à coups de pierres
et firent à ces deux héros une réception qui ne pouvait guère les consoler de leurs déboires. — Rothman parvint seul à calmer l'effervescence. Heureux
d'avoir échappé, content en lui-même de se voir
désormais seul chef prépondérant, il harangua la
foule, et les femmes s'étant mises de son côté, le
désordre cessa peu à peu devant une pluie violente
qui contraignit les tapageurs à chercher des abris.

X.

LA JUSTICE DES DROSSARDS.

> C'est le crime qui a ouvert les portes
> de la mort.
>
> Saint Jean-Chrysostome.

Les cinq prisonniers des confédérés allemands
furent conduits au prince-évêque, qui avait passé
la nuit debout et qui les reçut entouré de sa cour,

c'est-à-dire de quelques chanoines, car il vivait sans
pompe. Il était onze heures du matin. François de
Waldeck ressentit une grande joie d'apprendre que
personne n'avait péri dans ce qu'il appelait le siége
du village ; il remercia les chefs avec effusion d'a-
voir bien voulu se rendre à ses désirs paternels en
épargnant les femmes et leur escorte. Il rendit grâce
à la sagesse qui avait conduit toute cette affaire, et
regarda la paix comme assurée, en considérant qu'il
tenait enfin les trois fanatiques (c'est le nom qu'il
donnait aux voyants), Knipperdoling, Mathys et
Jean de Leyde. La capture du vieux juif parut lui
causer un plaisir plus vif encore. Il savait toutes les
menées de ce vieillard surprenant ; il était instruit
des singulières choses qu'on débitait sur son compte,
et il voulait l'interroger. Ces quatre coupables n'é-
taient pas ses sujets; c'était pour lui un soulagement.
Mais lorsqu'on lui présenta Kiliau, un nuage passa
sur son front, où venait d'entrer la pensée qu'il
fallait punir. Aussi il n'accueillit pas comme on s'y
attendait la nouvelle de la disparition incompréhen-
sible d'Antoine Cruse. Loin de s'en affecter, on eût
dit qu'il se sentait allégé de savoir que le rebelle
s'était échappé; car il suffisait à cette âme généreuse
que ses ennemis fussent hors d'état de faire le mal ;
et il ne redoutait plus un proscrit. D'ailleurs cet
homme, dit-il avec une certaine indifférence, n'était
qu'un meneur de classe inférieure.

— Mais, ajouta-t-il bientôt, parmi ceux que vous

avez amenés je ne vois pas Jean de Wyck, qui est
peut-être le plus dangereux de nos adversaires ; au-
rait-il eu aussi l'habileté de s'évanouir ?

— Jean de Wyck, dit assez maladroitement le
capitaine hessois qui l'avait compris dans la capitulation, est un sage réformé en qui nous n'avons pu
voir que l'ennemi des papistes, et qui ne combat
pas personnellement Votre Sérénité. Nous nous serions fait conscience de le retenir.

L'évêque baissa les yeux en rougissant. Il songeait avec amertume que lui, prélat catholique, il
avait pour auxiliaires les déserteurs de la sainte
Église romaine. Il voyait bien qu'ils le soutenaient
comme prince de la Confédération germanique, mais
qu'ils étaient prêts à le combattre comme évêque
fidèle. Il pouvait juger que ces hommes égarés cherchaient, dans leur aberration aveugle, une paix
matérielle, sans comprendre que jamais la paix durable ne peut s'asseoir parmi les troubles religieux.
Il ne répondit rien ; mais au bout d'un moment, relevant la tête comme s'il eût secoué de douloureu-
ses pensées :

— Nous allons donc, dit-il, remettre ces hommes à la justice de notre drossard Evrard de Morring.

— Votre Sérénité nous permettra, répondit un
des chefs, de lui faire observer qu'ici les expéditions
sont communes avec ses alliés, et qu'elle n'est pas
seule investie du pouvoir de juger. Par révérence pour

Votre Sérénité et par égard pour sa dignité ecclésiastique, en considérant de plus que nous agissons
sur ses terres, nous avons bien voulu ne pas discuter ses intentions et nous soumettre à épargner ses
sujets. Nous laissons donc à sa justice particulière
celui que l'on appelle le général Kiliau, que l'on
nous dit homme de Munster. Mais les quatre autres,
qui sont étrangers aux domaines de Votre Sérénité
et qui ne lui sont liés par aucun serment, n'ont pas
droit à se réclamer d'elle. L'indulgence, poussée
trop loin, a produit assez de tumultes, de misères,
de désordres et de crimes; il est temps qu'elle trouve
des limites sévères; et les princes confédérés, venus ici dans l'intérêt de la paix, ont décidé que leurs
drossards jugeraient les quatre étrangers. Nous savons que Votre Sérénité ne veut appliquer la peine
de mort qu'aux hommes convaincus de meurtre di-
rect. Mais les chefs comme ceux-ci, quoique indirec-
tement assassins, ne sont pas moins chargés d'ho-
micide.

Les objections de François de Waldeck furent
vaines. On lui laissa Kiliau et on emmena les autres.

Il remit au lendemain le jugement de son prisonnier, et, se flattant d'obtenir au moins la vie de Mathys et de ses amis, qui ne lui semblaient que des
fous, il annonça qu'il assisterait comme prince con-
fédéré à l'instruction de leur procès, et qu'il désirait
personnellement interroger le vieux juif, avant ou
après l'audience.

Une heure plus tard, comme François de Waldeck achevait de dîner, on vint lui dire que sous la grande halle de Telgt les drossarts des confédérés étaient assemblés en cour de justice, et qu'on allait juger sans désemparer les quatre séditieux. Il se rendit sur-le-champ à ce tribunal et se plaça avec les autres princes derrière les juges, qui étaient là au nombre de dix. Déjà on interrogeait Knipperdoling.

— Vous étiez marchand de draps à Leyde? lui dit un des drossarts. Qui vous a poussé à sortir d'un état paisible pour vous jeter dans les révolutions?

— L'esprit, dont le règne est venu, répondit hardiment Knipperdoling. Il est possible que vous autres restiez enfouis quelque temps encore dans la matière; mais chez vous aussi l'esprit la percera; et le jour n'est pas loin où vous comprendrez la parole.

— Mais, dit un autre drossard, depuis que nous avons reçu la réforme, nous croyons la comprendre, cette parole. Nous ne la dépassons pas. Vous ne vous êtes pas borné à suivre l'esprit et à cultiver la parole. Voici des pièces qui vous imputent formellement des meurtres, faits ou ordonnés par vous.

— Je nie ces imputations; je décline même votre juridiction, car vous n'avez pas le droit de me juger. Je ne vous réponds que cédant à la force et pour ne pas aggraver la position de mes amis.

— Mais, reprit un troisième drossard, aviez-vous

le droit vous-même de juger et de condamner, comme vous l'avez fait à Munster, où vous étiez étranger ?

— J'avais ce droit ; je le tenais du peuple.

Tous les juges se mirent à rire.

— Une fois déjà, dit le premier drossard, vous êtes tombé dans les mains du prince-souverain de Munster, contre lequel vous aviez commis de graves hostilités. Vous avez été condamné pour divers crimes, et on vous a relâché.

— Parce qu'on a reconnu mon droit.

— Parce qu'on vous a fait grâce.

— Vous n'aurez pas grâce aujourd'hui. Mais vous pourrez vous défendre et prouver contre les accusations qui sont en nos mains. Vous aurez justice.

Et vous, Mathys, le dérangement de vos affaires dans Harlem, où vous faisiez le métier de boulanger, vous a chassé de votre patrie. C'est la même cause, dit-on, qui a exilé de Leyde votre ami Knipperdoling. Réfugié dans Munster, où vous étiez étranger aussi, deviez-vous y reconnaître comme vous l'avez fait l'asile et la paix que vous y aviez trouvés?

— Je ne pouvais le mieux reconnaître, dit Mathys, qu'en m'occupant du bonheur du peuple et de l'affranchissement des hommes. Esclaves des princes, vous ne pouvez savoir ce que c'est que la liberté.

— Du moins, dit le troisième drossard, nous ne l'entendons pas comme vous. Le pillage et le vol, l'assassinat et la violence ne nous paraissent pas faire partie de la liberté. La liberté qui opprime, qui dépouille, qui proscrit, qui assomme, la liberté pour le plus fort ou le plus méchant de contraindre le plus faible ou le plus doux, la liberté pour l'homme fainéant de voler l'homme qui travaille, la liberté pour celui qui a dissipé, mangé, perdu ses biens, de s'emparer des biens de son voisin, la liberté de violer les lois faites et d'en improviser d'absurdes, sans autre mission qu'une inconcevable effronterie : ces libertés, qui sont les vôtres, nous ne les envions pas, et nous prions Dieu d'en préserver le monde chrétien.

— Ces libertés que vous calomniez sont enfantées par l'esprit qui se dégage, répliqua Mathys. Si ses premiers pas sont incertains et chancelants, ils s'affermiront ; si ses premiers fruits sont difformes, on les redressera.

— Mais voici des pièces qui établissent, dit le quatrième drossard, des meurtres que vous avez ordonnés aussi, vous, Mathys. Voici des actes de proscription que vous avez signés de votre main. Voici un état de quelques-unes de vos rapines. Vous ne nierez pas l'or et les diamants que vous avez envoyés à Harlem ; d'où vous sont venues ces richesses ?

— Il y a des traîtres dans la nouvelle Sion, dit

Mathys. Tout ce que j'ai eu, je l'ai conquis par droit et justice.

Les juges rirent de nouveau.

— Contre Jean, fils de Bockel, dit le cinquième drossard, nous n'avons d'autres griefs que sa démarche et ses liaisons avec les chefs des troubles. Nous ferons donc nos réserves en sa faveur ; mais il n'entrera pas dans Munster.

Jean se leva brusquement :

— L'esprit a révélé que j'y dominerais, dit-il, et nul de vous ne me touchera.

— Il me semble, répliqua le premier drossard, qu'on peut juger cet homme comme fou.

— De tels fous, dit un autre, sont les chefs que le populaire affectionne et autour desquels il se range.

—Je dirai plus, reprit Jean, dont les regards singuliers justifiaient le soupçon de démence qui venait de s'élever contre lui, aucun de vos prisonniers ne portera de longues chaînes, car votre puissance est condamnée ; et demain les hommes du libre esprit seront libres aussi de leur corps. J'ajouterai que ce qu'ils ont fait, je l'adopte, et que j'unis mon sort à leur sort.

Le voyant se rassit, en promenant avec égarement ses yeux effarés sur les drossards et les princes, qui riaient de lui, mais qui se sentaient étonnés de tant d'audace, devant un tribunal que deux mille soldats appuyaient.

— Interrogez le vieux juif, dit alors François de Waldeck; vous reconnaîtrez que ces hommes ne peuvent ressortir des lois ordinaires.

— Quel est votre nom? demanda le plus vieux drossard au juif qui se levait.

— On m'appelle Isaac.

— N'avez-vous que ce nom seul?

Il ne répondit point.

— Quel est votre pays?

— L'Orient.

— Mais quelle contrée de l'Orient?

— C'est ce qui vous importe peu.

— Il importe beaucoup; nous y reviendrons. Et votre âge?

— Vous pouvez juger que je suis majeur.

— Ce n'est pas la réponse que je demande. D'où veniez-vous en arrivant à Munster?

— De l'Occident.

— On dit que vous êtes juif?

Il s'inclina.

— Vous vous enveloppez d'un extérieur mystérieux qui doit tomber ici.

Le juif ne répondit rien.

— On ne vous accuse d'aucun crime personnel, mais vous êtes l'espion et l'agent très-zélé des anabaptistes. Dans quel but?

— Je ne suis ni leur espion, ni leur agent, mais leur ami; et je le suis dans un espoir qui se réalisera; c'est que ces hommes vont rajeunir le monde de seize siècles. Munster deviendra la nouvelle Sion. Elle remontera plus haut; et les glorieux jours de Salomon vont renaître.

Les juges et les chefs se regardèrent avec un étonnement qui croissait.

Les princes se demandèrent si en effet ces quatre hommes n'étaient pas simplement des insensés qu'il fallait remettre aux médecins.

— Ce ne sont des fous qu'en paroles, dit un vieux chevalier; et je me rangerais à l'opinion qui circule, si leurs actions étaient, comme leurs dires, des extravagances; mais elles sont combinées, suivies, conséquentes. Ces hommes marchent dans un système; ils ne sont pas seulement des séditieux, ils sont des bandits. Libre à vous ensuite de les appeler énergumènes.

Knipperdoling lança au vieux guerrier un regard formidable, et chercha, de sa main droite, son grand poignard dont on l'avait désarmé.

— Vieillard, reprit le juge qui interrogeait le juif, pendant que l'assemblée donnait de toutes parts des marques d'assentiment aux paroles du chevalier, vous êtes juif et doublement étranger à ces contrées. Vous avez long-temps abusé de la tolérance qui vous est accordée comme juif. Mais de singuliers bruits courent aussi sur votre compte. Il faut donc que vous sortiez totalement du mystère qui vous entoure et que vous éclairiez la justice. Quel est votre âge?

— Il est ancien, comme vous voyez.

— Répondez autrement. Combien d'années comp-
tez-vous?

Le juif garda le silence.

— Vous justifiez, reprit le drossard, les rumeurs
populaires qui vous accusent de magie. Si elles sont
fondées, nous vous ferons justice. Si vous vous en
jouez, nous en aurons raison. Vous vous taisez, mais
la question vous fera parler.

Un sourire froid courut sur les lèvres pâles du
juif, et ses yeux flamboyèrent. Mais son visage resta
immobile.

— La question me fera parler, dit-il, autant que
je voudrai bien le faire.

Les juges et les assistants se regardèrent de nouveau.

— Votre interrogatoire est tyrannique, reprit-il du
ton le plus calme. De quoi suis-je accusé? C'est là le
cercle où des juges doivent se tenir.

— Vous êtes accusé d'espionnage, d'abord; ensuite de connivence avec les ennemis de Sa Sérénité
le prince-évêque de Munster; enfin, je le répète, de
magie.

— Aucun de ces chefs ne peut se prouver, répondit le juif avec une froide assurance; des conseils
que j'ai pu donner, des découvertes que mon expérience m'a permis de faire, ne sont pas l'espionnage.
Je n'ai jamais changé ni déguisé ma figure ou mon
vêtement. Je ne suis pas venu dans vos camps sous
un personnage supposé. Je ne puis être l'ennemi du

seigneur évêque, dont je ne suis ni l'homme, ni l'obligé. Je n'ai rien pris, rien désiré, rien ambitionné, attendu que je n'ai besoin de rien, et que la seule grâce qu'il me plairait de demander ne peut m'être accordée.

— Quelle est cette grâce !

— Vous l'apprendrez peut-être, mais un peu plus tard. En troisième lieu, je n'ai fait aucun acte de magie ; je serais tout au plus moi-même la victime d'une magie puissante.

— Vous avez échappé, d'une manière inexplicable, à des périls qui auraient emporté tout autre.

— Si ce n'est pas l'effet de ma prudence, c'est un secret qui ne nuit à personne. J'échapperai sans doute à quelques autres dangers encore, sans chercher pourtant à les éviter. Mais si vous pouvez établir que je sois coupable des griefs que vous venez d'avancer, pendez-moi ; je vous le permets.

François de Waldeck se leva vivement :

— D'autres rumeurs ont cours, dit-il ; et ce qui se passe me porte à les croire fondées. Cet homme est le Juif-Errant.

Ces paroles produisirent un singulier effet sur toute l'assemblée. Les accusés et les juges se tournèrent spontanément vers le vieux juif, dont la figure impassible reproduisit le même sourire sardonique qui avait paru à propos des menaces de la question.

— Si j'étais cet homme, reprit-il, vos chroniques

vous apprennent que vous ne me retiendriez pas.
Vos montagnes portent en plusieurs lieux la trace
des pas gigantesques de cet homme, que vous.ap-
pelez, je crois, Ashavérus; ai-je la chaussure qui a
pu laisser ces grandes empreintes?

Et il montra ses pieds, qui n'avaient que la taille
ordinaire.

— L'évêque de Sléwick, poursuivit-il, a entre-
tenu cet homme, il y a trente ans, dans le Wittemberg; et le duc Philippe de Bourgogne, un siècle
auparavant, l'a vu à sa cour. Vous connaissez ces
récits dans tous leurs détails. Me trouvez-vous la
mine dolente et l'air triste et cassé qu'on donne
à cet homme?

— Qu'on amène les instruments de la question,
dit un drossard; et en même temps qu'on dresse
quatre potences.

Le Juif se rassit tranquillement, sans témoigner
la moindre émotion. Il se laissa prendre par deux
bourreaux de l'armée, qui le conduisirent devant un
chevalet.

L'évêque de Munster ouvrait la bouche pour réclamer la permission d'interroger à son tour le vieux
Juif, et pour s'élever, dans sa bonté, contre les ordres qu'il venait d'entendre. Mais en ce moment
Évrard de Morring, entrant dans la salle, s'approcha de lui :

— Il a été fait, dit-il, comme Votre Sérénité l'a
souhaité. Mais cette résolution m'a surprise.

— Quelle résolution? demanda le Prince, ne comprenant pas ce qu'Évrard lui disait.

— Mais le parti que Votre Sérénité a pris relativement au prisonnier. Je ne le vois pas avec les autres.

— De quel prisonnier parlez-vous? dit l'Évêque avec une sorte d'impatience.

— Je parle de Kiliau, du général Kiliau. Je suis étonné de ne pas le trouver ici.

— Et comment voulez-vous qu'il soit ici, puisque je me suis réservé de le juger?

— Dans quel but alors Monseigneur me l'a-t-il fait demander? dit Évrard embarrassé.

— Je ne vous ai rien fait demander, mon brave Morring, répliqua l'Évêque. Perdez-vous aussi la tête? Asseyez-vous et laissez-moi m'opposer à une sentence de mort que je vois qu'on médite.

— Mais, Monseigneur, reprit Évrard très-intrigué, un capitaine— des auxiliaires d'Augsbourg, — est venu, — de la part de Votre Sérénité, — prendre le général Kiliau, — en disant que Votre Sérénité s'était résolue à le faire juger sur-le-champ avec les quatre autres.

— Et vous l'avez livré?

— Je le suivais. Il est ou il doit être ici.

— Messeigneurs, dit François de Waldeck en se levant, suspendez un moment les débats. Par une machination que nul de vous n'eût soupçonnée, on vient de nous enlever le prisonnier que nous avions réservé pour notre justice particulière. C'est un capitaine des auxiliaires d'Augsbourg qui est accusé de cette infraction à nos droits. Je demande l'instruction immédiate de cette affaire.

— La place n'a que deux portes, dit un des drossards. Qu'on y envoie des hommes; et si c'est une trahison, les traîtres seront bientôt découverts.

Tous les chefs sortirent, laissant les quatre accusés sous la garde de leurs juges; l'évêque sortit aussi, emmenant Évrard de Morring, à qui il reprochait d'avoir remis Kiliau sans un ordre écrit.

— Mais, Monseigneur, répondait Évrard, l'homme qui l'est venu prendre est un des chefs que je crois avoir vus ce matin arrêter avec vous les conventions...

— Voilà, dit le premier drossard, un singulier incident.

Il regarda autour de lui; et voyant que lui et ses collègues, dans ce moment de trouble, étaient sans gardes, comme sa fonction n'était que de juger, il sortit. Ses compagnons le suivirent, se bornant à recommander aux deux bourreaux de veiller sur le dépôt qu'on leur laissait. Mais les deux bourreaux, troublés par la figure de Knipperdoling, gagnèrent aussi la porte, en se disant qu'ils allaient chercher renfort. Du reste, que pouvait-on craindre? Un cordon de troupes entourait la halle.

Le vieux Juif ne se vit pas plus tôt seul avec ses trois amis, qu'il leur partagea très-vivement les barres de fer apportées pour la torture, saisit d'un bras vigoureux une longue échelle qu'il guettait depuis quelque temps, et dit aux accusés :

— Suivez-moi, car il ne peut pas vous arriver pis que ce qu'on vous prépare;

— L'esprit a déclaré que nous coucherions ce soir à Munster, dit Jean Bockelzoon en se levant.

Les autres étaient prêts. Au lieu de sortir par la grande porte des halles, le Juif gagna une poterne, traversa trois lignes serrées de soldats qui le prirent, lui et les siens, pour des agents de justice, entra dans la maison du bourgmestre, dont le jardin donnait sur le rempart, fit descendre par son échelle Jean de Leyde, Knipperdoling et Mathys, descendit après eux, renversa l'échelle dans le fossé et courut à un bois qu'il connaissait.

Ses trois amis y étaient déjà cachés par les premiers massifs d'arbres et lui-même allait disparaître, lorsqu'il reçut dans le dos trois balles de mousquet qui glissèrent sur sa ceinture. On venait de découvrir leur fuite, et par les deux portes de la petite ville on avait lancé après eux plusieurs escadrons, qui un moment après battirent le bois et la campagne. Mais ils cherchèrent vainement jusqu'au soir; on ne découvrit ni les fugitifs, ni même leurs traces. Et comme on ne retrouva pas non plus le général Kiliau, l'opinion émise que le Juif était au moins un magicien, prit une consistance solide dans toutes les têtes.

— J'aime mieux croire, dit l'évêque, que c'est en vérité le Juif-Errant; et je regrette fort de n'avoir pas eu avec lui le long entretien que je m'étais promis, — non pas au moyen de la question, qui ne fait guère causer un homme, — mais comme ont fait l'évêque de Sléwick et le duc Philippe de Bourgogne, en l'admettant à ma table et gagnant sa confiance par bonnes manières.

— Espérons, répliqua Évrard de Morring, qu'on reprendra encore cet homme, car il est fort téméraire, et que Votre Sérénité pourra se donner les satisfactions qu'elle désire.

XI.

SÉNAT DE FEMMES.

— Nous ne nous entendons guère.
— Nous ne nous entendons pas.

DÉSAUGIERS.

Le soir du 16 novembre, de ce même jour où l'on avait jugé à Telgt les prisonniers, le tumulte élevé dans Munster au retour de Jean de Wyck, calmé ensuite par Rothman secondé d'une bonne pluie, se réveilla plus compacte à l'heure où s'allumaient les lampes pour les longues veillées. Tout le monde s'agitait dans de violents murmures ; il semblait que cette pauvre ville, en perdant ses meneurs suprêmes, fût tombée dans un cruel veuvage. Rothman ne lui suffisait pas. Les uns tenaient au bouillant Knipperdoling ; les autres au hardi Mathys; ceux-ci réclamaient Cruse l'intrépide; ceux-là redemandaient le général Kiliau. Les enfants pleuraient le vieux Juif; les femmes, qui n'avaient pas été de l'expédition du matin, regrettaient de n'avoir pas vu au moins le nouveau voyant de Leyde. Tout le monde s'agitait et le sénat siégeait en permanence.

Quand nous disons tout le monde, nous ne parlons pourtant que du parti des troubles, qui, à la vérité, comprenait les masses. Les catholiques se tenaient sur la réserve, laissant à Dieu le soin de défendre sa cause, croyant faire assez de rester dans leur inaction coupable, et oubliant que la vie ici-bas est un combat et une lutte, et que ce n'est pas toujours innocemment qu'on laisse passer le mal. Cette occasion, au reste, n'est pas la seule dans l'histoire où les enfants de lumière ont nonchalamment cédé la place aux enfants de ténèbres, faiblesse inqualifiable qui jamais et nulle part n'a échappé à son châtiment.

Le sénat ne se trouvait pas à son aise. En eux-mêmes tous ces hommes qui trouvaient doux de régner se sentaient, d'une part, tout joyeux d'être affranchis, car ils ne pouvaient pas se dissimuler que Knipperdoling et ses amis les menaient à leur gré; d'au-

tre part ils devaient cacher leur manière de sentir
sous des semblants hypocrites et ménager le peuple,
qui exerçait une passable tyrannie. Les forgerons
et toutes les autres corporations turbulentes exi-
geaient l'exécution immédiate de l'offre faite par
leur camarade Henri Mollenbeck ; on se rappelle
qu'elle consistait à rendre au prince de Waldeck les
trente prisonniers qu'on lui avait faits, en échange
des six otages qu'il venait d'exiger. Mais Rothman
soutenait le sénat dans son refus, sans se douter
que ce corps sournois songeait en secret à l'écarter
lui-même, en le poussant dans les voies impopulai-
res. Il s'élevait donc très-vivement contre la mesure
proposée ; il soutenait qu'on devait garder les hommes du Prince, comme sauvegarde très-précieuse,
si jamais l'antechrist, aidé par les confédérés, parvenait à imposer une capitulation ; il disait, quoiqu'il pensât le contraire et qu'il le désirât peut-
être, qu'on ne devait pas craindre la mort prompte
et brutale des six captifs ; il faisait même, dans son
intérêt, l'éloge de la modération du Prince ; il ajoutait qu'il était indigne d'hommes libres de se livrer
si vite aux conseils de la peur.

La foule, en attendant le repas du soir, obstruait
le sénat et le troublait encore de ses vociférations.
Les cris : A bas Rothman ! qui avaient éclaté d'abord
assez peu soutenus, comme s'ils n'eussent été que
l'expression de quelques mécontents isolés, devinrent
si vifs dans la bouche des forgerons, que l'orateur

effrayé vit qu'il se coulait; il perdit son assurance, s'arrêta brusquement et s'échappa. L'audace de la multitude s'en accrut. Elle comprit la fuite de Roth-man comme un argument qui lui donnait raison. Elle hurla si haut que la crainte gagna tous les séna-teurs : ils sortirent l'un après l'autre par la porte de derrière, laissant leurs siéges vides et la foule maî-tresse des lieux.

Aussitôt, et pour ainsi dire en un clin d'œil, on vit paraître sur l'estrade du président une femme que le moment inspirait sans doute ou que son en-tourage poussait : c'était Timmermensche. Nettie de Wyck, Hilla Phey, Élisabeth Dreyers, Gritte Moder-sohn, Divarre, Catherine Cruse, Rachel la Bohé-mienne et dix autres jeunes femmes s'élancèrent en même temps sur les fauteuils.

Toute l'assistance battit des mains.

— Le sénat qui vient d'abandonner ses chaises curules, s'écria hardiment Nettie de Wyck, ne peut pas saisir la situation.

— Le sénat trahit, ajouta Divarre d'une voix ferme. Ces hommes se réjouissent de la perte des chefs, car c'est le nom que ceux qui sont absents ont conquis. Les trembleurs ou les fourbes que vous appelez sénateurs se flattent de recueillir leur hé-ritage.

— La femme a raison, hurla un armurier. Les vi-lains veulent la paix.

— Et Rothman est un traître aussi, dit vivement

la marchande d'écrevisses. Ne semble-t-il-pas qu'il ouvre déjà ses pinces pour nous enlacer tous! Est-ce que l'ami de Norden sera notre maître ?

— Il est certain, poursuivit Gritte Modersohn, que cet homme ne va plus si droit. Un parlementaire devrait être parti depuis longtemps pour ratifier l'échange.

— Si Knipperdoling est pendu, dit un foulon, nous conduirons au Prince, pieds et poings liés, le sénat tout entier et Rothman lui-même.

— Si Mathys ne revient pas, cria un meunier, je coupe les vivres à ceux qui nous gouvernent!

— Voilà qui est bien parlé! exclama Divarre.

— Nous voulons aussi notre vieux Juif! dit en même temps Sara, la sœur ou la cousine de Rachel.

— Et le vaillant Cruse! vociféra sa fille.

— Et notre brave général Kiliau ! grogna un charretier.

— Et le voyant de Leyde! dit Hilla Phey.

Tout le monde bruissait et s'agitait dans un ensemble assourdissant, quoique, depuis qu'elle était montée à la place du président du sénat, la petite Timmermens réclamât la parole par des gestes énergiques, ne pouvant de sa voix peu élevée dominer les beuglements qui grondaient.

Le Goliath de Munster remarqua enfin cette inconvenance. De sa voix d'airain, qui couvrit tous les cris, il tonna ces mots:

— Qu'on laisse parler Timmermensche.

L'injonction de Buxtorf fut reçue par un vivat universel, auquel succéda en quelques secondes le silence absolu.

— Vous ne vous entendez guère mieux que le vieux sénat, dit gravement la petite Timmermens, et j'attendais plus de lumières d'un conseil de femmes. Est-ce que l'esprit ne parle plus à Rachel ? Est-ce qu'il ne parle plus à Hilla Phey ? Est-ce qu'il est mort pour Gritte Modersohn ?

— Il m'a parlé, répliqua Rachel; mais dans ce tumulte je n'ai pu me recueillir.

— Il m'a parlé, dit Hilla Phey ; il m'a dit que je devais aller, comme une autre Judith, au camp ennemi.

— Il m'a parlé, s'écria Gritte, il m'a dit, à moi, qu'un enfant de Munster pouvait seul sauver les prisonniers.

— Il m'a parlé, ajouta Timmermensche, il m'a déclaré que Jean de Leyde, le nouveau voyant, serait roi, et il le sera.

— Pas ici, sans doute, car le peuple ne le connaît pas, dit Buxtorf.

— Et nous ne chassons pas les princes pour prendre des rois, ajouta un forgeron.

— Il faut, murmura Mollenbeck, qu'un vrai démon possède toutes ces voyantes.

— Mais si un enfant de Munster peut sauver nos amis, reprit le Goliath, qu'on expédie donc le parlementaire.

Toute la foule cria : Buxtorf! Buxtorf! c'est Buxtorf qui aura la mission.

— Merci! s'écria l'homme que l'on voulait honorer d'une fonction très-périlleuse. Ce serait plutôt
l'affaire de Henri Mollenbeck ou de Jean de Wyck,
qui ont manœuvré la chose. Quant à moi je suis fatigué pour ce soir.

— Il y a des dangers, dit Gritte Modersohn. Que
l'on tire au sort le parlementaire, parmi les hommes
de résolution. Ce ne sont pas ceux qui viennent d'é-
chapper à l'embuscade qui doivent se sacrifier de
nouveau.

Nettie applaudit. Mais il ne se trouva pas d'homme
de résolution qui voulût partir sur-le-champ ; et on
allait remettre la délibération au lendemain, quand
Hilla Pheÿ se leva.

— J'irai, moi, dit-elle, à défaut d'hommes sans
peur ; et j'y vais à l'instant, si vous voulez voter par
acclamation une loi qui, en l'honneur de notre dévouement, établisse un sénat de femmes ; il balan-
cera l'autre.

La multitude répondit par des vivats.

— Le sénat est fondé, dit Timmermensche. Il
tient en ce moment sa première séance. Et le roi qui
vient le reconnaîtra.

— Est-elle singulière avec son roi, grognèrent les
tisserands.

— Si je succombe, reprit Hilla, vous n'oublierez
pas qu'on abandonnait ici des hommes importants,

et qu'une femme, qui est aussi un enfant de Munster, est allée à leur aide. Qu'on me donne un drapeau blanc et qu'on m'autorise à m'engager en otage de l'échange des trente partisans du Prince contre nos six amis.

Des hurlements, qui paraissaient avoir quelque reflet des modulations de la joie, éclatèrent au loin en ce même moment. Ces clameurs inattendues tinrent en suspens la foule ardente, où personne ne pouvait soupçonner la cause réelle de ce grand bruit.

Mais bientôt les masses s'ouvrirent pour laisser passer avec fracas un capitaine hessois que suivait le général Kiliau. Chacun se frottait les yeux dans une grande surprise.

— Un de sauvé déjà! s'écria Buxtorf. Vivent nos amis les Hessois!

— Les Hessois sont nos alliés, dit Nettie de Wyck, vive le landgrave!

— Capitaine, cria Mollenbeck en s'adressant au Hessois, ramenez-vous les cinq autres, et venez-vous chercher les trente épiscopaux promis en échange?

— Vous allez vite dans vos compliments, dit le capitaine en ôtant son casque; les Hessois seront vos alliés une autre fois; aujourd'hui ils jugent les autres camarades, si pourtant ce n'est pas fini. Quand nous sommes partis, le général et moi, car vous voyez qu'il y en a deux de sauvés, nous avons su qu'on

préparait quatre potences. — L'assemblée frémit, quoiqu'elle reconnût alors que les échappés étaient deux
en effet : le prétendu capitaine hessois n'étant autre
que le hardi Antoine Cruse. Sa fille, qui l'avait reconnu la première, courut l'embrasser ; et, malgré
l'agitation qui dominait la foule, il lui fallut raconter
brièvement comment il avait disparu dans le village
traqué, et comment il ramenait Kiliau avec lui.

— Vous savez, dit-il vivement, la surprise qui nous
a tous abasourdis ce matin, et que plus d'un indice
aurait dû nous faire prévoir, si nous avions été pru-
dents. Quand je vis qu'il fallait bien qu'on me livrât
à l'ennemi, j'avoue que je ne songeai qu'à moi :
c'était tout naturel. Je me rappelais très-nettement
une certaine vieille affaire que j'ai eue avec l'official ;
et je me disais : Si l'antechrist te tient, mon pauvre
Antoine, adieu, les amis. J'avisai donc, du plus rapide coup d'œil, une ruelle obscure, qui, de la chau-
mière où nous étions, menait aux champs. Je l'en-
filai sans être vu, et, en suivant un petit chemin
creux, que de bonnes haies de buis couvraient et
qu'un cheval n'aurait pu pratiquer, je gagnai, pendant qu'on me cherchait, une métairie voisine où
gisait fort malade le capitaine hessois dont vous
voyez la défroque.

— Tu l'as tué ? demanda Buxtorf.

— Pas si fou. Le bruit n'est jamais sain dans des
lieux que l'on ne connaît pas et dans une position
comme celle où je me voyais. J'entrai au contraire

à pas de loup; je me glissai dans une étable, dont je distinguais assez bien la porte entrebâillée. Je voulais me cacher sous la litière et attendre; mais je trouvai là, nez à nez, le domestique du mourant qui pansait son cheval.

— Qui va là? me demanda-t-il sèchement.

— Un homme, répondis-je aussitôt à voix basse, et un brave homme qui vous payera bien si vous lui donnez un refuge, car il est relancé.

— Est-ce que les Munstériens ont enfin le dessus? reprit, en baissant aussi la voix, l'honnête palefrenier.

— Voilà, me dis-je, un homme qui nous est favorable, puisque sa première pensée est pour nous. Ils n'ont pas encore le dessus, répliquai-je; ils viennent même d'être surpris pour le moment, et j'ai l'air de fuir, comme vous voyez. Mais j'ai un peu d'argent qui sera à vous, sans compter le reste, si vous me sauvez.

Le domestique hessois ne riposta rien. Ma voix l'avait frappé; il m'avança sous le nez sa lanterne.

— Par les deux épouses du landgrave Philippe, dit-il, c'est Antoine Cruse!

J'avais du bonheur. Le domestique du malade était, s'il vous plaît, mon vieil ami Mathias Mulner, que vous avez connu tous chaudronnier dans mon voisinage, avant ses mauvaises affaires, et qui, pour mon salut tout exprès, avait pris du service, comme il disait, sous un capitaine de la confédération, le-

quel lui avait promis de lui rendre sa boutique
quand on prendrait Munster.

— Non-seulement je te sauverai, me dit-il; mais
mon maître se meurt et je ne peux plus compter
sur lui. J'ai appris que tu as de bons amis parmi les
hommes importants de Munster. Si tu peux me faire
rendre ma boutique et me protéger contre mes
créanciers, je t'aiderai à regagner Munster, et même
je t'y suivrai bientôt.

— Nous le protégerons, s'écria Buxtorf. Il y a
trois ans que ce brave homme est dans l'exil. Si ses
créanciers trouvent qu'il n'a pas fait pénitence assez
longue, c'est moi qui me charge de les payer.

— Merci pour Mathias, reprit Cruse; le voilà
tranquille. Par suite de mon bonheur, Mathias,
qui n'est pas bête, eut une idée que je n'aurais jamais peut-être imaginée.—Garde ton argent pour
aujourd'hui, me dit-il; au besoin tu m'aideras un
peu plus tard. Je vais, en attendant, te revêtir des
habits du capitaine. Tu traverseras avec cela tous les
corps des confédérés; on te prendra pour un des
princes alliés; et tu n'es pas assez niais pour te
laisser repincer. Attends-moi ici.

Il me laissa seul, joyeux et rassuré, quoique
pourtant inquiet sur mon travestissement, qui pouvait m'aller tout de travers. Mathias s'en revint assez lestement, avec les grandes bottes, les grands
éperons, le haut-de-chausses, le pourpoint, la cuirasse, le grand sabre et le grand casque du Hessois.

Je m'en affublai. Chose merveilleuse! le costume était de ma taille, comme si on eût travaillé pour moi. Vous le voyez; toujours par suite de mon bonheur.

Je ne sortis de l'étable que quand le village où nous avions été pris fut évacué. J'eus de l'assurance dès le premier pas. Je causai avec les bonnes gens, qui me comblaient de marques de respect et qui m'apprirent la fuite inexplicable d'un nommé Antoine Cruse et la prise de possession des cinq autres victimes qu'on avait emmenées à Telgt. J'avais trop de chance et j'aime trop les coups décidés pour ne pas tenter quelque chose. — Je ne cours aucun danger, me dis-je ; allons voir ce qu'on fait à Telgt et saluer l'Évêque si je le rencontre.

J'allai prendre le cheval du moribond, et, sans dire mon plan à Mathias, je me mis en chemin. La course n'était pas longue. Arrivé à la porte de Telgt, je reçus le salut de la sentinelle qui me présentait les armes ; je passai, et je n'eus pas besoin de questions maladroites pour apprendre d'un groupe de Hessois que l'Évêque, se réservant le général Kilian, l'avait coffré dans sa prison ; qu'il avait dû ensuite livrer les quatre autres aux confédérés, moins patients que lui ; que dix drossards les jugeaient en ce moment sous les halles converties en tribunal, et qu'on parlait de les expédier très-promptement. J'allai rôder par là. Mais voyant les halles investies d'un triple cordon de troupes serrées qui, dans leurs propos emportés, traitaient fort mal les quatre accusés et regardaient leur mort comme le seul moyen d'avoir la paix, je reconnus qu'il n'y avait rien à faire là. Mais sachant que François de Waldeck était retenu à la séance qu'il avait voulu suivre, j'eus à mon tour une fière idée, que je mis vivement à exécution. J'allai droit à la prison de l'Évêque ; je demandai avec aplomb, au nom de Sa Sérénité, qu'on me livrât le général Kiliau, que j'étais chargé de conduire sans éclat aux drossards. On comprit que l'Évêque voulait le faire juger avec les autres. On me le remit sans défiance.

Je couvris Kiliau du manteau d'un soldat de garde ; je le fis monter sur le cheval d'un officier qui dînait ; et refusant une escorte, je l'emmenai aux halles, dont je fis hardiment le tour. Personne ne m'ayant suivi, je sortis aussitôt sans rencontre. Mais un grand bruit, qui m'indiqua qu'on pouvait bien nous chercher, m'atteignit comme j'arrivais au village où nous avions été surpris ce matin. Je me réfugiai derechef à l'étable hospitalière de Mathias, qui nous procura des vivres ; et ce n'est qu'à la nuit venue que nous nous sommes mis en route sur Munster. Mathias, que voici et qui a bien mérité de la cité, car nous lui devons la vie, est venu avec nous renforcer les hommes de cœur.

— Aussi, mon appui ne lui manquera pas non plus, ajouta Kiliau. Mais maintenant, sans perdre un quart d'heure, il faut nous occuper de nos quatre camarades.

— Voici, dit solennellement Rachel en désignant Hilla Phey, une vaillante jeune fille qui, à défaut d'hommes, part à l'instant comme parlementaire.

— Il n'en est pas besoin, cria de la porte une voix vibrante; c'était celle du vieil Isaac.

L'assemblée, à ce nouveau coup de théâtre, sembla devenir folle de joie; l'allégresse redoubla encore quand on vit ses trois compagnons, Jean, Mathys et Knipperdoling, qui, après avoir secoué leurs manteaux pleins de frimas et de pluie, entraient dans la salle ébranlée.

— Tous sauvés! criaient les masses. Notre cause est gagnée.

Kiliau, Cruse, Buxtorf et vingt autres coururent serrer les mains aux quatre amis. Jean Bockelzoon cherchait des yeux la petite Timmermens, qu'il fut ravi de voir au siége de la présidence. Divarre s'était élancée auprès de son mari.

— Et qui a délivré ceux-là? demanda Gritte Modersohn.

— Je parierais bien que c'est le Juif, ajouta Mollenbeck.

— Vous l'avez dit, riposta Mathys.

Il fallut raconter alors toute la scène qu'on a vue exposée. Knipperdoling ajouta que, dans le bois qu'on avait battu pour les découvrir, le vieux Juif savait un souterrain dont on ne voit pas l'entrée parmi les broussailles; qu'il les avait enfouis là, et qu'ils avaient attendu dans ce repaire les approches de la nuit. Ils s'étaient alors échappés le plus heureusement du monde.

Ces événements furent connus en peu d'instants dans toute la ville, où l'on fit des illuminations et des feux de joie. Rothman parut oublié ce soir-là ; et le vieux sénat de bourgeois, qu'un sénat de femmes désormais tenait en bascule, du moins pour le moment, parut fort désappointé de sa dispersion à l'éclat de circonstances aussi graves. Les héros du jour furent reconduits chez eux aux flambeaux avec triomphe. Hilla Phey partagea les mêmes honneurs et s'en enivra un peu. Quant à Jean de Leyde, Knipperdoling le dirigea, comme il était convenu, à la paisible maison d'Herman Ramers.

XII.

LE NOVICIAT DU VOYANT.

Quiconque veut penser n'est pas né pour me croire.
VOLTAIRE, *Mahomet.*

Pendant que les meneurs en chef de la nouvelle Sion, rentrés si merveilleusement dans la ville, prenaient quelques jours de repos et s'occupaient, tout en se remettant de leurs alertes, des mesures

11.

qu'ils avaient à combiner, Rothman, frappé de l'échec qu'il venait de subir, et convaincu de la nécessité d'être prophète pour réussir auprès de ses ouailles exaltées, prit sur-le-champ la résolution de se livrer lui-même en personne à l'esprit de voyant, comme Mathys et comme Knipperdoling. Il croyait à cet esprit ; mais jusqu'alors il avait redouté de s'y abandonner, dans la peur de quelque mécompte. Il reconnaissait que les deux hommes dont il allait devenir le rival avaient mieux compris que lui l'importance de leur personnage, puisqu'ils se donnaient du renfort par la conquête de Jean de Leyde. Mais avec ses malices infernales, son esprit sec et étroit ne comportait pas l'habileté diplomatique de ceux qui lui faisaient ombrage. Knipperdoling, Mathys et leurs adhérents s'étaient bien pénétrés de cet axiome immense que l'union fait la force ; ils agissaient de concert ; ils formaient un groupe d'efforts dirigés au même but. Rothman, au contraire, voulait agir isolé et travailler pour lui seul. Il se leva donc après dîner et, soit qu'il eût employé les ressources magiques, comme quelques-uns l'ont dit, et qu'il eût invoqué les démons, soit qu'il eût avalé on ne sait quel breuvage, il se trouva inspiré. Il sortit en déclarant que le Père lui avait montré la lumière, que l'esprit lui parlait à découvert, et qu'il voyait l'avenir. Suivi de ses admirateurs, qui n'attendaient de lui que des merveilles, il se dirige tout droit au monastère de *Delà l'eau*. Il y frappe avec autorité,

comme une homme que presse une voix d'en haut ;
il rassemble les religieuses qui restent encore dans
la maison ; il leur fait un long sermon sur le mariage ; puis il leur dit :

— Hâtez-vous de quitter ces lieux, femmes abu-
sées. Le Père m'a regardé ; il me révèle que c'est
aujourd'hui le dernier jour de ce cloître. A minuit,
votre clocher tombera ; il écrasera l'église et le couvent. La maison entière s'écroulera. Toutes celles
de vous qui résisteront aux avertissements de l'esprit périront étouffées sous les ruines.

Ce qui paraît certain, c'est que Rothman croyait
à la vérité de son oracle. A force de prêcher que
l'esprit se communiquait aux saints, il en était devenu persuadé.

Travaillé, comme nous l'avons dit ailleurs, par
les prédicants luthériens, le couvent de *Delà l'eau*
s'était gâté. Une partie des religieuses déjà avait déserté la maison de Dieu et s'était rejetée dans le
monde. Dans celles de ces pauvres femmes qui n'a-
vaient pas succombé encore, Satan, le rôdeur infatigable, trouva une seconde fois son butin. La plupart de toutes celles qui avaient prêté l'oreille au
démon du doute, s'effrayèrent de la prophétie de
Rothman ; elles qui hésitaient devant les fermes vé-
rités qu'enseigne l'Église, elles acceptèrent la parole d'un homme déchu. Elles sortirent du couvent.
Trois seulement ne se troublèrent pas, l'abbesse Ida
de Mervelt, et deux autres dont on a conservé les

noms, Sophie de Langen et Ludgère de Lintelohe. Ces trois pieuses filles, qui avaient mis en Dieu leur confiance, savaient bien qu'elle ne serait pas confondue. Aussi, lorsqu'à minuit la ville s'émut pour assister à la catastrophe si clairement annoncée, rien ne tomba; et le clocher du couvent se montra, le lendemain matin, aussi bien debout que la veille. Rothman, qu'on huait, comme de juste, ne se laissa pas abattre; il soutint qu'il n'avait été que l'humble organe du Père, et que sa prophétie sans doute n'avait eu que le sens comminatoire de celle de Jonas; que le clocher se soutenait, parce que les religieuses s'étaient converties, en renonçant à leur habit et à leurs vœux.

Lorsqu'on vit le ministre de Christ s'en tirer ainsi, les prophètes se multiplièrent sur-le-champ. Le prédicant Rollins, un de ses seconds, dit des choses si étranges, que les masses le crurent possédé du diable; et très-probablement les masses ne se trompaient pas. Cécile Montan, une jeune fille qui aspirait aux honneurs de la petite Timmermens, but dans une écuelle de bois on ne sait non plus quel liquide donné par Rothman, et débita pendant une heure des paroles sans suite. Jodocus Calenburg, un bourgeois qui devançait les chefs de l'anabaptisme, prêchait à cheval la pénitence sur les places publiques, se vantait d'entendre sans cesse, par un privilége spécial, les trompettes du jugement, et annonçait ses oracles en termes à double sens. Un autre qui était aveugle, prétendait voir clair la nuit; et il voyait particulièrement ce qui se passait dans le ciel. Il en donnait de curieuses nouvelles. De là-haut, par exemple, on envoyait un sabre à Knipperdoling; on dépêchait un rabat à Rothman; on intimait l'ordre aux citoyens d'abattre les clochers et les tours; *afin que ce qui s'élevait fût abaissé.* Une voyante obscure, affligée d'une voix grêle, attachait des sonnettes à ses cotillons, pour attirer la foule sur ses pas, et prêcher la pénitence.

Les uns annonçaient que Munster devait être gouverné par Knipperdoling et Kibbenbroch, son sous-prophète, par Mathys et son ami Jean, par Rothman et ses vicaires. Mais la petite Timmermens déclarait que le roi de Sion se préparait.

D'autres expliquaient que la pénitence pouvait se racheter par le baptême du feu. Tout ce qu'on sait de ce baptême, dont les initiés portaient une cocarde rouge pour se reconnaître, c'est qu'il se donnait en secret, et qu'il consistait en d'infâmes mystères qu'on ne peut décrire, mais qu'on retrouve chez la plupart des hérétiques, lorsqu'ils sont allés un peu loin, et à mesure que, séparés plus profondément de l'Église, qui a seule le Saint-Esprit, ils rentrent davantage dans la bête.

Knipperdoling prophétisait aussi; mais ses extravagances calculées ne le compromettaient pas, et il les soutenait en menaçant ses auditeurs de la colère du Père, s'ils doutaient de lui. Jean voyait des fléaux

prêts à frapper ceux qui osaient raisonner sur ses
paroles. Il avait un tel aplomb qu'évidemment aussi
il en était venu au point de se croire véritablement
et toujours inspiré.

Ce qui est remarquable encore, c'est que tous les
voyants, le premier venu comme le plus en vogue,
avaient leurs partisans. Il résultait de là un singulier
morcellement des attentions qui frappa le juif Isaac.
Tout allait au décousu ; on abattait, d'un côté, les
clochers pour accomplir la parole d'un prophète ; on
faisait pénitence, d'un autre, en convertissant les
églises en étables ; on préparait le sabre de Knipperdoling et le rabat de Rothman ; on se divisait de
mille manières les occupations mystiques. Les mauvais temps de l'hiver contraignaient encore les confédérés assiégeants à garder leurs quartiers; on pro-
fitait de l'armistice forcé, non pour prendre de sages
mesures, mais pour se livrer à toutes les démences;
et si des monuments sérieux n'attestaient ces faits,
on ne les croirait pas du domaine de l'histoire.

Un vieux syndic de Munster, Jean Wigers, se
noya sur ces entrefaites dans une cuve où il prenait
un bain ; sa femme, qui était présente, ayant attendu
qu'il fût mort pour appeler du secours, on fit sur
elle de rudes propos. Mais comme elle était ardente
amie des innovations, Rothman, qui la connaissait,
voulut la réhabiliter, et il l'épousa courageusement.

On disait bien qu'il avait ailleurs une autre
femme ; mais on s'occupait peu des absents. Du

reste cette veuve était riche, et le président avait besoin d'argent pour étayer un peu sa puissance ébranlée.

Norden ne s'était pas plus inquiété des formes ; il avait pris à femme tout inopinément la sœur même de Rothman ; et lorsque sa première épouse était venue, avec deux enfants sur les bras, réclamer ses droits, il avait fait si bonne figure entre ses deux moitiés, qu'il demeurait à son poste.

Jean Bockelzoon savait bien que sa femme à lui ne viendrait pas le réclamer à Munster. En attendant la royauté, il épousa en second lieu Timmermensche, qui la lui avait promise.

Plusieurs voyants se mirent donc à prêcher la polygamie, la disant autorisée par l'ancien Testament ; et l'exemple de Philippe de Hesse, qui avait publiquement deux femmes, fut dès lors suivi de plusieurs.

Le vieil Isaac, flanqué de Knipperdoling, vint donc un soir à la maison de Ramers, où demeurait le tailleur de Leyde. Il le trouva soupant avec la petite Timmermens, son épousée, en compagnie de Mathys et de Divarre, qui avait peu de scrupules.

— Puisque nous voilà réunis, dit-il gravement, je vous dois dire le fait qui me choque. Vous perdez votre cause au chemin que vous suivez. Tout ce que vous faites le soir se trouve disloqué le lendemain : nul ne saurait voir l'unité dans ce qui se passe. Vous aurez au bout mené joyeuse vie ; mais vous ne fonderez pas ainsi la nouvelle Sion. Il y a trop de prophètes, et les chefs vont s'effaçant.

— Ce que dit le père est exact, ajouta la petite Timmermens; que son expérience vous redresse.

— Vous avez fait avorter, reprit-il, l'effet qu'on s'était promis de l'arrivée de Jean de Leyde. Cette tête, sur laquelle vous fondiez tant d'espérances, vous l'avez prodiguée de la façon la plus vulgaire. Tout le monde l'a vu. Heureusement que rien d'insensé encore dans ses extases ne l'a abaissé comme l'imprudent Rothman. Mais il lui faut un noviciat; il faut qu'il essaie l'esprit; et si vous croyez à ma parole, il s'effacera pour quelques semaines. Il ira s'exercer sur un terrain plus neuf; une lutte plus sérieuse le formera, et il vous reviendra voyant affermi. Durant cette courte absence, il laissera croître sa barbe, qui donnera plus de poids à sa figure trop jeune; et nous, pendant ce temps, nous lui préparerons une entrée digne de vos projets.

Le tailleur de Leyde vit du premier coup d'œil que ce plan servait ses vues; il se hâta de dire qu'il était prêt.

— Mais où ira-t-il? demanda Knipperdoling.

— Où vous voudrez, répliqua le juif. A Osnabruck, par exemple; c'est un autre domaine de votre évêque, où la parole est peu connue.

— Je pars demain, reprit Jean.

— Je t'accompagnerai, ajouta vivement Mathys.

Quoique ami du nouveau voyant, il voulait s'en

faire un aide, mais il ne voulait pas se laisser dépasser par lui.

— J'emmène Timmermensche, dit Jean de Leyde.

— Et moi, Divarre, riposta Mathys.

— Mais, dit Knipperdoling, on oublie vite ici.
Outre qu'il est injuste de me laisser porter seul le
poids de nos affaires, si Mathys s'en va, ne craint-il
pas qu'un autre ne saisisse à Munster la place qu'il
occupe? Rothman peut être plus heureux. A son retour, il faudra que Mathys recommence et qu'il
reconquière ce qu'aujourd'hui il a conquis.

— Je reste, dit Mathys. Mais je veux partager
l'entrée de Jean.

— C'est deviné, reprit l'autre; tu la partageras,
puisque tu es un enfant aussi. Du moins ici tu nous
aideras à la préparer.

— Moi qui n'ambitionne rien, dit encore le juif,
je conduirai Jean, et je reviendrai bientôt vous rapporter de ses nouvelles.

Le jour suivant, après que les amis de Jean et de
Timmermensche les eurent mis avec Isaac dans le
chemin d'Osnabruck, ils se réunirent de nouveau
pour concerter une solennité à grand effet. Il fut
convenu que Mathys vivrait retiré; qu'il ne prophé-
tiserait plus; qu'on laisserait croire à une sincère
inaction de sa part; et qu'on achèverait Rothman en
lui donnant les coudées franches.

Rothman tomba dans le piége; mais, par une singularité qui n'est pas unique dans l'histoire, toutes

ses innovations furent adoptées un peu plus tard, comme on le verra. D'abord, pour multiplier ses partisans, il fit beaucoup de mariages. Mais il ne put presser, comme il le souhaitait, celui de Nettie de Wyck et de Henri Mollenbeck, qui, toujours vivement épris l'un de l'autre (du moins il le semblait), ne se rapprochaient pas dans les doctrines. Lorsqu'il se crut assez fort par le mouvement qu'il se donnait, il manœuvra auprès des sénateurs bourgeois et autour du sénat de femmes avec tant d'adresse, qu'on le laissa établir complétement l'anabaptisme pur. Il est vrai que ce désordre convenait aux masses, dans l'état moral où elles étaient descendues.

Thomas Muncer, de Zwickau en Misnie, et Nicolas Storchon, de Stolberg en Saxe, étaient les fondateurs de cette doctrine. Disciples de Luther, ils s'étaient bientôt séparés de lui, sous prétexte qu'il n'était que le précurseur de la réforme, dont ils se posaient eux-mêmes comme les deux messies. Contre le reste du protestantisme, ces deux hommes, malgré leur égarement, sentaient que la lettre morte de l'Écriture ne suffisait pas ; et comme ils rejetaient, avec leurs frères dissidents, la tradition sainte et l'autorité de l'Église, ils remplaçaient ingénieusement ces deux régulateurs augustes par une règle facile : la révélation, devenue, disaient-ils, accessible à tous, du moment qu'on acceptait leur symbole. Ils se dirent eux-mêmes inspirés et trèsinspirés; ils persuadèrent à leurs prosélytes qu'ils l'étaient aussi. C'était généreux et large. Aussi ces germes n'étaient pas restés incultes à Munster, quoique l'un des deux messies eût été exécuté à Mulhouse, huit ans avant l'époque où nous sommes, et que l'autre eût disparu. Mais ils avaient des successeurs : Hutter, en Moravie, et Simon Menno, en Hollande, deux renégats. Leur symbole enseignait :

1° Que les anabaptistes étaient seuls la nation sainte, choisie de Dieu pour garder le dépôt du vrai culte.

2° Que toutes les sociétés qui ne mettaient pas en commun leurs biens et leurs enfants étaient des sociétés impies, et qu'un chrétien ne devait rien posséder en particulier.

3° Que les chrétiens ne devaient reconnaître d'autres magistrats que leurs pasteurs.

4° Que Jésus-Christ n'était pas Dieu, mais prophète.

5° Que toutes les marques extérieures de religion étaient contraires à la pureté de leur christianisme, qui ne devait être que dans le cœur.

6° Que tous ceux qui n'étaient pas rebaptisés n'étaient que des infidèles, et que le nouveau baptême annulait les mariages contractés auparavant.

7° Que le baptême n'était pas administré pour effacer le péché originel, ni pour donner la grâce; que c'était seulement un signe par lequel un fidèle s'unissait à l'Église.

8° Que l'Eglise était le corps des anabaptistes.

9° Que le divorce était licite et la polygamie permise (Menno supprimait cette licence).

10° Que Jésus–Christ n'était pas présent dans l'eucharistie. (Ils ne parlaient que de la leur, dit un critique).

11° Que le sacrifice de la messe, le purgatoire, l'invocation des saints, les honneurs rendus aux reliques et aux images étaient des abus superstitieux.

12° Que l'esprit du Père se révélait à tous les vrais fidèles.

Ainsi, à l'exception peut-être de ce dernier article, les opinions des protestants étaient toujours, comme le remarque Bergier, la base de celles des anabaptistes.

Rothman prêcha, établit et fit prêcher ces enseignements, cette morale, ce symbole; et comme Knipperdoling applaudit, parce qu'on lui élargissait les voies, le ministre de Christ triompha. Bientôt des ordres donnés par qui voulait en prendre la peine, par le sénat, par les syndics, par Norden, par Rollins, par Rothman, expulsèrent de Munster tous ceux qui ne consentirent pas à se faire rebaptiser. On appela cette mesure l'expulsion de la famille d'Ésaü. Tout ce qui était catholique fut contraint à fuir, et même tout ce qui n'était que luthérien. Un tiers des habitants (c'étaient les moins mauvais) s'exila donc. Après cette évacuation, trouvant un grand vide dans la cité, qui avait besoin de défenseurs, Rothman écrivit de tous côtés des lettres dont quelques-unes ont été conservées. En voici deux (1).

« Bernard, serviteur de Jésus-Christ dans son église de Munster, à son bien-aimé frère Henri Schactschaft. Que la grâce du Seigneur soit avec vous et avec tous les fidèles.

» Les bienfaits de Dieu à notre égard, mon cher frère, sont si grands et si admirables, qu'il me serait impossible d'en parler dignement, eussé-je l'éloquence de tous les hommes et de tous les anges. Car le Seigneur, ce Dieu fort, qui aide si puissamment la faiblesse, quand elle le révère et se confie en lui, nous a, par son bras tout-puissant, délivrés de la crainte de nos ennemis, auxquels il a imprimé une si grande frayeur que cent d'entre eux en fuyaient un des nôtres; et mille, dix. Ils sont tous sortis de la ville *volontairement* et par troupes; de quoi nous sommes sincèrement réjouis, puisque leur persévérance dans l'impiété nous eût réduits à leur donner la mort pour nous en défaire. Mais considérant qu'ils étaient décidés à s'en aller *volontairement*, nous avons ouvert les portes à cette race d'impies, les laissant partir, *sans faire le moindre mal à personne*.

» Frère bien-aimé, il faut remplir dignement leur place, et que la demeure des apostats soit sanctifiée par la présence des vrais fidèles; c'est pour-

(1) Publiées par M. Baston dans son *Histoire de Jean Bockelzoon*.

quoi', ne tardez pas à venir avec les brebis confiées à vos soins. N'apportez que de l'or et de l'argent, et abandonnez tout le reste à ceux qui maintenant ne peuvent pas ou ne veulent pas vous suivre. Gardez-vous bien de consulter la chair. N'écoutez que l'esprit du Père et obéissez à son inspiration. Portez-vous bien. Le porteur vous dira le reste ».

Ce reste que devait dire le porteur nous est inconnu.

A cet appel, une foule d'hommes perdus arrivèrent de la Westphalie, de la Frise, de la province d'Utrecht, du pays de Liége, et de vingt autres provinces; on leur donna les couvents, les hôtels et les maisons abandonnés par les bannis, qu'on avait contraints à sortir *volontairement*, et auxquels on n'avait pas fait d'autre mal que de les piller, de les rançonner, de les dépouiller, de les maltraiter même en grand nombre; car plusieurs n'approuvaient pas l'expédient, jugeant qu'on grossissait maladroitement l'entourage de l'Évêque, auprès de qui se réfugiaient les expulsés. Knipperdoling était de cet avis; et sans doute il eût résisté à Rothman, sans l'arrivée du Juif Isaac qui approuva son épuration. Il rapportait de bonnes nouvelles d'Osnabruck, où Jean se préparait merveilleusement à réparer tout mécompte. Pour satisfaire d'ailleurs Knipperdoling, il lui fit remarquer que les expulsés étaient des bouches inutiles qui auraient sans profit affamé la ville, tandis que leurs remplaçants lui offraient des hommes résolus. De plus, il fit écrire, pour évoquer d'autres renforts, la seconde lettre, où Munster était présentée comme le but d'une sainte croisade. On y lisait ceci :

« Venez, frères ; le Père va éprouver votre fidélité. Ne laissez pas échapper le temps favorable. Rappelez-vous la femme de Loth, et que personne ne regarde derrière soi pour rien de terrestre, mari, épouse, enfants. La nouvelle Jérusalem possède abondamment toutes ces choses ; elle donnera, à ceux qui n'en ont pas, des richesses, des enfants, des maris, des épouses. Venez donc. »

Cette lettre était signée — EMMANUEL.

Son effet fut très-prompt sur tous les anabaptistes, qui se levèrent de toutes parts, en effet, comme pour une guerre sainte. La Hollande et la Frise en fournirent une armée, et on apprit bientôt que les frères de ces contrées s'étaient embarqués, au nombre de seize mille, sur trente grands vaisseaux de transport. A cette nouvelle, on illumina ; on se crut victorieux ; on fit des caricatures contre le prince-évêque et ses alliés. Parmi les chants de triomphe, arriva un envoyé de Jean, qui annonçait son retour. Il avait failli, dans son zèle, laisser sa tête au bourreau pour quelque action vilaine qu'on ne précise pas, mais dont on admira la hardiesse ; et il s'était échappé très-heureusement, avec Timmermensche, éprouvé et solide désormais. On convint que la chose serait tenue secrète. Comme les plans de son entrée étaient faits, Mathys seul fut envoyé à sa rencontre.

La fin de janvier approchait. Les pluies ayant cessé, les assiégeants, excités par les bourgeois qu'on avait récemment bannis, se mirent à reprendre inopinément leurs courses. Les drossards eurent ordre de faire une chasse sans pitié aux anabaptistes, que l'on comparait aux Albigeois des siècles passés, et que l'on regardait comme les destructeurs de la société et de l'ordre. On en noya six à Wolbeck, on en brûla, on en pendit par deux, par trois, par quatre, en beaucoup d'autres lieux; on les jugeait comme rebelles, et dans leur fanatisme ils ne reculaient pas sur leurs écarts. Les avancés de Munster frémissaient de colère en apprenant ces exécutions.

—Mais on ne brûlera pas, disaient-ils fièrement, on ne noiera pas, on ne pendra pas les seize mille hommes qui vont débarquer à Zwoll, s'ils n'ont déjà pris terre, et qui seront ici dans peu de jours.

Hélas! on sut le lendemain que les seize mille croisés anabaptistes étaient descendus à Zwoll en effet; qu'ils s'étaient avancés dans le pays sans hésiter, qu'ils avaient sans sourciller pillé quelques abbayes, ne pensant pas rencontrer d'obstacles dans leur marche glorieuse; mais que Georges Schenck, baron de Teutenberg, qui commandait par là pour l'Empereur Charles-Quint, s'était mis en travers de leur route avec une petite armée bien exercée; qu'il

les avait battus complètement ; qu'il avait fait prisonniers tous ceux qui n'étaient pas restés sur le
champ du carnage ; et que, jugeant en politique
serré qu'une telle secte n'avait droit à aucun ménagement, il avait condamné à mort tous ceux qui
n'avaient pas abjuré sur-le-champ leur symbole.
Aucun de ces seize mille hommes n'avait pu s'é-
chapper.

De plus, on sut en même temps que toutes les
avenues qui pouvaient amener à Munster ou des
vivres ou des auxiliaires étaient depuis le matin
gardées par un blocus qui isolait désormais la cité
du reste du monde.

Knipperdoling et le Juif furent peut-être les seuls
qui ne s'abattirent pas un peu devant des circonstances aussi cruelles. Kibbenbroch leur vint annoncer qu'en ce moment même Mathys et Jean
étaient à la porte de Saint-Gilles.

— Rien n'est perdu s'ils sont sauvés, reprit le
Juif.

C'était le 29 janvier 1534. Knipperdoling fit crier
partout que le Père était irrité contre la mollesse
des pécheurs, mais qu'à la prière des élus, il avait
pris la ville en pitié, et que deux grands prophètes
allaient entrer dans ses murs, malgré le blocus.

Une heure après, la porte de Saint-Gilles s'ouvrait pour laisser passer deux figures étranges,
en qui Knipperdoling reconnaissait les deux prophètes, ses amis. Ils étaient vêtus de longues robes,

12.

comme les saints de l'Ancien Testament ; ils avaient
des bâtons blancs à la main, les pieds nus et la
barbe souillée de poussière.

Le vieux Juif, très-ému, pleurait d'admiration, et
leur baisait les mains. Le peuple s'écriait que c'était
Élie et Énoch. Mais on s'étonna d'abord de les voir
muets ; car ils ne dirent pas un mot à personne. Ils
parcoururent silencieusement les rues de la vieille
cité, d'un pas grave et lent, levant au ciel des
yeux où l'on voyait rouler de grosses larmes, puis
les abaissant avec une compassion tendre sur les infortunés qu'ils venaient sauver. Cette marche mystérieuse produisit, comme on s'y était attendu, le
plus grand effet sur les masses populaires ; elle dura
deux heures ; après quoi, les prophètes, paraissant
chercher un hospice, remarquèrent la maison de
Knipperdoling et y entrèrent.

Tous les chefs du mouvement s'y trouvaient
réunis. On y traitait une thèse capitale, celle de
savoir s'il ne fallait pas, pour la gloire du Père,
exterminer à l'instant ceux des habitants de Munster qui n'avaient pas encore mis leurs biens en commun avec les saints. C'est la qualité que prenaient
humblement les anabaptistes. On regarda comme
une faveur d'en-haut l'arrivée des deux prophètes,
qui pouvaient mieux que personne décider la question. On leur demanda, avec révérence, s'il fallait,
à l'heure même, tirer l'épée du fourreau. Élie et
Énoch, sans répondre encore, se mirent en prière ;

ils gémirent un quart d'heure. Tout à coup Élie se prosterne, car le Père lui parlait à l'oreille, comme on l'a su depuis. Il se relève enfin, chancelant, et il déclare, d'une voix faible, qu'il faut différer la vengeance, et que le Père veut seulement qu'on lui gagne des âmes.

Jean de Leyde, applaudi pour la générosité de son oracle, avait rempli son rôle. Mathys, qui faisait Énoch, ajouta que, loin de périr, les saints allaient entrer dans leurs grandes destinées.

Les deux inspirés se retirèrent ensuite. Le Juif les conduisit à la maison de Ramers, que Jean pouvait maintenant occuper toute entière, le propriétaire en ayant été chassé en son absence.

Knipperdoling, quand la nuit eut ramené le calme sur Munster, vint rejoindre ces trois personnages. Il était tourmenté d'un soupçon qui le troublait, à propos d'Isaac.

XIII.

LE JUIF-ERRANT..

> Un jour, près de la ville
> De Bruxelle en Brabant,
> Des bourgeois fort civils
> L'accostent en passant.
>
> *Complainte populaire.*

Knipperdoling n'avait pas remarqué indifférem-
ment les événements si variés qui avaient passé devant lui, depuis qu'il était à Munster dans les hau-
teurs. Il n'avait pas non plus entendu, sans en être
frappé, certaines paroles qui couraient sur le vieux
Juif. Car François de Waldeck n'était pas le seul
qui cherchât à deviner, dans ce mystérieux vieillard, l'homme qu'on appelait le Juif-Errant.

— Si c'était lui, en effet, se disait-il, et si le présage que le peuple tire de son intervention devait
nous regarder, nous serions dupes, quand nous
nous flattons d'être rois.

Cette terreur le frappa tellement tout à coup, qu'il
s'en ouvrit à Kibbenbroch, son sous-prophète. Kibbenbroch était un homme qui avait si bien couru le
monde et mené depuis son enfance une vie si complétement vagabonde, qu'il savait quelque chose de

Le Mont Pilate.

toutes les contrées et connaissait les traditions populaires de toute l'Europe, quoiqu'il ne pût pas dire
exactement quel était son pays natal. Égyptien selon
les uns, bohémien selon les autres, ce qui pouvait
avoir une signification identique, il paraît qu'il était
né dans quelque souterrain de la Souabe. De tels
hommes sont bons à consulter pour la concordance
de certaines opinions que l'on veut comparer ou
fondre, comme celles qui concernaient le Juif-Errant.
Il fit, des yeux, de la bouche et des mains, une
contorsion exclamatoire, dès qu'il put saisir, aux
premiers mots de Knipperdoling, la pensée qui
l'effrayait. Il y joignit un éclat de rire insolent.

— Vous n'êtes pas fort, mon maître, dit-il, si
vous prenez pour le Juif-Errant le père Isaac, pauvre mouton qui radote, pauvre cervelle qui aime à
se mêler de tout et qui n'a peur de rien. Moi qui
vous parle, je n'ai pas vu le Juif-Errant ; mais j'ai
connu des hommes qui l'ont vu et qui me l'ont
juré. C'est un fier vieillard : sept pieds de haut, une
barbe blanche qui fait quinze fois le tour de sa ceinture et qui fournirait une corde à puits, des dents
de cheval qui broutent le foin et les racines, des
ongles qui ressemblent à des ergots de fer, des
nerfs d'acier et des pieds..... Sur le glacier du Mottelberg, dans le Valais, on vous en montrera l'em—
preinte ; des pieds d'une coudée et demie. Il est in-
contestable qu'il a passé trois fois sur le Mottelberg ;
on vous le prouvera dans le pays. La première fois,

à une époque reculée, il y avait là une ville consi-
dérable.

— Quand je reviendrai en ces lieux (dit-il, et on
ne l'a pas oublié), ces maisons et ces rues seront
remplacées par les arbres et les sentiers d'une forêt
sauvage ; et quand j'y reparaîtrai de nouveau, au
lieu d'arbres et de sentiers on n'y verra plus que
des neiges et des glaces.

— Il en a été ainsi ; et vous comparez à cet oiseau
de sinistre augure l'honnête bonhomme qui nous
sert si bien !

— Outre ses paroles, toujours mauvaises, ajouta
Mathys en intervenant et se mêlant à la question, le
Juif-Errant, s'il faut en croire les vieux récits, est
une sorte de monstre toujours furieux. Dès le commencement, il s'est acharné à enrichir la mort, qui
ne pouvait rien sur lui, en exterminant sans pitié
tous ceux qui avaient figuré dans la passion de Jésus.
C'est lui, à ce qu'on assure, qui étrangla Caïphe,
mécontent d'apprendre que Vitellius s'était borné à
le déposer.

— Mais comment accorder cela, dit Knipperdoling, avec son déchaînement contre le Christ et les
chrétiens?

— On l'accorde très-bien. Il hait les chrétiens
parce qu'il est juif; d'un autre côté, persuadé que
le Christ était un grand enchanteur, l'ayant connu
plein de mansuétude, il s'est figuré qu'il eût obtenu
de lui vivant la levée du charme qui l'accable. Un

an après sa sentence, on conte encore qu'il rencontra Barabbas, lequel avait repris sa vie de brigand et sans le connaître venait s'attaquer à luï, dans un désert de la Haute-Égypte. Le bandit lança une pierre au Juif vagabond, qui ne se retourna pas. Il lui décocha une flèche qui n'effleura pas même sa robe, quoiqu'elle portât au milieu de son dos. Surpris, il courut à lui de tout son élan, le frappa d'un coup de poignard, et vit avec un surcroît d'étonnement sa bonne lame de Damas brisée contre l'échine de granit du passant. Le Juif alors fit volte-face au voleur; et, le reconnaissant, il devint rouge de colère. Ses yeux flamboyèrent. Il le saisit à la gorge; une lutte effroyable, mais rapide, eut lieu entre ces deux hommes. Barabbas l'assassin trouvait son maître; en peu d'instants, sous la griffe du maudit, il fut étouffé.

— On dit aussi, reprit Kibbenbroch, qu'il poursuivit un jour Hérodiade et la noya dans la mer Morte, où son ombre paraît tous les ans, la nuit du 29 août.

Un autre jour, il accosta une jeune fille de sa nation, errante comme lui. C'était la fille même d'Hérodiade, la danseuse fatale dont les grâces infâmes avaient été payées de la tête de Jean-Baptiste. Il remarqua avec joie que sa rencontre l'épouvantait; il marcha quelque temps auprès de la jeune fille pâle et frémissante; tous deux côtoyaient d'un pas agile le Danube, qui alors était gelé. Soudainement, il

poussa un cri rauque et saisit d'un bras la jeune
fille légère :

— Danse avec moi, fille folle, danse la danse qui
a réjoui le roi Hérode.

— Hérode est mort misérablement à Lyon, dans
les Gaules, répondit-elle tremblante ; et ma mère a
disparu. N'offensons pas leur mémoire.

— Après la danse que je veux de toi, reprit le
Juif, tu te rejoindras à ta mère Hérodiade.

Il l'étreignit, de son bras d'airain, avec plus de
vigueur, l'entraîna sur la glace et l'obligea à danser. Elle tremblait d'horreur et d'effroi devant son
regard, et suivait avec peine ses élans forcenés.
Tout à coup, il frappa d'un pied solide l'écorce qui
couvrait le fleuve ; la glace se rompit, s'ouvrit et
engloutit la danseuse. Elle rebondit aussitôt et montra la tête hors du sein du fleuve. Au même instant
les glaçons se rejoignirent, et cette jeune tête, tranchée ainsi comme par un double cimeterre, dansa
jusqu'au soir, séparée du corps, sur le fleuve glacé.
On vous dira que tous les ans la tête de la jeune
insensée reparaît aussi et danse avec frénésie sur les
flots, la même nuit du 29 août.

— Ce n'est pas plus surprenant, fit alors Mathys,
que l'aventure de Pilate. L'histoire de celui-là serait longue. Je ne veux vous rappeler que sa rencontre avec le Juif-Errant.

Pilate exilé s'était enfui devant la honte et le
remords. — Il ne cherchait que le repos ; — il ne

pouvait plus le trouver. Partout on le reconnaissait. Dans les villes lointaines et dans les hameaux obscurs, dans les lieux où jamais il n'avait mis le pied, dans des bourgades dont il avait toute sa vie ignoré l'existence, dans les contrées où jamais on n'avait connu son nom, partout, dès qu'il paraissait, les enfants le montraient du doigt, par un prodige inexplicable, et s'écriaient :

— Voilà Pilate le juge !

D'abord cette singularité l'étonna ; elle le troubla bientôt et finit par l'effrayer. Sa femme épouvantée était une Gauloise, douée de cette science mystérieuse qui a rendu les druidesses célèbres. Elle lui avait fait dire, pendant qu'il siégeait pour juger le Christ, de ne pas descendre au rang des ennemis de ce juste ; et Pilate avait voulu le sauver. Mais, devant les vociférations d'une plèbe soulevée, n'ayant alors que cent hommes de troupes romaines pour soutenir son autorité, il avait fléchi, par la peur de déplaire à César : il avait livré le juste aux fureurs de la multitude insensée.

César, contre son attente, l'avait condamné et banni.

Sa femme donc l'avait amené dans les Gaules. Mais la merveille qui poursuivait Pilate devait éclater par toute la terre ; la druidesse, dans son horreur, l'avait abandonné. Elle s'était réfugiée parmi ses compagnes de l'île de Sein.

Seul et désolé, Pilate gagna Vienne, dans la

Gaule lyonnaise. Il y fut reçu, comme dans les autres lieux, par les cris des enfants ; ils le montraient du doigt : — Voilà Pilate le juge ! Il logea chez un Romain qui, dans des jours plus heureux et plus doux, avait été son ami. Il vit bientôt qu'on savait là aussi son malheur et qu'il était à charge. Il quitta la cité gauloise et s'enfonça dans un petit chemin. A travers les bois épais, ce sentier conduisait à un lac. Avide de mourir, et trouvant la vie odieuse, Pilate s'y précipita. Les bords du lac étaient partout bordés de taillis épais.

— Personne, disait-il, ne viendra ici à mon aide.

Mais sans doute il avait aussi son temps marqué. Les eaux du lac ne s'ouvrirent pas pour l'engloutir. Las de surnager sur des ondes inexorables, il se vit contraint à reprendre terre et à chercher un tombeau plus hospitalier. Il gagna péniblement l'Helvétie.

On lui avait conté autrefois que, sur une montagne voisine des lieux où s'élève aujourd'hui Lucerne, on voyait un lac mystérieux, qui engloutissait tout ce qu'on lançait dans ses profondeurs et ne rendait jamais sa proie. Il gravit péniblement la montagne et sourit amèrement devant cet autre gouffre. La solitude et le silence régnaient autour de lui ; c'était en hiver ; les frimas et la neige couvraient les arbres, les oiseaux se taisaient partout. Il fut donc bien surpris lorsqu'il entendit une voix qui criait : — Voilà Pilate le juge !

Il crut d'abord être abusé par le cri de quelque bête cruelle. Mais ayant porté les yeux autour de lui, il aperçut un homme alerte, qui marchait évidemment pour le joindre, et qui portait le costume de la Judée.

— Dussé-je être la proie de l'orfraie et du vautour, c'est ici, dit-il, que finiront mes souffrances.

Un éclat de rire, qui ressemblait au cri de l'hyène, répondit à cette pensée du Romain, au moment où il se précipitait derechef.

Mais on dit que le lac de la montagne refusait, comme l'autre, de s'ouvrir pour lui, lorsque l'infortuné sentit sur ses épaules quelque chose de lourd; c'était l'homme qu'il venait de voir, le Juif-Errant. Il l'étrangla sans résistance sur le lac qui mugit; et comme il se retirait, Pilate tournoya sept fois et disparut.

Est-il mort? C'est ce qu'on ne sait pas. La montagne où il repose s'est toujours appelée depuis le Mont-Pilate. Le lac est maudit. D'affreuses tempêtes l'agitent pendant les nuits; des ombres infernales s'y débattent; on affirme même que Pilate s'y montre, tous les ans une fois, en robe de juge, et que celui qui a le malheur de le voir meurt dans l'année.

On assure encore que les passants ne peuvent rien jeter dans le lac, sans soulever ses eaux sombres et causer dans la contrée de grands ravages. C'est un fait qui subsiste de nos jours, puisqu'on ne

peut plus parcourir les bords du lac de Pilate qu'a-
vec une permission formelle du magistrat de Lucerne et qu'il est défendu, sous de graves peines,
d'y rien jeter.

Je terminerai donc en disant, comme Kibbenbroch, qu'il y a démence à comparer l'homme féroce de ces traditions avec le père Isaac, qui ne rend
que de bons offices.

— Cet homme, répondit gravement Knipperdoling, a pu changer de mœurs et de manières. On
ne vit pas quinze siècles sans se transformer. Je
suis inquiet de l'opinion constante que les hommes
qui voient le Juif-Errant meurent vite et que les
institutions qu'il touche périssent. L'évêque de Sléwick l'a vu. C'est un autre fait dont on ne peut pas
douter; et si je vous rappelle ici les circonstances
d'une telle rencontre, c'est pour faire voir que le
Juif-Errant n'est plus, s'il l'a jamais été autant qu'on
le dit, une manière d'ogre.

Voici l'histoire.

Jean Hus préludait à la réforme que nous allons
achever par toute la terre; il avait, par exception,
les communications de l'esprit qui se répand aujourd'hui sur toute chair, parce que le temps est
venu. Dans ces circonstances, l'évêque de Sléwick,
incertain du parti qu'il devait prendre, relativement aux nouvelles doctrines dont il voyait l'aurore, s'en alla à Hambourg pour consulter un savant
théologien, son ami, maître Frans von Eysen. Il fut

bien accueilli par le docteur et dîna chez lui, joyeux
de le voir disposé à combattre ceux qu'il appelait
les novateurs. Tout le temps du repas, on ne s'en-
tretint que de la prédication et des luttes de la parole. L'évêque gémissait de manquer d'orateurs,
l'étude et le zèle étant déjà, comme nous le voyons
encore aujourd'hui, négligés et engourdis chez les
soutiens du vieux dogme romain.

— Messires, dit à la fin maître Frans, tout le
monde ne dort pourtant pas; et celui qui vous reçoit ici à sa table n'a point oublié que les enfants
du Christ doivent éviter le démon muet. Vous m'en-
tendrez lundi prochain, fête des Rois, si vous voulez bien me faire cet honneur; et je supplie ceux
qui trouveront à reprendre dans mon humble sermon quelque pensée, ou quelque expression, ou
quelque forme, de me faire part de leurs remarques avec sincérité. Je regarde toujours comme mes
meilleurs amis les censeurs qui m'éclairent. Quoiqu'il nous soit dit de ne point chercher devant les
puissances (et le peuple en est une) les paroles qui
nous sont données d'en haut, je sais bien que cette
promesse n'a été faite qu'aux saints; de pauvres
pécheurs comme moi doivent travailler, pour remplir un ministère dont ils se sentent indignes.

— L'humilité de votre Amplitude, dit l'Évêque,
nous assurerait, quand même nous ne la connaî-
trions pas, que son sermon sera convenable. J'ai
l'espoir, sauf le bon plaisir de Dieu, que nous y

assisterons tous. Nous vous rendrons compte, avec
la sincérité que mérite votre caractère, de l'effet
qu'il aura produit.

Tous les amis se rendirent exactement au sermon
de l'Épiphanie et se groupèrent autour de la chaire.
Le prédicateur fut écouté. Monseigneur de Sléwick
surtout se montrait attentif autant que satisfait. Cependant il fut fréquemment distrait par un auditeur
étrange, qu'il remarquait à dix pas de lui. C'était
un homme fort vieux, dont la longue barbe était
entièrement blanche, et qui paraissait suivre l'orateur avec un singulier intérêt. Chaque fois que le
nom de Jésus arrivait à ses oreilles, il baissait la
tête d'une manière qui indiquait plutôt l'humilia-
tion que le profond respect; et aux détails de l'ado-
ration des rois mages, il relevait le front comme un
homme qui cherche ses souvenirs et qui veut les
accorder avec ce qu'il entend. Parfois il gémissait,
et parfois il se frappait la poitrine.

— Ce vieil homme, dit à part lui l'Évêque de
Sléwick, a sûrement quelque gros chagrin, si ce
n'est quelque péché grave qui lui pèse sur le cœur.

Aussi, pendant que maître Frans descendait de
sa chaire, l'Évêque, indiquant du doigt la barbe
blanche à un de ses clercs, le chargea de suivre ce
bonhomme au sortir de l'église, et de l'amener ensuite au logis de l'orateur, où s'apprêtait le souper
de la fête des Rois. Tous les amis du dîner précédent
y étaient invités.

Le docteur n'avait reçu que des compliments, lorsque l'Évêque, voyant entrer l'étranger, qui n'avait pas fait difficulté de venir, lui dit : — Je n'ai, comme vos autres auditeurs, que des félicitations à vous faire ; mais voici un vieillard que vos paroles ont ému plus que nous, et que peut-être il nous sera utile d'entendre.

Le bonhomme parut troublé d'abord, aux questions qu'on lui fit sur son pays, son état et son nom. Mais, ne remarquant autour de lui que bienveillance et bon accueil, il se remit pourtant assez vite et répondit qu'il n'oserait jamais satisfaire à la curiosité des assistants, par des réponses sèches aux demandes qui lui étaient adressées.

— Votre charité, Messires, pourrait se glacer de prime abord à mon égard, dit-il. Si vous voulez me connaître, il faut que vous m'écoutiez un peu longuement.

Cette sorte de mystère excitant encore l'intérêt, on obligea l'étranger à prendre sa part du festin ; on le fit asseoir à table, auprès de l'Évêque de Sléwick ; et ce ne fut qu'au milieu du souper qu'on le pria de conter son histoire ; on le faisait avec des formes si hospitalières, qu'il en parut séduit.

— Je suis, dit-il, un enfant de la tribu de Nephtali.....

— Un Juif ! dit à demi-voix le doyen de Hambourg. Je m'en étais douté.

— Né quelques années avant que notre roi Hé-

rode fit mourir ses deux enfants Alexandre et Aris-
tobule, poursuivit le vieil homme. Pauvres princes!
je les vois encore, car bien que je fusse très-jeune
alors, c'est un souvenir qui ne s'est jamais échappé
de ma mémoire....

L'étranger ne remarquait pas la commotion qu'il
venait de produire dans l'assemblée, stupéfaite de
contempler un homme qui se donnait quinze cents
ans. L'Évêque de Sléwick l'interrompit :

— Vous seriez le Juif-Errant! s'écria-t-il.

— On m'a souvent désigné ainsi, reprit froidement le vieillard; et quoiqu'il ait plu à des trouvères du nord de m'appeler Ashavérus, mon nom
est Lakédhem. Mon père faisait des barques. Ma
mère brodait les habits des lévites. On me fit apprendre à lire et on me donna le métier de cordonnier. J'étais jeune et dissipé, lorsque j'appris que
trois princes de l'Orient venaient d'entrer à Jérusalem, où je demeurais, et qu'ils cherchaient pour
l'adorer le roi-messie, né depuis peu. Je les suivis.
Deux de ces princes étaient grands et forts; le troisième, de stature moindre, était plus noir que les
autres, et semblait venir du Sennaar ou de l'Éthio-
pie. Ce qui m'a donc frappé dans l'orateur que nous
venons d'entendre, c'est la vérité des peintures
qu'il a faites des rois mages et de leurs présents.

Je pourrais vous conter, sur l'enfance de Jésus,
sur sa fuite et son séjour en Égypte, sur sa vie retirée et sur sa vie publique, sur Judas Iscarioth, qui

le vendit, beaucoup de particularités que les évangélistes, occupés d'une seule grande pensée, ont dû omettre. Mais vous êtes chrétiens et vous devez les connaître. Je me renfermerai dans ce qui me concerne.

Jamais, depuis son enfance, je n'avais perdu de vue Jésus, que je croyais le Messie. Je ne commençai à me détromper que quand je l'entendis déclarer que son royaume n'était pas de ce monde. Or, je savais que le Messie devait occuper le trône de David et soumettre à sa loi toutes les nations. Quand je le sus arrêté, chargé de liens, outragé, je vis bien que ce n'était qu'un prophète comme les autres; que comme les autres il allait donner son sang; crime fréquent de ma pauvre nation; impiété qui a retiré de nous jusqu'à présent la main de Dieu.

— Eh quoi! s'écria l'Évêque de Sléwick, ayant vu le Christ, entendu sa parole, admiré ses miracles, exemple vous-même de son pouvoir divin, vous que la mort respecte seul, parce qu'il le lui a commandé, quand vous portez en vous-même par toute la terre un prodige qui ne s'est vu qu'une fois, vous n'adorez pas dans le Christ le fils de Dieu!

— Non, seigneur, répondit doucement le vieux Juif. Je le révère comme un prophète puissant, et j'ai long-temps déploré sa mort prompte et cruelle. S'il eût vécu, très-certainement dans sa bonté il eût levé l'affreux anathème que je porte. Mais Dieu l'a délaissé, et dès lors il n'a pu se sauver lui-même. Je

13.

sais bien que vous m'expliquerez sa mort comme une nécessité, dans les justes décrets de Dieu pour la rédemption du monde. Mais je n'ai pas cette foi.

L'Évêque, qui savait que la foi est un don de Dieu, se mit à prier pour le bonhomme.

— Laissez-le nous dire, intervint alors Frans von Eysen, comment il fut condamné.

— J'étais à ma porte, reprit le Juif d'un ton impassible ; je vis passer en courant des groupes animés qui répétaient : On va crucifier Jésus de Nazareth. Je pris sur mes bras mon plus jeune enfant, pour lui faire voir ce spectacle ; et bientôt j'aperçus Jésus, qui venait d'un pas pénible, tout meurtri, tout souillé, et chargé d'une lourde croix. Il s'arrêta devant ma porte. — Je jugeai qu'il voulait y prendre un peu de repos. Il se passa en moi une lutte entre la compassion et le respect humain. Tout le monde avait les yeux sur moi. Un préjugé, répandu chez les Juifs, faisait regarder comme impur le seuil où s'était arrêté un criminel. Je le repoussai.

Vous frémissez à ces paroles, parce que vous voyez dans Jésus votre Dieu. Sachez qu'avec des motifs différents je me condamne, comme vous me condamnez ; car je subis de ma faute une expiation longue. Il me réduisit, moi qui lui refusais le repos, à ne plus le trouver ici-bas, jusqu'à la fin du monde.

— Aussitôt, je déposai mon enfant et je pris mon bâton pour me mettre en marche. La première chose que je vis fut un acte de charité, qui contrastait avec mon action dure. Une femme essuyait d'un linge blanc, qui en garda l'empreinte, la face sanglante de Jésus. A quelques pas, je reconnus Marie, qui montait à la suite de son fils la voie douloureuse. Des hommes impitoyables lui mettaient sous les yeux le marteau et les grands clous qui allaient clouer Jésus à sa croix.

Je m'éloignai; et trois heures après, il se fit dans toute la nature un bouleversement effroyable. Le soleil devint noir comme un sac; les rochers se fendirent; on entendit de toutes parts des clameurs sinistres.

Je sus plus tard que des morts avaient ressuscité à Jérusalem.

— Dieu est irrité, me dis-je; il délaissera son peuple et le messie ne viendra plus; car ils ont tué un grand prophète.

Et moi, lancé dans le monde, je l'ai parcouru plusieurs fois dans tous les sens. Je ne vous dirai ni mes douleurs, ni mes colères, ni mes désespoirs. Seul, toujours et partout, au milieu des hommes comme dans les déserts, ne trouvant nulle part aucun être qui pût me suivre, ne pouvant aimer, ni compatir, replié tristement sur moi-même, j'ai cherché bien des fois la mort et n'ai pu la trouver nulle part. Mon corps est dur comme l'acier devant les coups de lance des guerriers et les coups de hache des bourreaux, léger comme la plume sur les vagues. L'eau et le feu ne peuvent rien contre moi;

les épidémies me respectent. Je n'ai pas faim quand
je n'ai rien à manger, et je ne soupçonne pas la
soif quand je n'ai rien à boire.

Je vous conterais bien des faits curieux de villes
bouleversées et de guerres affreuses ; je redresserais
bien des points de vos histoires si infidèles. Mais
déjà je suis resté ici trop long-temps ; condamné
à marcher sans cesse, j'en souffre la fatale impatience. Mes jambes s'agitent malgré moi, comme si
j'étais sur des charbons ardents ; et — je vous tire
ma révérence.

L'Évêque et les autres convives présentèrent de
l'argent au pauvre homme. Il le refusa, n'en ayant
jamais besoin, dit-il ; il partit et disparut bientôt...

— Et de quelle couleur étaient ses habits ? demanda Kibbenbroch.

— C'est ce que j'ignore, répondit le narrateur.

— Sa robe était rouge, dit sans hésiter le sous-
prophète. Vous voyez donc bien que le père Isaac
n'a rien de commun avec cet homme,

— Je le souhaiterais, répliqua Knipperdoling,
car dans les trois années qui suivirent le festin des
Rois, l'Évêque de Sléwick, maître Frans von Eysen
et tous les convives étaient morts...

Le Juif Isaac entra, comme ces paroles tombaient
entre les trois amis.

— Nous parlions de vous, dit vivement Knipperdoling ; et je désirais de vous une explication
que je réclame de votre sincérité. Les bruits qui

courent me font une certaine peur. Je hasarde ma
vie témérairement à l'occasion. Mais je ne voudrais
pourtant pas qu'une destinée comme celle que vous
portez, si vous êtes ce qu'on dit, vînt en marquer
trop tôt la limite. — Bien des gens croient, avec
François de Waldeck, une chose qui ne me paraît
pas impossible, quand je récapitule mes observations et mes souvenirs. On prétend que vous pour-
riez être le Juif-Errant,

— Je le sais, dit tranquillement le vieil Isaac.
C'est une rumeur indifférente.

— Comment, indifférente! s'écria le voyant. Si
vous l'êtes, vous dévorez pour nous tout l'avenir.

— Croirez-vous que je sois Frédéric-Barberousse,
si on vous dit que je le suis, parce qu'on raconte
qu'il n'est pas mort? ou Charles-le-Téméraire, parce
qu'on le dit vivant encore? Je vous estimais plus
haut que les vains bruits du peuple, poursuivit le
Juif en se relevant. Trouvez-vous en moi quelque
chose de conforme aux traditions générales et aux
récits écrits qui vous ont fait connaître le Juif-Errant?

— C'est ce que nous disions, s'écria Kibbenbroch.

— Mais votre agilité, reprit Knipperdoling, vos
marches continuelles, votre santé infatigable, le
bonheur avec lequel vous échappez à tout péril,
votre audace intrépide...

— Tout cela est le fruit d'une longue expérience.

— Vos habits qui, depuis deux ans que je vous vois, n'ont pas changé.....

— La bonté de l'étoffe en est la cause.

— Vos souliers qui ne s'usent pas...

— Même raison que pour le reste.

— Votre patrie que nous ignorons...

— Comme j'ignorerais la vôtre, si vous veniez en Asie.

— Votre séjour parmi nous, qui me paraît une énigme, l'intérêt que vous nous portez sans que j'en devine la cause...

— L'amour de la liberté, les motifs peut-être qui vous ont amené vous-même, quoique je ne sois plus en âge d'être chef; mais je puis être un conseiller sûr et un auxiliaire utile; la curiosité enfin, et le désir de voir renaître les jours anciens...

— J'avoue, dit alors Knipperdoling, que si je recueille les vieux récits du Juif-Errant, tantôt féroce, tantôt désespéré, je ne vous retrouve pas dans ces tableaux. Mais le sang de l'homme maudit a pu se refroidir; et je ne serais pas surpris que vous fussiez le convive de l'Évêque de Sléwick, à Hambourg.

— Je sais cette aventure. Le convive de Frans von Eysen avait la barbe blanche. Il n'a pu demeurer que quelques heures dans la société qui l'accueillait. Depuis plus d'un an je suis parmi vous, avec ma barbe grise.

— Jamais en repos.

— C'est ma nature active et ardente. Le Juif-Errant à Hambourg ne refusait pas de conter son histoire; il ne peut mentir. S'il était ici, pourquoi la cacherait-il?

— Parce qu'il sait que sa rencontre amène la mort, et que dans cette ville on n'ignore pas une circonstance si singulière.

— Je vous apprendrai une autre tradition, c'est que le Juif-Errant ne peut manger ce qu'on lui offre. Il doit ramasser ses aliments. Vous m'avez vu dîner souvent avec plusieurs d'entre vous.

— Il accepta le dîner de Hambourg.

— Ce n'est pas dire qu'il l'ait mangé. Lorsqu'il s'est montré au duc de Bourgogne Philippe-le-Bon, qui l'admit à sa table, dans son palais de Bruxelles, les pages ont remarqué qu'il jetait sous la table ce qu'on servait sur son assiette.

— Ainsi, remarqua Kibbenbroch, il est vrai que le Juif-Errant s'est fait voir à Bruxelles?

— A la cour de Philippe-le-Bon, en 1466.

— Un an avant sa mort, dit Knipperdoling.

— Il portait l'habit à l'orientale; et lors même qu'il voulait se dissimuler, il se trahissait fréquemment dans la conversation. Il parlait de choses passées depuis dix siècles, en homme qui en avait été le témoin oculaire. Il dépeignait, dans ses moindres détails, le palais de Charlemagne à Aix-la-Chapelle, la tente de saint Louis à Tunis, les mœurs de Henri-l'Oiseleur dans sa vieillesse. Il se montra deux

fois au duc Philippe, et une fois à son fils, comme
il assiégeait Nancy.

— Qui devait être son tombeau.

— Est-il vrai, dit Mathys, qu'il ait visité le roi
Louis XI?

— Au château de Plessis-lès-Tours, on le dit.

— A-t-il, dans ces apparitions, raconté son histoire, comme à Hambourg?

— C'est ce que les relations ne nous apprennent
pas. On sait seulement qu'à la cour de Bourgogne il
portait au front un bandeau, pour cacher, disait-on,
un signe dont il était stigmatisé.

— Une croix, fit Knipperdoling, en fixant d'un
œil hagard les rides du front d'Isaac, dont la plus
haute formait cette marque.

— Une croix de feu, reprit le Juif avec calme. Mais
nous nous occupons de choses vagues et de contes
d'enfants, quand nous voyons Munster bloqué par
des mesures si étroites, que les vivres manqueront
dans peu de jours. Tremblez que la peur unie à la
faim ne porte le peuple à capituler, et au lieu de
fatiguer vos conceptions sur des idées puériles,
grandissez-les en imaginant les moyens d'animer les
masses et de faire une glorieuse sortie. Dans cette
lutte de la réforme, vous le voyez, toutes les villes
qui ont tenu ont gardé leur liberté. Laissez donc
aux têtes faibles les rêves qu'on peut faire à mon
sujet; songez à vous; et si pourtant il vous semble
que je sois fatal, envoyez-moi à vos ennemis.

— Si ce vieillard n'est pas le Juif-Errant, reprit Knipperdoling, après un moment de silence, c'est du moins un grand magicien.

Sur ces paroles il s'éloigna; et les trois autres se séparèrent, avec des éclats de rire de portées différentes.

XIV.

LES PROPHETES AU COMBAT.

> Dans l'ordre on est tenu; dans le désordre on se fait place.
>
> PUFFENDORF.

La ville folle, en effet, s'occupait un peu plus alors du Juif-Errant, que de la situation périlleuse où elle s'était enfoncée. Et cependant les confédérés qui la circonvenaient, éveillés par quelque adoucissement dans la température, ne négligeaient plus rien pour terminer promptement la guerre. C'étaient tous les jours des attaques, et l'espoir d'une intervention n'était plus guère permis. Quinze camps de cavalerie, étendus autour de l'enceinte, fermaient toutes les approches de la place assiégée.

Les bonnes gens du dehors ou du plat pays, comme on disait en ces temps-là, n'étaient pas plus contents

que les citadins de cet état de choses ; car, pour se
procurer des ressources, les alliés du Prince-Évêque,
en vertu de ces nécessités dures qu'on appelle les
droits de la guerre, avaient fait contribuer impi-
toyablement tous les paysans. On occupait leurs
maisons, on prenait leurs charrettes, on usait de
leurs chevaux, on vidait leurs greniers. On avait
même fait main-basse sur les ornements et les hum-
bles trésors de leurs églises catholiques. Il est vrai
que, par un reste d'égards pour l'Évêque ou du
moins sous ce prétexte, on permettait aux paroissiens de les racheter ; ce qui eut lieu souvent plusieurs fois à l'encontre du même objet. La campagne
murmurait donc ; dans quelques cantons il y eut
même de petits soulèvements qui donnaient grande
joie aux assiégés ; mais cette joie n'était jamais suivie
de résultats.

Peu de jours après l'entretien qui vient d'être
rapporté, on vit des tranchées s'ouvrir, des batteries
se placer et de plusieurs parts menacer les murailles.
L'imminence du danger réunit de nouveau tous les
chefs. Toutes les mains se remirent à réparer les for-
tifications. Il ne s'agissait plus seulement de pérorer,
il fallait agir. Knipperdoling allait criant partout :
— La lettre tue et l'esprit vivifie ! Qui aime le Père
me suive. — Il organisa la résistance ; il établit une
fabrique de poudre à canon ; il mit à l'œuvre tous
ses partisans inférieurs. Les uns étaient employés à
recueillir le salpêtre aux murs des églises ; les autres

à réunir des piles de pavé, à fondre des balles, à broyer le charbon ; les hommes, les femmes, les enfants travaillaient partout à préparer des projectiles et des instruments de défense. La peur de la disette fit prendre aussi une singulière mesure : on dépava les rues ; on cultiva les voies publiques et les places converties en potagers ; on y sema des légumes et des graines.

Les masses s'étaient si nettement compromises, qu'elles sentaient parfaitement qu'on ne pouvait plus se rendre à merci.

En même temps qu'on faisait ces choses, on repillait le palais épiscopal, on brûlait les archives, on livrait aux feux de joie les parchemins et les titres, comme choses vaines, on détruisait toutes les reliques précieuses du passé. On découvrait les églises pour en prendre le plomb ; on fondait les cloches pour en faire des boulets.

D'autres occupations analogues agitaient la fourmilière des enfants de Sion. En attendant le roi qui leur était annoncé, et qui sans doute n'osait pas venir encore, on créa deux consuls pour gouverner la république des Saints. Ces deux magistrats suprêmes, élus par le vieux sénat des bourgeois, par le sénat des femmes, et par les acclamations populaires, qui dominèrent, dit-on, les organes plus réglés de l'opinion publique, furent Knipperdoling et Kibbenbroch.

Les hommes turbulents poussèrent d'immenses

cris de joie lorsqu'on les proclama ; car ils comprirent que tout allait leur être permis.

Rothmann, Mathys et Jean de Leyde annonçaient d'un autre côté une victoire prochaine. Ces deux derniers gardaient encore leurs costumes de patriarches. « Le Père, s'écriait Jean, ne permettra pas la défaite de ceux qui sont marqués du sceau de son alliance. » Des prophétesses couraient la ville en hurlant ; elles disaient qu'elles voyaient le Père avec ses anges prêt à foudroyer les ennemis. D'autres continuaient à singer les voyants et criaient : Pénitence ! quelques-unes se jetaient à genoux dans les rues et priaient tout haut pour ceux qui croyaient au Pape et à Luther.

Rothmann, en attendant la victoire prédite, remit sur le tapis la nécessité des épurations, qui avaient été différées, grâce à l'intervention d'Élie et d'Énoch. On ordonna à tout le monde sans exception de se faire rebaptiser ; et alors Mathys, plus féroce que le jour de son entrée patriarcale, voulait qu'on mît à mort ceux qui refusaient le second baptême. Knipperdoling se contenta de les bannir, ce qui diminua avantageusement, comme le dit Kibbenbroch, le nombre des consommateurs.

L'orateur en chef avait une autre idée. Cette clameur de Knipperdoling : — La lettre tue et l'esprit vivifie, — que le peuple commentait à sa manière en mettant l'action au-dessus de la parole, l'avait choqué un peu. Il élabora donc un petit chef-

d'œuvre, une lettre circulaire qu'il adressait aux
assiégeants. Il en fit faire un grand nombre de co-
pies qu'on jeta dans le camp. Elle était adressée *aux
amis de Dieu*, et affectait le ton le plus séduisant :

« Ce n'est pas à vous, braves soldats, disait
» l'écrivain, que nous reprochons l'impiété de la
» guerre qu'on nous fait. Nous ne nous en prenons
» qu'à ce tyran que vous nommez l'Évêque. Mais,
» sachez-le bien, vous ne réussirez pas dans votre
» entreprise; la prudence de la chair ne peut rien
» contre le Très-Haut.

» Lorsque Paul n'était encore que Saul, il atta-
» quait et combattait ainsi que vous la parole de
» Dieu. Le Fils du Très-Haut le renversa sur le che-
» min de Damas. Il vous renversera aussi ; fussiez-
» vous aussi nombreux que les grains de sable que
» remue la mer, le souffle de l'esprit du Père vous
» dissipera comme une vaine fumée.

» N'écoutez pas les lâches déserteurs qui nous
» calomnient. Venez parmi nous, frères, et soyez
» éclairés. Vous trouverez ici l'égalité, la commu-
» nauté des biens, la vie fraternelle, la liberté des
» patriarches. Venez; et, si notre genre de vie vous
» plaît, vous demeurerez avec nous. S'il ne vous
» convient pas, vous serez toujours libres de vous
» retirer; et nous protégerons votre retraite. »

Cette lettre pleine d'adresse, et dont nous ne citons qu'un fragment qui la résume, courut sous les
tentes et produisit son effet sur les soldats. Ils s'in-

disposèrent contre leurs chefs ; ne voyant pas le chemin facile pour passer aux munstériens, ils plièrent
bagage néanmoins. On les vit par petites troupes se
retirer du ca m.

Le général Bernard de Westerholt eut ordre
aussitôt de les poursuivre avec ses cavaliers. Il
atteignit les premiers fuyards, en fit pendre huit
pour l'exemple. Mais il fallut attaquer les autres dans
des métairies où ils s'étaient retranchés. Un déserteur, qui avait su pénétrer dans la ville, avait réjoui
Rothmann, en annonçant le premier effet de sa lettre ;
un autre qui vint le surlendemain modéra son orgueil,
en apportant la nouvelle que tous les mécontents,
assiégés à coups de canon, s'étaient rendus ; qu'on
les avait conduits au Prince-Évêque ; qu'ils lui
avaient demandé la vie, et que le Prince s'était contenté de faire passer par les armes les chefs de la
révolte.

— Beau résultat ! s'écria Knipperdoling. La lettre
tue et l'esprit vivifie.

Alors, pour appuyer son dire et aussi pour étrenner
sa robe de consul qu'on venait de lui apporter, il
fit une harangue au peuple saint. On l'a conservée :

« Frères, dit-il, nous voici élevé au faîte de l'honneur, non par ces vauriens de papistes et de faux
évangéliques (il désignait ainsi les luthériens), mais
par vous, vrais frères en Christ, digne postérité
d'Abraham. C'eût été nous opposer aux ordres du
ciel que de refuser la charge difficile que le Père

nous assigne par vos suffrages ; malgré notre faiblesse, nous l'acceptons donc, et nous venons vous
dire que toute crainte désormais doit être bannie de
vos cœurs. Outre que nous sommes protégés par de
bonnes murailles, que nous avons des armes, de l'or
et des vivres, de notre côté est le Père, de l'autre le
Pape ; ici nous voyons des légions de braves, là-bas
des efféminés ; chez nous la pure parole de Dieu,
chez nos ennemis des inventions humaines ; dans
nos rangs toutes les vertus, dans les rangs des autres tous les vices. Nous serons les plus forts. »

Il ajouta à ce programme modeste que, pour
prouver la force de la nouvelle Sion, ses chefs allaient
faire une sortie avec les hommes de bonne volonté.
Des houras d'enthousiasme avaient accueilli son
discours ; on battit des mains à sa proposition, et il
se forma aussitôt un détachement d'hommes armés
pour aller attaquer l'ennemi à l'improviste. La bande
se mit en marche, commandée par le consul qui
avait parlé. L'autre se crut nécessaire dans la ville.
On ouvrit une poterne, et les enfants de Munster
s'élancèrent. Knipperdoling, qui les conduisait la
tête haute, avait avisé très-habilement un instant
favorable et un point dégarni. Il tomba sur des groupes dispersés que commandait Gaspard Marshall, un
Hanovrien, à ce qu'on croit. Le vieil Isaac, armé
d'une pertuisane, n'avait pas manqué d'être de la
partie. Il distribuait des coups si sûrs et si meurtriers,
dans le seul détachement ennemi qui eût quelque

14

consistance, qu'il le fit reculer. Knipperdoling, de son côté, sachant quel lustre il se donnerait s'il faisait un coup d'éclat, voulait prendre un capitaine, ce qui valait, à son idée, les honneurs du triomphe. Il courut droit à Marshall, qu'il vit seul, brisa son épée d'un coup de gourdin ferré, lui jeta autour des reins un nœud coulant, et, appelant à lui des soldats frisons qui le soutenaient, il emmena sa prise.

Toute sa suite fit alors retraite; car les trompettes sonnaient aux alentours et on voyait déjà accourir au galop les lourds chevaux des Hessois et les lanciers du Mecklembourg. Le Juif fermant la marche de l'arrière-garde, les héros de Munster rentrèrent le casque sur l'oreille; aucun même n'avait été blessé; et ils se donnaient une manière dégagée de vainqueurs, avec leurs douze ou quinze prisonniers, parmi lesquels brillait un chef.

Le consul, prophète et guerrier, fier de sa bonne fortune, sentait qu'il venait de faire un pas nouveau vers cette royauté que tous les prophètes préparaient en l'annonçant. Mathys et Jean, qui avaient été choqués de l'entendre dire dans sa harangue que la dignité de consul l'élevait au faîte de l'honneur, comprirent qu'il marchait sur eux. Rothmann surtout s'en inquiéta. Néanmoins les trois voyants, accourus à sa rencontre, le félicitèrent de leur mieux. Il reçut d'un ton de dignité leurs louanges.

— Du moins, dit-il, nous avons un otage; et, si

l'un des nôtres tombe dans les filets de l'Antechrist, nous posséderons de quoi le racheter. C'est l'esprit qui a fait cela ; c'est lui qui vivifie.

Divarre, qui suivait tous ses mouvements, n'était pas occupée de la grimace qui courait sur les lèvres de Rothmann, mais elle étudiait le regard de son mari ; elle sentait un certain froid dans son cœur ; et les succès des autres troublaient son sommeil.

— Vous vous laissez dépasser, dit-elle à Mathys, dès qu'elle fut seule avec lui. Un prophète m'a dit que je serais reine. Si vous n'y prenez garde, vous étoufferez notre avenir.

Mathys n'était pas aveugle. Mais cependant il marchait ; il dominait toujours les autres prophètes, et sous ce rapport ni Knipperdoling, ni Rothmann n'avaient son crédit. S'il ne portait pas un cœur assez chaud pour aller à la bataille, il avait des révélations hardies, et ses paroles étaient des oracles. Il ne s'était pas compromis comme Rothmann sous ce rapport ; il était parvenu à persuader à la foule que le Père dictait toutes ses phrases et que lui, son organe privilégié, ne faisait que répéter ce que l'esprit lui disait à l'oreille.

C'est lui qui avait ordonné la communauté des biens ; et on avait obéi.

C'est lui qui avait chargé du trésor commun six de ses partisans, embellis par lui du titre de diacres et ordonnés, en conséquence, par Rothmann.

Il s'était même fait donner pour gardes cent licteurs, qui lui étaient soumis; ce qui ne nuisait pas à son influence.

Les bourgeois pliaient en gémissant sous un despotisme aussi absurde. Mais, quoique tout le monde sentît (excepté les fous, qui, à la vérité, n'étaient pas en petit nombre) le ridicule honteux d'un tel gouvernement, personne, comme il s'est toujours vu dans de telles circonstances où quelque terreur est devenue endémique, n'osait attacher le premier grelot de la résistance. C'est qu'on sait trop bien que les multitudes, en se laissant avilir, deviennent outrageusement lâches, et que l'homme qui se met en avant, comme l'organe de dix mille cœurs honnêtes contre cent brigands aux bras retroussés, est presque toujours sûr de n'être pas soutenu. Phénomène qui serait inconcevable, si l'histoire ne le représentait constamment, dans toutes les crises où le trouble a la peur pour appui et l'audace pour loi suprême.

Ce prodige arriva alors.

Le lendemain du triomphe de Knipperdoling, ou peu de jours après, comme Mathys procédait à l'émission de ses oracles, devant le sénat, qu'une grande foule avait envahi, un homme, dont le nom obscur n'a pourtant pas péri, Hubert Ruscher, eut le courage de son opinion. Il voyait nettement dans Mathys un imposteur; il osa le démasquer et reprocher aux masses leur stupidité sans exemple. Cet honnête bourgeois était respecté dans la ville. On

l'écouta avec hésitation ; on ne le désapprouva point ;
on ne s'éleva pas contre lui, tant il avait évidemment
raison ; et si d'autres citoyens s'étaient rangés autour
de lui, la foule faisait volte-face. Mais les autres
attendaient, comme de juste, qu'il n'y eût plus le
plus petit péril pour se déclarer. Mathys ne laissa pas
fermenter un silence de si mauvais augure. Il fit
saisir vivement son ennemi par deux licteurs, qui
l'empoignèrent sans que personne dît un mot et
l'amenèrent à ses pieds.

— Frères, s'écria-t-il en comprimant sa colère,
cet homme est poussé par un mauvais génie. Il insulte le prophète que le Père vous a donné, pour
vous soutenir, pour vous défendre. Que ce méchant
devienne un exemple ; il le faut. Arrachez l'impie
de la terre des vivants, si vous ne voulez pas que la
faute d'un seul tombe sur tout le peuple. Violateur
de l'alliance, qu'il meure ! et que son nom ne sorte
plus de la bouche des hommes !

Deux riches bourgeois, Tillbeck et Redker, se
lèvent pourtant alors ; ils représentent que cet homme
est un citoyen, et qu'il ne peut pas être jugé ainsi.

— Le jugement est prononcé par le Père, répond
Mathys ; la voix qui l'a répété n'est que son organe.

Il fait saisir en même temps les deux bourgeois
par ses licteurs, qui les conduisent en prison, pendant que Jean de Leyde, qui voit Mathys agité,
tombe en extase. Il en revient vite et déclare que le
Père lui a formellement révélé que le coupable doit

mourir. Les yeux de Mathys aussitôt flamboient;
d'une hache qu'il a prise des mains d'un de ses licteurs il frappe lui-même son ennemi, qui tombe
étendu à ses pieds. Il saisit, prompt comme l'éclair,
une carabine qu'il voit dans les mains d'un des siens
et achève Hubert en la lui déchargeant dans la tête.
— Ainsi périsse, dit-il, relevant le front, quiconque
résiste au Père!

Ravi du succès de cet acte d'autorité, il en pré-
para un autre, pensant ainsi s'acheminer à grands
pas vers la royauté que désirait sa femme. Il ordonne
d'apporter tous les livres sur la place publique, déclarant que la Bible seule doit être épargnée, et
prononçant la peine de mort contre tout frère qui
garderait un autre écrit. Son ordre s'exécuta promptement et la flamme dévora tout.

— Mais vous voyez que je suis le maître, dit-il
à Divarre, en rentrant chez lui; et nulle part, roi ni
empereur n'est mieux obéi que moi.

— Vous n'avez pas la couronne, répondit la boulangère.

— Si j'hésite à la prendre, c'est que je crains l'op-
position des autres. Rothmann est chef spirituel,
Knipperdoling et Kibbenbroch sont consuls. Je ne
vois que Jean qui puisse me seconder; et je crains de
grands débats.

— Le peuple veut un roi; une cour plaît toujours
à la multitude. Il faut, par une action d'éclat, ouvrir
les portes à une majesté.

— Je vous comprends trop bien. Vous me verriez sans frémir aller à la bataille; et si j'y vais, et si je succombe?

— Vous ne succomberez pas. Protégé par le père Isaac, vous ne perdrez pas un cheveu de votre tête. Cet homme mystérieux m'a promis que je serais reine; et pour moi il est plus prophète que vous tous.

— Ne dites pas de telles paroles trop haut, Divarre.

— Je ne suis pas assez folle. J'espère pourtant que, si je vous raillais un peu, vous ne recevriez pas ordre du Père de me mettre à mort aussi.

— Silence! Divarre.

— Quels yeux vous roulez, Mathys! Me prenez-vous pour une autre? me confondez-vous avec ces grossiers Westphaliens que vous effrayez? Je conçois, certes, que l'esprit vous inspire. Mais qui vous dit qu'il ne me parle pas aussi?

— Allons! n'allez pas faire à présent la prophétesse avec moi.

— Je ne prophétise pas, je raisonne. Vous perdez notre couronne royale. Vous faites des fautes lourdes. Knipperdoling sera roi, et vous, on vous effacera. Lorsqu'on a imposé le second baptême, il a été plus adroit que vous. Contre mon avis, vous vouliez qu'on mît à mort tous ceux qui refusaient de se faire anabaptistes. Vous serviez Rothmann et vous reculiez d'autant. Vous disiez tout haut qu'il, fallait les tuer; que, si on se bornait à les chasser, ils reviendraient nous combattre; que vivants ils conspireraient, que morts ils ne seraient plus à craindre. Cette proposition de massacre passait, comme tout passe dans cette ville singulière. Knipperdoling vous sauva tant de meurtres, mais il vous les sauva à son profit. Il fit voir que ces gens étaient des citoyens égarés, mais innocents; qu'il fallait se contenter de les bannir, qu'une tuerie si affreuse nous attirerait l'horreur de toutes les nations. La foule de nouveau fut de son avis; mais, de plus, elle lui en sut gré, et ses partisans se multiplièrent. Vous venez de tuer un imbécile. Qu'y avez-vous gagné?

— Une autorité plus ferme.

— Vous le croyez? Essayez donc d'en faire usage en proclamant demain, à la face de tous, la nécessité d'élire un roi. Vous verrez si on ne couronne pas Knipperdoling. — Vous n'avez qu'une seule voie. Votre crédit de prophète a reçu aujourd'hui une atteinte. Faites de la gloire; surpassez Knipperdoling, brillez par un fait d'armes plus éclatant que le sien: voilà votre seul salut, et ce n'est pas difficile.—Vous voyez qu'il n'a pas reçu une égratignure. Le désordre est au camp ennemi : faites une sortie intelligente et obtenez un triomphe. Alors il sera possible, je pense, à l'aide du Juif, de vous élever un trône. Car ce peuple recevra un roi comme il reçoit tout. Et quand nous régnerons, si vous ne dédaignez pas les conseils de votre femme, l'avenir est à nous.

— Eh bien! le prophète ira à la bataille, dit Mathys en s'excitant. Préparez-moi une cuirasse et des armes.

— B:en parlé! dit en entrant le juif Isaac; et vous, dame, continua-t-il en se tournant vers Divarre, je vous l'ai dit, vous serez reine. Ma parole ne faillira point. Mais il faut aussi aller à l'action. Débora, votre patronne, ne fut pas seulement juge en Israël; sa main était armée aux jours de combat. Si vous ne pouvez faire une sortie comme le fera le chef des voyants, votre époux; vous pouvez vous mêler aux femmes de la ville, les organiser pour la défense des remparts, vous populariser ainsi et accoutumer les bonnes gens à voir en vous l'autorité. Mais traitons encore un autre chapitre. — On fait cas de votre beauté; on vous estime femme forte et prudente. — Qu'on vous voie généreuse, c'est-à-dire que les deux bourgeois qu'on vient d'emprisonner soient remis en liberté à votre demande.

Mathys, nous l'avons dit, ne manquait pas d'intelligence; la pensée d'une royauté qu'il allait saisir le flattait d'ailleurs. Il prit la main sèche d'Isaac:

— Dans cette sortie que je vais faire, dit-il, vous serez des nôtres?

— Devant vous, répondit le Juif; je vous parerai de ma personne, et il faudra qu'on me renverse pour arriver à vous. Or je ne mourrai pas encore aujourd'hui.

La manière dont il prononça ces dernières paroles frappa Divarre. Elle ne dit rien cependant; mais elle se confirma encore plus dans la pensée que le Juif n'était pas un homme ordinaire, et que sa promesse était aussi sérieuse qu'un fait accompli.

Elle sortit donc, fit apporter à son mari une cuirasse, un casque, une lance, une épée et des gantelets.

Pendant qu'elle l'équipait de ses mains, Mathys appela quatre de ses licteurs et les envoya mettre en liberté Tillbeck et Redker, en leur enjoignant de publier qu'ils devaient leur grâce à la médiation de Divarre.

— Le moment est grand, reprit le Juif, pour faire une sortie victorieuse. L'ennemi délibère s'il ne lèvera pas le siége. Les vivres lui manquent. Ainsi la guerre serait finie. Le trône, qui a sa base sur la paix, comme celui de Salomon, ne s'ébranle plus et reste ferme.

— D'ailleurs, ajouta Divarre, dans toutes les sorties qu'on a faites jusqu'à ce jour, le succès a été plus fréquemment pour nous que les revers.

— Et quand on verra marcher le prophète donné par le Père, ajouta Isaac, toute la ville s'ébranlera.

Mathys s'électrisait :

— Les impies fuiront devant moi comme des sauterelles, s'écria-t-il. Allons !

Il était armé. Il frappa la terre de sa lance, et, supportant mieux qu'on ne l'eût espéré le poids de son armure, il sortit d'un pas agile, escorté de ses licteurs. Il marchait la visière levée et faisait crier par les rues que les fidèles enfants du Père allaient au combat, que l'ennemi était condamné, que ce jour était le jour d'une grande victoire. Ainsi l'annonçait l'esprit.

Des cris de bon augure le saluaient partout. Des vivats entouraient Divarre, car on aimait les deux bourgeois sauvés.

La foule suivait le prophète; mais les combattants qui se joignaient à lui n'étaient pas nombreux.

Divarre parlait aux femmes; elle leur disait que, si les citoyens qui se dévouaient pour le salut de tous étaient repoussés, contre toute attente, ce qui ne pouvait avoir lieu que s'il y avait dans leurs rangs des infidèles, les femmes, du haut des remparts, devaient protéger leur retraite. Sous sa direction, les bourgeoises préparèrent des brandons enduits de soufre et se portèrent sur les murailles, disposées à lancer aux assiégeants divers projectiles, tant qu'elles ne verraient pas les canons et les couleuvrines braqués contre elles.

On approchait de la fête de Pâques.

En apercevant la porte de Saint-Ludger, qui allait s'ouvrir pour sa vaillante expédition, Mathys s'arrêta, regarda le ciel d'un air extatique, puis, s'agitant comme il faisait quand l'enthousiasme s'emparait de lui et que l'esprit du Père lui parlait, il s'écria encore :

— Ce jour est un saint jour ; il sera marqué par une grande merveille.

On croit que c'était le mercredi saint.

Il regarda autour de lui, et, voyant assez peu nombreuse la phalange d'hommes armés qui s'était décidée à le suivre :

— Avec cette poignée d'hommes, dit-il, j'irai, j'attaquerai le camp ennemi ; et, c'est le Père qui me l'a révélé, — je ferai lever le siége si vite, — que le jour de Pâques, qui est proche, il ne restera pas un soldat à dix lieues de nos tours.

Des clameurs d'admiration et des hurlements de joie s'élevèrent de toutes parts. Le plus grand nombre fanatisé croyait sans balancer à ces paroles, et la foule dansait dans une sorte d'ivresse.

Le prophète, ne voyant avec lui ni Knipperdoling, ni Kibbenbroch, ni Rothmann, ni Buxtorf, ni Antoine Cruse, ni Kiliau, ni Mollenbeck, ni aucun des hommes d'action, se pavanait dans la pensée qu'à lui seul serait tout l'honneur de la journée.

En ce même moment on entendit le son d'une trompette.

Le guetteur de la porte de Saint-Ludger cria : Un parlementaire.

Ce fut un surcroît d'allégresse.

— L'ennemi capitule, criaient les uns.

— Les assiégeants ont peur, disaient d'autres en se redressant d'un air rogue.

— Ils viennent nous demander la paix, s'écria Catherine Cruse.

— Nous ne l'accorderons pas ! dit Hilla Phey.

— Nous voulons des réparations, hurla Gritte Modersohn.

— Nous sommes les maîtres ici, grommela Nettie de Wyck.

— Quand on les aura vaincus, on verra, dit gravement Rachel.

— Nous traiterons quand ils seront à dix lieues de nos tours, ajoutait Divarre.

Mille fanfaronnades de ce genre couraient dans les groupes. Hélas ! celui qu'on appelait un parlementaire ne devait ni demander, ni offrir la paix. C'était un envoyé du landgrave de Hesse qui, s'intéressant toujours à tous les ennemis de l'Église romaine et à toutes les sectes dissolues, voyait avec peine les insensés de Munster, dont les excentricités avaient toutes ses sympathies, s'obstiner à leur perte ; et il leur écrivait pour leur offrir une dernière fois sa médiation.

Lorsqu'on eut lu sa lettre en public, elle fut fêtée par des huées qu'on ne saurait décrire. On rit de pitié à la pensée de demander grâce. On méprisait tellement l'ennemi qu'on ne daigna pas même répondre au landgrave. Au contraire, les têtes s'échauffant dans une hilarité qui était de la démence, les

Munstériens attachèrent la lettre de leur protecteur
à la queue d'un vieux cheval, et chassèrent avec des
éclats de rire sauvages le pauvre animal vers le camp
des assiégeants.

Mathys avait inspiré cette manifestation d'assurance ; et certainement cet homme, alors au moins,
sinon toujours, était possédé d'un esprit qui n'était
pas celui du Père ; car la suite a prouvé qu'en ce
moment il croyait avec fermeté ce qu'il annonçait.

Il jeta son épée et sa lance, prit une hache ; puis,
d'un ton qui ne doutait aucunement de la victoire,
il se fit ouvrir la porte de Saint-Ludger et marcha
droit aux assiégeants, aussi assuré que si une grande
armée l'eût soutenu. Il n'avait pas avec lui deux
cents hommes. Mais, se retournant vers les murailles,
il vit avec orgueil toute la ville accourue aux remparts ; les bastions, les tertres, les toits, les tours
étaient chargés de spectateurs qui voulaient voir de
leurs yeux la miraculeuse victoire de leur prophète.

Sa confiance augmenta, si elle pouvait s'accroître,
lorsqu'il vit fuir devant lui le premier poste avancé
des assiégeants. Il est vrai qu'il n'était composé que
de quinze hommes. Mais le voyant ne les compta
pas.

Le second poste détala pareillement à son approche.

— L'esprit du Père, s'écria-t-il, les balaiera tous.

Cependant un vieux capitaine était campé un peu
plus loin. Il se nommait Jean Coritzer. Il commanda

à soixante hommes de sa troupe d'aller au-devant
des rebelles, qui arrivaient roides comme des balles
en poussant des cris de vainqueurs, de les attaquer
de loin, puis de céder devant eux, de reculer par
une fuite simulée et de les éloigner des murs. A
cette manœuvre habilement exécutée, le prophète et
ses héros s'enflamment encore. Ils s'élancent à la
poursuite du détachement qu'ils croient effrayé.
Alors un corps de trois cents cavaliers sort d'un bois
et se jette entre Mathys et les remparts.

Des cris s'élèvent de toutes les tours; ils annoncent
au prophète le danger qui le menace; mais il ne voit
rien, avance toujours, et se trouve enfin cerné avec
sa troupe par des forces considérables, qui tombent à
grands coups de sabre sur les licteurs et les autres.
La mêlée en un moment devient horrible. Mathys
voit autour de lui tous ses satellites égorgés; il n'a
plus qu'un seul défenseur, le vieil Isaac; il le voit
bientôt renversé par la chute d'un cheval blessé, sous
le poids duquel il doit le croire écrasé. Lui-même,
le voyant, le prophète, prêt à se rendre, tombe blessé
d'un coup de hache. Des Munstériens, réfugiés au
camp le reconnaissent et le nomment. On le coupe
vivant par morceaux; et ses membres sont dispersés parmi les champs, pour être la proie des corbeaux
et des loups. C'était à ce spectacle grande épouvante
dans Munster. On n'y vit rentrer aucun des citoyens
qui s'étaient dévoués. Tous avaient péri. Le Juif
seul se releva et revint à la nuit frapper aux portes

de la ville. Il rapportait les détails de la catastrophe, qui consterna tous les croyants.

Le lendemain matin, on trouva la tête de Mathys clouée insolemment à la porte de Saint-Gilles.

Ceux qui avaient si vaillamment méprisé la lettre du landgrave étaient dans un grand abattement. Le découragement se montrait si général que, si les confédérés eussent donné l'assaut en ce moment, il est probable qu'ils eussent trouvé peu de résistance.

Mais le cœur le plus troublé était celui de Divarre. Dès qu'elle rencontra Isaac, surprise comme tout le monde de le voir sans blessure, elle lui dit amèrement :

— J'avais cru à votre prophétie.

— Vous devez y croire encore, répondit-il d'un ton grave ; je n'ai jamais promis à Mathys qu'il serait roi.

XV.

LE ROI DE MUNSTER.

Roi ! me voilà roi !
SHAKSPEARE, *Macbeth.*

C'était partout, dans Munster, une grande agitation, le lendemain de la mort de Mathys ; le décou-

ragement se heurtait au désordre et les colères aux
terreurs.

Mille rumeurs confuses se répandaient; elles
se transformaient en récits rassurants ou en nouvelles désolantes, suivant la nature des esprits qui
les remaniaient en les colportant. On disait à la
fois, dans le même lieu, que l'ennemi levait le siége
et que la ville était prise. On expliquait de toutes
manières la catastrophe du voyant, mort martyr,
selon les uns, en expiation des fautes d'un peuple
que le Père voulait sauver, immolé et puni selon les
autres, pour avoir écouté les conseils secrets de la
vaine gloire. Un saint ou un ange pour ceux-ci, un
démon ou un fourbe pour ceux-là.

— Mais les prophètes se trompent donc? s'écriait
Élisabeth Dreyers.

— Celui-là, dit un charretier, avait bridé à
gauche.

— Pourquoi, ajouta un meunier, s'est-il engrené
là-bas. — S'il était resté ici à tourner la meule de
ses prophéties qui allaient bien, il n'aurait pas à présent la tête si loin des pieds.

— Voilà ce que c'est que de sortir de son espèce
(on dirait aujourd'hui de sa spécialité), intervint
Rachel. C'est comme plusieurs d'entre vous, quand
ils raisonnent. Mais tous les prophètes ne sont pas
abusés.

— Vous parlez d'Isaac, dit Timmermensche; c'est
vrai. Mais j'en sais encore un autre que l'esprit

15

ne fourvoie pas. Nous aurons par eux la clef de l'énigme.

Le sénat s'était assemblé pour aviser aux mesures que les circonstances pouvaient commander. Les jeunes femmes, qui s'étaient donné aussi une salle de délibérations, depuis la motion d'Hilla Phey, se séparèrent des cohues pour aller tenir séance. Les groupes restèrent nombreux devant ce qu'on appelait le parloir aux conseillers ou le parloir aux échevins. C'était la chambre du sénat, que le peuple, fidèle à ses routines, honorait toujours de son nom ancien.

Les deux consuls traversèrent les groupes. Mais ni la sérénité de leurs fronts, ni leur sourire rassuré ne ramenèrent la sécurité parmi les citoyens. Il fallait aux bourgeois la parole d'un prophète; et l'échec de Mathys avait tellement déconsidéré les survivants, qu'il ne restait guère qu'un voyant qui pût capter la confiance. C'était Jean de Leyde. Mais il ne paraissait pas; et un autre, à la grande surprise de la foule, monta sur un tertre pour parler. Cet autre était le père Isaac.

Étranger à la ville, quoiqu'il fût connu du plus petit comme du plus grand, il n'avait jamais jusque-là envahi les domaines des voyants. Il s'était permis toutefois, mais en particulier, en tête à tête, beaucoup de prédictions, des prophéties pour peu qu'on préfère ce mot; toutes s'étaient accomplies. On le savait bien; et souvent, parmi les récits qu'on fai-

sait de ses prestiges, on s'étonnait de le voir ne re-
chercher aucune dignité, n'ambitionner aucun poste,
content de seconder obscurément ceux qu'en réalité
il dirigeait.

Lorsqu'on lui faisait ces remarques, il répondait
que, étranger à Munster, il ne voulait être rien;
mais que, reconnaissant de l'hospitalité bienveillante
dont on l'entourait, il servait avec zèle et avec passion la vieille cité où il voyait renaître le siècle des
patriarches. Il disait encore que, vieillard, il devait
se borner à donner volontiers, dans une cause qui
lui était chère, les conseils de son expérience consommée. Plusieurs fois on l'avait prié de haranguer
le peuple; il avait toujours décliné un tel honneur.
On fut donc très-frappé de sa démarche; et dans
l'attente de quelque chose d'extraordinaire, tout le
monde fit silence à l'instant.

— Enfants de la nouvelle Sion, dit-il, il ne m'appartient pas, à moi étranger, à moi vieillard, de rien
usurper dans vos fonctions publiques. Mais l'esprit
s'est retiré de quelques-uns de vos guides; et pour
cela je vous vois troublés, comme si le Père vous
avait repoussés. Il n'en est pas ainsi. Quelques-uns
de vous ont pu voir que l'esprit du Très-Haut me
parle aussi lorsqu'il le faut. Je me crois donc obligé
de suppléer en ce moment vos prophètes qui se taisent. J'aurais mieux aimé qu'une autre parole que
la mienne fût venue vous soutenir. Mais en attendant que la catastrophe d'hier vous soit expliquée

15.

dans ses causes, et vous les saurez bientôt, je dois vous préparer à d'autres revers. A l'heure qu'il est, ils sont accomplis. Mais dans peu de temps vous en recevrez les nouvelles. N'en soyez pas abattus. Il fallait que ces épurations se fissent ; le Père l'avait ordonné. Ainsi le camp d'Israël fut purgé plus d'une fois. Maintenant, que quelques têtes d'entre vous soient tombées, qu'importe ! la ville de Sion subsiste ; la masse des citoyens est debout. Vos grandes destinées marchent ; et le Père, qui vous prépare un roi, vous le donnera dans peu de jours. Vous le couronnerez vous-mêmes. Nouveau Salomon, il sera glorieux, s'il est saint. Si vous retombez dans l'oppression, vous ne le devrez qu'à ses fautes.

Le Juif descendit gravement du tertre aux harangues, en achevant ces mots. Son discours avait soulevé partout un bourdonnement de questions et d'impatiences qui, pendant un quart d'heure, ne permit à personne de lier deux idées. Les plus ardents couraient à l'orateur et lui demandaient quelques éclaircissements sur plusieurs points de son allocution. Il se contentait de répondre avec une froide simplicité :

— Je ne puis vous rien dire de plus. L'esprit en ce moment n'est plus en moi. J'ai exposé tout ce que m'a dicté l'esprit du Père. Ayez patience, puisqu'avant le coucher du soleil bien des choses devront se dévoiler.

L'inquiétude était partout. Divarre seule, malgré

son veuvage de la veille, se montrait forte et calme,
comme si elle eût été instruite par l'esprit des décrets
du Père et des événements qu'on attendait. Knipperdoling, qui n'avait été prévenu de rien, du moins
on le suppose, se persuadait qu'il serait roi. Kibbenbroch regrettait de n'avoir pas pris aussi un capitaine
allié. Rothmann songeait que, dans un gouvernement
théocratique, comme il avait la prétention de l'établir, lui seul pouvait décemment tenir le sceptre.
Toutefois, si l'esprit le donnait à un autre, il aurait
la prérogative de le sacrer. Kiliau se disait qu'un
roi devait être propre à la guerre, et que personne
ne serait mieux que lui sous la couronne. Tous ces
hommes et plusieurs autres, à qui la royauté présentait des chances ou qui du moins se figuraient la
chose ainsi, allaient par les groupes demandant aux
bonnes gens :

— Si le Père donne un roi, qui élirez-vous?

Et les bonnes gens répondaient naïvement :

— L'esprit nous le dira.

Les prophétesses aussi paraissaient fort préoccu-
pées. Hilla Phey, Rachel, Gritte Modersohn, Catherine Cruse, Élisabeth Dreyers, pensaient toutes, à
part elles, que le roi de Sion ne pouvait prendre une
reine que parmi les femmes auxquelles l'esprit du
Père se communiquait. La petite Timmermens semblait concentrer dans son cœur un secret et ne disait
rien. Nettie de Wyck, dont le brave et bon Henri
Mollenbeck attendait toujours la main, montrait un

front très-soucieux ; et des motifs graves, comme on le verra, lui ôtaient assez justement le calme de l'esprit.

Henri, ne laissant jamais échapper l'occasion de lui renouveler ses instances, s'approcha d'elle et la supplia de ne pas permettre aux sollicitudes politiques d'assombrir sa gracieuse figure. Il lui demanda ensuite, comme toujours, s'il pouvait espérer bientôt qu'elle daignerait enfin l'accepter pour époux.

Une idée folle, se croisant avec les soucis profonds, traversa la cervelle préoccupée de Nettie. Elle répondit avec un sourire singulier :

— Si vous êtes le roi qu'on doit élire, je passerai certainement sur tout le reste.

Le jeune homme recula à cette parole, qui trahissait un cœur dominé par l'ambition. Nettie la regretta sans doute, car elle se reprit à la hâte :

— Je suis insensée, dit-elle, et ma tête s'égare. Mais le sort de mon père m'inquiète ; comme il doit souffrir, prisonnier des papistes !

— Ne vous effrayez point. Le sénat l'a réclamé.

— Démarche qui n'a pu que le compromettre. Nous n'en recevons pas de nouvelles. Je ne rêve que dangers et malheurs. Priez Dieu qu'il nous le ramène ; et je veux bien alors que son retour bénisse notre union.

— Il nous sera rendu, répondit vivement Henri, dans le cœur duquel cette promesse enfin obtenue réparait tout.

Et il épuisa son éloquence à rassurer Nettie.

La belle jeune fille n'était pas la seule qui tremblât pour des absents, depuis les terreurs que le juif Isaac venait de répandre. Plusieurs citoyens étaient tombés dans les mains des confédérés. D'autres étaient en mission dans les intérêts de l'anabaptisme. On voulait deviner leurs succès ou leurs revers.

La nombreuse famille d'un voyant de troisième classe craignait surtout beaucoup pour son chef, qui s'était lancé, à la vérité, dans une voie périlleuse. Il se nommait Wilhelm-Bast; mais on l'appelait plus généralement Bast-Wilhelm. Une certaine nuit, en songe, ayant vu tomber le feu du ciel, il s'était persuadé que c'était un signe qui lui annonçait la volonté du Père; il se crut dès lors destiné, par un privilège spécial, à s'en aller mettre le feu dans toutes les villes infidèles. Il assembla les frères voyants, leur annonça l'importante révélation que le Père lui avait faite, et se montra prêt à incendier toutes les villes qui tenaient pour l'Évêque. Mais il voulait recevoir cette mission de l'Église. Rothmann, qui en était le chef, la lui donna vivement, heureux de se délivrer d'un fou; Norden et les autres l'encouragèrent, l'appelèrent le sauveur de la sainte Sion, et le conduisirent avec honneur aux portes de la ville. Ils voyaient en lui, quel qu'il fût, un utile auxiliaire.

Muni de matières combustibles, Bast-Wilhelm traverse sans exciter de soupçons les postes des confédérés et gagne Wolbeck, où ils avaient leur magasin à poudre. C'était un coup de salut que de le faire sauter. Pendant la nuit, il met le feu à deux des maisons qui l'environnent, s'enfuit sans être vu, et gagne Drensteinfurt, surpris de ne pas entendre l'explosion, et ne calculant pas que l'éveil donné à temps avait permis d'arrêter l'incendie. Les deux maisons seules avaient été la proie des flammes.

A Drensteinfurt, en attendant la nuit, il entre dans un cabaret; la course l'avait altéré; il boit, comme buvaient les voyants de sa secte, et s'enivre. Dans cet état, il se prend de querelle avec un luthérien qu'il voulait amener dans sa croyance. Les deux disputeurs se battent; on arrête l'étranger, qui a tout l'air d'un transfuge de Munster. On le fouille, on le trouve chargé de matières combustibles. Sans lui laisser le temps de se dégriser, on l'applique à la question; il avoue que c'est lui qui a mis le feu à Wolbeck; on le reconduit au lieu de son crime, qui en peu d'heures est prouvé; et il est brûlé à son tour sur les décombres des maisons que sa fureur a mises en cendres.

Voilà quel avait été le sort de Bast-Wilhelm; et ce fut la nouvelle qu'apporta le premier des messagers annoncés par le Juif.

Henri Rollins, moine qui avait déserté son cloître pour se traîner à la remorque de Rothmann, et avec lui plusieurs autres anabaptistes, trop effacés à Munster, s'étaient lancés dans les autres provinces germaniques pour y fonder de petites églises et s'en faire les chefs. Le second messager annonça, qu'après bien des vicissitudes rapides, Henri Rollins avait été arrêté à Maëstricht, où on l'avait brûlé. D'autres avaient été pendus à La Haye, à Leyde, à Amsterdam et ailleurs.

Les nouvelles funestes se succédaient de quart d'heure en quart d'heure. Enfin, pourtant, on put se réjouir à quelque chose de moins triste. C'était le retour de l'échevin Juddefelt. Pris avec Jean de Wyck par les patrouilles des confédérés, il avait été avec lui gardé quelque temps en prison, et le sénat ne l'avait pas réclamé. Mais il était si bonhomme, que, ne pouvant lui reprocher que sa faiblesse, on l'avait relâché, car il était catholique dans le cœur, et, quoiqu'il vécût en paix avec les sectaires, il n'avait pas apostasié. On s'était réjoui de le voir revenir, parce qu'il faisait contraste avec tous les autres qui avaient joué de malheur, et que son retour semblait en quelque sorte un désensorcellement. Mais la réflexion vint bientôt glacer, dans le cœur des anabaptistes, ce premier mouvement tout machinal de bienveillance. On lui demanda qui l'avait mis en liberté?

Il répondit que c'était Sa Sérénité le Prince-Évêque.

Plusieurs froncèrent le sourcil, à cette manière de s'exprimer. Des voix confuses criaient à l'échevin pourquoi il revenait seul?

— Parce qu'on ne nous a pas renvoyés à deux, répondit-il sans s'émouvoir.

Nettie, comme frappée d'un pressentiment qui devait s'éclairer assez tôt, n'osait faire de questions. Mais elle s'était approchée de Juddefelt et paraissait haleter après les paroles qui allaient sortir de sa bouche.

— Vous savez, reprit-il, que Jean de Wyck, notre ancien syndic, était de Brême. Lorsqu'il s'en alla, sous prétexte de nous allier avec les Brêmois, on en avertit Sa Sérénité le Prince-Évêque.

— Soyez plus bref dans vos qualifications, interrompit Buxtorf, il n'y a plus de Sérénités ici.

— On ajoutait, reprit tranquillement Juddefelt, que le syndic était un étranger séditieux, qui avait fait tout le mal possible aux catholiques, et que, sous prétexte d'une ambassade, il emportait dans son bagage beaucoup de bons petits trésors pillés aux églises.

— Vous calomniez mon père, s'écria Nettie.

— Ce n'est pas moi qui parle, demoiselle. Je vous rapporte les rumeurs qui circulaient parmi les confédérés. Si bien qu'une de leurs patrouilles l'arrêta. On le conduisit à Iburg, de là à Fastenaw, où le drossard Évrard de Morring fut chargé de le garder.

— Voilà la faute, s'écria Antoine Cruse, on ne se laisse pas arrêter.

— Du moins, riposta Buxtorf, on ne se laisse pas prendre.

— Tout le monde n'a pas votre force, Bernard, dit l'ancien échevin.

— Et quand on est pris, ajouta Kiliau, on ne reste pas en prison.

— Si on peut en sortir, répliqua Juddefelt.

— Mais le sénat l'a fait réclamer, hurla Kibben-broch.

— C'est là le malheur.

— Comment! le malheur! dit un charcutier qui siégeait à l'illustre assemblée, le sénat n'est-il plus rien?

— C'est peut-être parce qu'il est encore quelque chose que notre syndic a été retenu. Les amis du prince ont dit que nos sénateurs actuels étaient des intrus, des hommes de rien, des rebelles.

— Vous nous outragez, interrompit un marchand de cuirs, qui ornait aussi son enseigne de la toque de sénateur.

— Je n'insulte rien du tout, puisque ce n'est pas moi qui parle. Jean de Wyck était donc honnêtement en prison dans la maison d'Évrard de Morring, qui le gardait sous serment, et qui avait l'humanité de le distraire toute la journée et de le faire manger avec lui. Un jour qu'ils jouaient ensemble au petit palet, deux hommes arrivent de la part du prince. Le premier remet au drossard un paquet qu'il ouvre. Jean de Wyck le voit pâlir et lui demande ce qui le trouble.

— Lisez vous-même, répond Évrard toujours

humain et toujours poli. Il lui passe la lettre. C'était un ordre formel de faire immédiatement trancher la tête au prisonnier.

— Oh! mon Dieu! s'écria convulsivement Nettie, ils n'auront pas eu cette lâcheté.

— Attendez, demoiselle, vous allez savoir le reste. Quant à ce qui est d'une exécution, nous vivons dans un temps et dans un pays où ce n'est pas chose si rare.

— Mais ne me faites pas souffrir plus long-temps. Dites-moi au moins tout d'un coup, je vous en prie, où est mon père et quand je le reverrai.

— Où il est présentement, demoiselle, je n'en sais rien précisément. Je vais vous dire tout ce que j'en sais; et quant à le revoir, j'espère qu'il plaira à Dieu de vous l'accorder un jour.

— Mais soyez moins long, dit Mollenbeck d'une voix suppliante.

— Je disais donc, reprit l'échevin, que le drossard Évrard de Morring remit la lettre du prince à Jean de Wyck, et que cette lettre était un ordre de mort. En la lisant, le pauvre syndic tomba évanoui. On le conçoit. Pendant qu'on lui prodiguait des soins pour lui faire reprendre connaissance, Évrard fut informé que l'homme qui accompagnait le courrier était un bourreau. Tout était donc prévu, et on ne pouvait guère reculer. — Il faut, disait tristement le drossard, que cet infortuné ait eu de grands torts, et que le prince sache de lui des choses que nous ignorons.

Le patient cependant revient de sa défaillance, sollicite un délai et demande à se défendre.

— Rien de tout cela n'est en mon pouvoir, répond Évrard en gémissant; car il s'intéressait à son prisonnier.

— J'ai le droit, reprit Jean de Wyck, d'être présent à mon jugement, et on ne peut me condamner qu'après avoir entendu ma défense.

— Vous parlez là, répondit Évrard, des usages de la paix. Ce n'est plus cette jurisprudence qu'on suit, lorsqu'on assiége ou qu'on est assiégé. Munster, vous le savez bien, n'y met pas plus de formalités que nous.

Pardon, demoiselle, si je vous fais de la peine, dit le narrateur en s'interrompant et se tournant vers Nettie; mais vous devez tout savoir.

— Oh! je vous en conjure, achevez, répliqua vivement la jeune fille.

— Évrard ajouta que, dans les jugements militaires, on avait l'habitude d'aller vite. — Aujourd'hui, dit-il avec émotion, je regrette pour la première fois d'être soumis à ce devoir de l'obéissance.

— Quoi! s'écria le syndic, vous exécuterez cet ordre? vous m'assassinerez en secret?

— L'exécution d'un jugement n'est pas un assassinat. Mais, en effet, l'ordre porte qu'on vous tranchera la tête en secret.

— Et vous obéirez?

— Avec un profond regret. Mon serment m'y

force. Cependant je ne m'attendais pas à cette dure extrémité; et l'intérêt que je vous porte m'ordonne de vous rappeler qu'il est temps de songer à votre âme. L'éternité est devant vous.

Le drossard avait fait appeler le curé de la paroisse, qui est demeuré catholique. Jean de Wyck ne voulut pas s'en laisser approcher. Il s'irritait, puis pleurait et criait qu'on lui faisait violence. Quand l'heure fixée sonna, le bourreau, qui ne s'était pas éloigné de sa proie, tira son large coutelas. Le condamné abattu se laissa bander les yeux; sa tête tomba un moment après...

— Oh! Dieu! il est mort, interrompit Nettie avec un cri déchirant.

— Oui, demoiselle; et au lieu même où la tête est tombée, on a fait un grand trou où on l'a enterrée avec le corps...

Mais Nettie n'entendait plus; elle s'était affaissée sans mouvement. Par les soins de Mollenbeck on l'emporta à la maison désolée que son père ne devait plus revoir; et la foule allait se disperser tristement, lorsque toutes les attentions se tournèrent de nouveau vers le tertre aux harangues.

Jean de Leyde venait d'y monter, et sa figure était inspirée.

On voyait à quelques pas de lui le vieux Juif, Divarre, la petite Timmermens, Buxtorf, Kiliau, Antoine Cruse, Hilla Phey, Rachel et quelques autres personnages du mouvement, qui semblaient tous, à leur air composé, attendre quelque grand mystère.

Jean leva longuement les yeux au ciel, passa la main sur son front, comprima de profonds soupirs; puis il dit d'une voix ferme et d'un regard assuré :

— Je viens ici, envoyé par le Père et son organe soumis, n'étant rien de moi-même, mais poussé par l'esprit, rassurer les enfants de Sion.

Les désastres qui ont éclaté sous vos yeux, et ceux dont le récit vient d'attrister vos oreilles, ne se sont accumulés que par le juste jugement de Dieu.

Ce que la parole mise en ce moment dans ma bouche va vous dire de Mathys vous expliquera tout le reste.

Mathys vivrait encore; il eût vaincu, il eût dispersé les assiégeants, il eût conquis la couronne, s'il avait rapporté à Dieu et non à sa propre force le prodige qu'il tentait, s'il avait cherché la gloire du Père et non sa propre gloire, si, comme Judith, il se fût armé, avant le combat, de nos prières et de nos jeûnes.

Mais il a été superbe et vain, et il est tombé sous la hache d'un impie.

Frères, huit jours avant ce châtiment, le Père me l'avait dévoilé, comme je méditais la sainte loi de Dieu, au lever du soleil.

Mes sens succombèrent à un engourdissement qui m'assoupit. Dans cette espèce de sommeil, je vois accourir à moi, la bouche écumante et la hache levée, ce même soldat qui a renversé votre prophète.

L'épouvante se saisit de mon âme, et je veux fuir. Mais l'ange du Père m'arrête :

— Où vas-tu ? me dit-il ; la hache de ce Philistin ne menace pas ta tête ; elle ne frappera que celle de Mathys, ton collègue.

Je tombe à genoux, demandant grâce.

— Demeure en silence, reprend l'ange, et n'oppose rien aux décrets du Très-Haut. Laisse l'homme vain marcher dans sa voie. Quand le jugement de Dieu aura été accompli sur le superbe, tu épouseras sa femme, et tu vaqueras fidèlement à tes importantes fonctions.

Je me réveille alors.

Le commandement — d'épouser la femme du prophète — ne m'étonne pas moins que l'ordre de me taire. — Pour avoir un irréprochable témoin d'une révélation si grave, — j'en confie aussitôt le secret à Knipperdoling, votre consul. — Il peut m'appuyer de sa parole sincère.

Knipperdoling se lève, atteste la vérité du fait, précise le moment et le lieu de cette confidence et confirme tout par serment.

Les auditeurs, à l'instant, tombent à genoux devant Jean de Leyde, qui est pour eux l'envoyé de Dieu.

Il ajoute bientôt que Jean de Wyck, Rollins, Bast-Wilhelm et les autres sont morts pareillement pour avoir cherché leur fortune ou leur gloire, et non l'honneur du Père.

Puis, s'adressant à Knipperdoling et lui présentant une grande épée :

— Frère, lui dit-il, voici le glaive qui t'a été promis par le Très-Haut. Ta main le recevra ; et ce sera toi, le premier magistrat de notre république, qui frapperas désormais ceux qui s'élèveront contre Dieu, sa loi et son prophète.

Ainsi les rôles étaient tracés. Jean de Leyde se faisait reconnaître prophète en titre ; et Knipperdoling, promulgué premier magistrat de la nouvelle Sion, réunissait en sa personne la plénitude du pouvoir exécutif.

Il reçut avec joie la dignité de bourreau ; et, dans cette fonction, quatre aides lui furent donnés.

Toutes ces scènes sont de l'histoire un peu excentrique ; mais c'est de l'histoire pure : la légende n'imaginerait rien de tel.

Après ce qui vient de se passer, Jean tombe en extase ; et, parmi les chuchotements animés qui bourdonnent autour de lui, on n'entend que des cris d'admiration lancés à voix basse.

Il sort de la syncope où le peuple l'a vu affaissé ; mais il en sort frappé de mutisme, comme autrefois le saint patriarche Zacharie. C'est que, comme lui, il a vu un ange.

Il demande, par signes assez clairs, de quoi écrire ; on lui apporte avec empressement une plume, de l'encre, du papier ; il écrit que l'ange du Seigneur lui a retiré la parole pour trois jours.

Et là-dessus il s'en va en silence dans sa maison, où il s'enferme, suivi seulement de Timmermensche.

Le Juif reconduit Divarre, qui paraît muette aussi ; et peu à peu la foule se disperse.

Pendant ces trois jours, par une coïncidence qui servit singulièrement le prophète, les assiégés, divisés de petites querelles intestines, ne firent pas un mouvement ; de sorte que la ville regardait Jean comme un Sauveur, lorsqu'il reparut.

Il ouvrit la bouche, et ses premières paroles furent celles de Zacharie, à qui il s'assimilait :

— Béni soit le Seigneur, le Dieu d'Israël, parce qu'il a visité et racheté son peuple.

Frères, dit-il ensuite, vous allez entendre la parole du Père. Un régime nouveau vous est donné ; au nom du Père qui le prescrit ainsi, le sénat est cassé ; vous serez gouvernés maintenant par douze anciens dont le ciel me révèle les noms.

Alors, levant les yeux, comme s'il lisait là-haut, dans les plaines du firmament, la liste des douze gouverneurs, il nomme Herman Tillbeck, qui entend en pleurant de joie l'honneur qu'on lui fait ; Gerlach de Wellen, qui paraît surpris plus que flatté de son élévation ; Eschman de Warendorp, Bilderbeck de Coesfeld, Lambert de Liége, et sept autres ; que Rothmann, se levant, proclame saints, illuminés et purifiés.

Ils s'avancèrent tous successivement devant le prophète, qui devait leur donner l'investiture. Il le fit, en remettant à chacun d'eux une épée, avec cette formule, qui fut la même pour tous :

— Reçois le droit de glaive, que le Père te confie, et sers-t'en pour couper, selon l'ordre de Dieu.

Après cette cérémonie, toute la ville se mit à genoux et chanta le *Gloria in excelsis*.....

Et le soir de ce même jour, le prophète épousa Divarre, dont le deuil avait été un peu court. Elle paraissait satisfaite.

Elle fut reçue dans la maison de son second époux par la petite Timmermensche, que la polygamie n'effarouchait pas.

Le lendemain, Jean assembla l'église, c'est-à-dire le peuple, et fit rédiger par les anciens, au nom de la sainte communauté de Munster, une charte de lois morales, composée de onze articles.

Il y fut défendu de maudire Dieu et son nom, de mépriser les juges, d'offenser son père ou sa mère, de désobéir à son mari, de se révolter contre ses maîtres, de faire rien d'impur, de voler, de thésauriser, de mentir, de calomnier, de murmurer, de se disputer, de dire des paroles inutiles.

Tous ces délits étaient uniformément punissables de la peine de mort.

Si cette sanction universelle nous étonne, n'oublions pas qu'on a vu chez nous quelque chose de semblable en 1793, où, pendant quelque temps, la peine de mort menaça jusqu'à ceux qui altéraient en le reproduisant un discours de tribune.

Le jour suivant, car on allait vite, on rédigea les lois de police. Tel en était le préambule :

« Nous, les anciens de la communauté de Christ, » dans la sainte cité de Munster, appelés et consti- » tués par la grâce de Dieu, très-haut et très-puis- » sant, voulons que les articles suivants soient fidè- » lement et inviolablement observés par chacun des » vrais Israélites, habitants de la maison de Dieu. »

Pendant qu'on lisait tout haut ces paroles, rien n'était triomphant comme la figure du juif Isaac, qui voyait poindre à chaque instant un peu plus l'aurore si désirée de son nouveau règne d'un nouveau Salomon. Les articles de ce nouveau code semblaient dictés par lui. Celui-ci, par exemple, ramenait le judaïsme :

« Chacun se conformera à ce que la sainte Écriture ordonne ou défend.

» Silence et modestie pendant les repas. On y lira l'Ancien Testament. »

On établit ensuite que six anciens tiendraient leurs assises tous les jours, deux heures le matin et deux heures l'après-midi, pour juger les différends ; que les patrouilles de nuit seraient présidées par un ancien, afin que Dieu fût avec les rondes ; qu'on ne porterait pas d'habits décousus et déchirés, et qu'on n'introduirait pas de nouvelles modes.

Knipperdoling n'était pas négligé. C'était à lui

qu'on devait remettre ce que laissaient les morts,
afin qu'il en fît la répartition.

« S'il vient à Munster un homme d'une autre religion, les anciens seuls pourront converser avec
lui; et il devra être examiné par Knipperdoling. »

On voit que ses fonctions étaient variées. Il rentre
dans son office capital à l'article suivant :

« Dans le cas d'une simple accusation, l'affaire
est portée devant les anciens. Mais si quelqu'un est
surpris en flagrant délit, il sera puni aussitôt par
Knipperdoling, le porte-épée. »

Voici maintenant pour le prophète :

« Ce que les anciens décideront, pour l'utilité de
la nouvelle république, sera proposé au peuple par
Jean de Leyde, le fidèle ministre du Très-Haut. »

C'était là un acheminement à la royauté.

Peu de temps après que tout fut préparé ainsi,
Eschman de Warendorp, que Jean avait nommé
l'un des douze gouverneurs, et qui n'abandonnait
pas ses prérogatives de sous-prophète, car il exerçait la prophétie en même temps qu'il était orfévre,
avant d'être ancien, Eschman donc assembla le
peuple, en annonçant une révélation de la plus
grande portée, et de laquelle dépendait le salut de
la communauté de Christ.

« Frères très-chrétiens, dit-il, le Père m'a révélé,
en m'ordonnant de vous en apporter la nouvelle,
que Jean de Leyde, l'homme de Dieu et votre prophète, est marqué par lui pour régner sur toute la

terre, pour commander aux empereurs, aux rois, aux margraves et aux princes, pour relever le trône de David et porter son sceptre jusqu'à ce que Dieu le lui redemande. »

Cette communication étrange fut accueillie par le plus profond silence. Eschman ne s'en trouble pas; il passe devant les anciens, reprend leurs épées, les dépose aux pieds du nouveau monarque et lui présente la sienne en disant :

— Recevez le glaive de la justice, avec lequel vous soumettrez tous les peuples; et tenez-le de manière à rendre bon compte au Seigneur, lorsqu'il viendra juger les hommes.

Aussitôt Rothmann prend son parti, se lève, et, tirant de sa poche une fiole d'huile parfumée, il la verse sur la tête de Jean, en s'écriant :

« Par l'ordre formel du Père, je vous sacre roi du nouveau temple et du peuple de Dieu; et, en présence de toute cette nation assemblée, je vous proclame roi de la nouvelle Sion. »

Jean s'était laissé faire en silence. Dès qu'il fût sacré, il tomba à genoux et fit cette prière :

— O Père, je n'ai ni l'âge, ni la gravité, ni la science que réclame la royauté. Envoyez votre sagesse, afin qu'elle soit avec moi.

Frères, reprit-il en se levant, depuis long-temps Dieu m'avait révélé ce qui vient d'avoir lieu. Mais je me taisais, attendant que l'esprit suscitât un frère qui m'imposât le fardeau dont vous me voyez accablé. Je dois me soumettre à la volonté du Très-Haut.

.Quoiqu'en ce moment le Juif et ses autres amis travaillassent la multitude, ce peuple appesanti avait si peu prévu la brusquerie de cette inauguration, qu'au lieu de cris d'enthousiasme, qu'on attendait, on ne pouvait guère discerner dans les rumeurs de l'assemblée que des murmures. Jean fit bonne contenance

— S'élèverait-on ici contre les décrets du Père? dit-il. S'il a révélé autrement à l'oreille de quelque frère, qu'il parle ; nous l'écouterons.

Personne n'osa dire un mot.

— Déclaré roi par le Père, reprit-il, je le suis, le monde entier dût-il s'y opposer ; et seul contre une armée je n'ouvrirais pas à la peur les portes de mon âme. A moi donc l'empire de cette cité et l'empire de la terre ! Qu'en ce moment les frères se séparent ; dans trois jours vous saluerez votre roi sous la couronne.

XVI.

LES QUATRE REINES.

voici les jours nouveaux marqués par la victoire.
VOLTAIRE, *Mahomet.*

Le Juif reconduisit Eschman de Warendorp, que beaucoup d'honnêtes bourgeois regardaient de travers, mais que personne toutefois n'osait heurter dans ses priviléges de sous-prophète. Isaac entra avec lui dans sa maison, et lui dit gravement :

— Le Père, qui vous a honoré de ses plus glorieuses révélations, ne vous a pas choisi au hasard. Ce qui se passe, mon fils, me reporte en pensée aux beaux jours où Moïse fit faire l'arche d'alliance par d'habiles ouvriers que Dieu même lui désigna, et qui, comme vous, savaient travailler l'or. Je revois encore là le règne-modèle de Salomon, où des hommes inspirés conduisaient et dirigeaient les splendeurs du temple. Mon fils, vous allez faire de vos mains la couronne du nouveau roi. Cette œuvre immortalisera votre nom. Vous la ferez radiale comme le soleil, ouverte comme le firmament ; elle doit embrasser le monde, le couvrir et le protéger. Vous ornerez le cercle d'or fin de douze pierres

précieuses, en l'honneur des douze anciens; vous
les surmonterez également de douze obélisques
d'or. En même temps vous allez fondre et ciseler
quatre petites couronnes, à seize rayons peu élevés,
pour les quatre premières reines. Et si la parole du
Père est sainte à votre cœur, tous ces ouvrages d'or-
févrerie seront prêts dans trois jours, et ils seront
dignes de l'ouvrier.

Eschman, qui avait écouté fort attentivement d'a-
bord, interrompit Isaac :

— Je ne vous comprends plus très-bien, dit-il,
vous me parlez de quatre reines, je n'en connais
que deux, Timmermensche et Divarre.

— Nous voici revenus, mon fils, au règne du fils
de David. Il nous faut une cour des temps anciens.
Avec deux reines seulement, le nouveau Salomon
ne brillerait pas plus que le landgrave de Hesse,
flanqué de ses deux femmes. Deux autres femmes
couronnées vont être honorées du choix de notre
roi, et le nombre des reines ne s'arrêtera pas là.

Eschman se tut avec admiration. Le Juif le quitta
aussitôt pour aller féliciter la majesté nouvelle.

Jean sentait sa situation; il était occupé déjà à
créer des dignitaires, excellent moyen, dans tous
les temps, de s'attacher les hommes dont l'esprit
n'est pas dévoué de prime-saut à la pensée monar-
chique. Il proclamait celui qu'il devait le plus ménager, Knipperdoling, son lieutenant et son second, Kibbenbroch, son grand-maréchal du palais,

Herman Tillbeck, grand-maître de sa maison ; car il lui fallait une maison ; Klopriss, qui lui était vendu, intendant de sa cour ; Christophe de Waldeck, son capitaine des gardes ; Kiliau, son ministre de la guerre ; Antoine Cruse, son ministre de la police ; Eschman l'orfévre, son chef de justice ; Buxtorf, général en chef du siége ; Rothmann, président du culte et archiprédicant.

Il nomma encore un censeur des mœurs, un échanson, des écuyers tranchants, des gentilshommes de la chambre, un maître de musique, un officier prégustateur, chargé de s'assurer d'avance de tous les mets et de tous les liquides que l'on servait au roi. C'était une mesure de sûreté contre la peur de l'empoisonnement.

Toutes ces promotions furent connues le soir même ; elles produisirent l'effet qu'on en devait attendre. Les nouveaux fonctionnaires se déclarèrent fermement pour le nouvel ordre de choses, et l'espoir d'obtenir les autres places échauffa tous les ambitieux.

Une cour brillante flattait d'ailleurs les citadins, d'autant qu'on parlait de la faire beaucoup plus éclatante et infiniment plus digne que celle de l'empereur. Chose ordinaire, quoiqu'elle semble étonnante : le peuple, qui avait semblé froid, deux heures auparavant, lorsqu'on lui avait inopinément donné un roi, illumina partout dès que la nuit fut venue.

Divarre et Timmermensche, amies comme deux
sœurs (elles le semblaient du moins), entendirent
avec joie le vieux Juif leur annoncer qu'elles seraient couronnées en même temps que leur époux
royal. Dans l'ivresse où les jetait leur avénement,
elles ne s'attristèrent même pas de ce qu'il ajouta,
que le roi devait paraître — dans cette grande cérémonie — entre quatre têtes couronnées, et que
par conséquent — elles auraient deux autres compagnes.

Jean, à qui le Juif exposa toute sa pensée, reconnut que cet homme d'expérience avait de très-
grandes idées pour les pompes publiques; et il le
chargea d'une double mission auprès des deux jeunes femmes qu'il fallait adjoindre à Divarre et à
Timmermensche.

Le lendemain fut pour toute la ville un jour de
joie. Les têtes se montaient de manière que tout
allait être permis à Jean. Rothmann, Norden et les
prédicants anabaptistes annonçaient partout, de concert, qu'il était le libérateur promis et le domina-
teur prédestiné de la terre entière. Ils prêchaient
en même temps, sans détour, la polygamie, qui devait être désormais une doctrine de l'État. Les
femmes honnêtes et les bourgeois qui avaient conservé quelque sentiment de pudeur s'élevaient bien
un peu contre un tel bouleversement. Mais ils le
faisaient tout bas, attendu que, la liberté du divorce
venant à côté de cette licence, dans les choses per-

mises à tous, les masses se rangeaient avec bruit du côté de l'opinion royale.

Le même jour, le monarque donna une sanction nouvelle à la doctrine de ses prôneurs. Il épousa une troisième reine, l'héroïque Hilla Phey, qui, radieuse de beauté, élégante de langage, dévouée dans une foi robuste au prophète couronné, se para pour de si glorieuses noces avec une extrême magnificence.

Comme Rothmann bénissait son union avec Jean, on entendit subitement tirer le canon. L'assemblée crut d'abord que c'était une noble galanterie de Kiliau ou quelque politesse de Buxtorf. Mais on ne tarda pas à savoir que cette manifestation inopinée n'avait pas une si flatteuse origine; elle était due aux assiégeants, qui profitaient du beau temps pour donner un assaut.

Tout le monde courut aux remparts. Jean, que distinguait un costume éclatant, organisait de toutes parts la défense, avec une autorité et une précision qui faisaient dire à tous qu'on ne ferait pas reculer celui-là. Les femmes mêmes, sentant en quelque sorte qu'elles étaient toutes appelées à devenir reines, allaient aux murailles comme des lionnes, lançant aux assaillants des projectiles enflammés, pendant que les canons bien servis des anabaptistes vomissaient sur les confédérés des flots de mitraille. Les auxiliaires du prince ne s'étaient pas attendus à une telle réception; leurs soldats abîmés se débandaient. On sonna la retraite, remettant l'assaut au lendemain, avec toutes les forces du siége rassemblées.

Jean s'en revint fièrement à son festin de noces, comme s'il n'en avait été dérangé que pour une partie de plaisir. D'un autre côté, dans tous les camps qui bloquaient la ville, pour exciter les corps alliés à bien combattre, on prodigua le vin aux soldats. On fit savoir partout en secret qu'un assaut général aurait lieu le lendemain matin, à la première lueur du jour. Ce que les soldats virent de plus clair dans ces dispositions, c'est qu'on leur donnait à profusion de bons vins vieux, qu'ils fêtaient largement. Quelques heures après, toutes les braves phalanges confédérées se trouvaient ivres et plongées dans un profond sommeil. Si les voyants de Munster l'avaient su, par quelque révélation utile à leur cause, ils auraient pu dans cette soirée terminer la guerre.

L'esprit les servit pourtant. Nous n'entendons pas comme eux l'esprit d'en-haut. Quoi qu'en disent les hommes que le doute a frappés de cécité, il est bien clair que plus d'un esprit invisible se mêle aux choses de ce monde. L'un des chefs très-célèbres de la philosophie qui étend aujourd'hui ses filets obscurs sur tant d'intelligences pipées, Schelling, dans sa Satanologie, établit parfaitement, à travers les erreurs de sa visière louche et gâtée, que Satan est pour beaucoup dans ce qui se fait ici-bas parmi ceux qui désertent la bannière des enfants de Dieu. Sans doute cet esprit puissant ne perdait pas de vue alors des peuples abandonnés à leurs sens réprouvés ; et c'était avec joie qu'il secondait celui que le Juif appelait le nouveau Salomon. Voici ce qui advint.

Dans le camp où dormaient les soldats de la Gueldre et du pays de Juliers, on avait bu plus vite, ou l'on dormait moins que dans les autres agglomérations de tentes germaniques ; car tous ces hommes s'éveillèrent au bout de quelques heures. Le crépuscule du soir régnait encore ; mais il allait s'affaiblissant, et depuis long-temps déjà le soleil était couché. Les chefs, qui n'avaient pas été plus sobres que leurs subordonnés, se frottent les yeux, prennent la lueur douteuse qui les éclaire encore un peu pour le petit point du jour ; ils se sentent animés, ils ne veulent pas que le moindre délai attiédisse l'armée ; ils la font lever partout en confusion, et sur tous les points on court vivement à l'assaut. Les assiégés, prévenus par un transfuge, ne pouvaient plus être surpris ; leur ivresse de la journée ne s'était pas éteinte dans le sommeil ; l'esprit les poussait ; ils maltraitèrent tellement l'ennemi, qu'en un moment le pied des remparts fut jonché de blessés et de morts ; et, à la grande surprise des buveurs assiégeants, la nuit vint aussitôt. — La ville n'avait perdu que quatre hommes.

Tout Munster regarda ces deux victoires remportées en un jour comme un double miracle. On se crut désormais invincible, et la royauté fut cimentée dans l'esprit du peuple.

Le monarque prophète ne perdit rien de cet enthousiasme. Il ordonna le lendemain matin une sortie, où Kiliau réhabilita sa gloire, car il culbuta les postes avancés de l'ennemi; il détruisit leurs travaux de siége, il leur encloua dix-sept pièces de canon, et il rentra avec tous ses hommes.

En même temps qu'il accomplissait ce fait d'armes, Bernard Buxtorf, voulant honorer aussi son élévation, sortait de la ville par une autre porte et se présentait seul devant les lignes alliées, l'armet sur l'oreille, défiant les assiégeants au combat. On connaissait bien cet homme formidable, qu'on appelait, comme nous l'avons dit, le Goliath de Munster. Un vaillant capitaine badois accepta pourtant son défi; mais le combat ne fut pas long. Le voyant tué, un autre chef s'irrita et vint tomber comme lui; un troisième furieux se crut plus sûr de ses armes. Au bout de quelques minutes, il était mort.

L'effroi se mit dans les rangs des confédérés; personne n'osa plus en sortir. Buxtorf rentra donc fièrement, et l'on rapporte que plusieurs jours de suite il fit de pareilles sorties et offrit de semblables cartels, tuant, sans jamais le manquer, tout homme qui venait seul se mesurer avec lui; mais se retirant lorsque plusieurs adversaires se présentaient ensemble.

La matinée du second jour de la royauté ne fut

donc marquée que par des triomphes. Le soir devait avoir ses nuages.

Le monarque avait besoin de ses quatre reines. Après qu'on eut célébré les victoires des saints, il envoya ses gardes à la maison de Jean de Wyck. — On en vit sortir sous un dais l'éclatante Nettie. — Destinée à devenir la compagne de Divarre, elle avait aussi promptement qu'elle repoussé les vêtements et les pensées de deuil, oublieuse de son père devant les grandeurs, comme l'autre l'avait été de son mari. Séduite par le titre de reine, elle reniait Henri, qui en ce moment ne soupçonnait rien de tel et peut-être rêvait à la jeune fille.

Elle marchait, parée avec soin, avec recherche, entre les gardes du roi, dont le costume rouge et bleu formait un brillant coup d'œil.

Elle arriva au palais de l'Évêque, devenu la demeure du souverain. Rothmann l'attendait-là pour fonctionner à sa manière et bénir encore ce mariage ; car cet homme bénissait. Il le disait du moins.

Mais, pendant la cérémonie qui lui enlevait sa fiancée, Henri Mollenbeck, alors occupé à sa forge, fut averti par une voix empressée de ce qui avait lieu. — Il ne put le croire d'abord. — Lorsque le doute cessa pour lui d'être possible, il chercha des excuses à Nettie et s'imagina, l'honnête garçon, qu'on lui avait fait violence, qu'on l'avait enlevée, que sans doute elle implorait son aide. — Il

courut chez ses jeunes amis, rassembla deux cents
mécontents, les arma et leur fit jurer de le seconder
dans son projet, qui consistait à séquestrer Jean de
Leyde, Knipperdoling, Klopriss, Rothmann et les
autres prédicants polygamistes, à délivrer Nettie,
à rétablir le sénat, à remettre la ville sous l'obéissance de l'Évêque.

Avant d'agir, ils font prévenir le prince de tenir
son armée prête le lendemain matin ; ils hâtent leurs
dispositions, polissent leurs armes, puis, à minuit,
ils se lancent sans bruit, s'emparent du roi, de son
lieutenant, de quelques autres, les constituent prisonniers. Ensuite ils cherchent Nettie ; ils la trouvent ; mais elle ne veut pas être délivrée, elle les
accable de reproches et tourne le dos à son fiancé.

Le pauvre Henri, au désespoir, croit la jeune
fille charmée par magie, quand elle ne l'est que par
ambition. Il est entraîné à la poursuite de son œuvre,
et, le cœur préoccupé, il assemble le peuple au point
du jour ; il annonce à la foule ce qu'il a fait. Mais,
à son grand désappointement ; personne ne se déclare pour lui ; et bientôt deux factions sont en présence : d'une part les amis des vieilles mœurs, de
l'autre les partisans du roi et de ses licences. Ces
derniers sont les plus nombreux de beaucoup. Henri
et ses amis, repoussés, se réfugient dans l'Hôtel-
de-Ville ; ils s'y barricadent, pendant que Buxtorf
délivre le roi et vient avec lui assiéger les rebelles
dans la maison commune. Le canon, pour première

sommation, en brise les portes et les fenêtres. Obligés de se rendre à discrétion, les compagnons de
Henri demandent grâce. Par malheur, Nicolas Det-
mer, l'un d'eux, est trouvé nanti de quatre mille
florins. Il confesse, à la question, les avoir dérobés
au trésor public; il avoue de plus que le projet des
révoltés était de livrer la porte de Saint-Ludger au
Prince-Évêque. Tout le monde, ou du moins tous
ceux qui hurlent dans les tumultes, demandent leur
mort.

Henri Mollenbeck et vingt-quatre autres sont fu-
sillés sur-le-champ. Knipperdoling en décapite
soixante-six autres, auxquels il réunit trois bons
bourgeois qui, sans avoir pris les armes, se permet-
taient des remontrances contre la polygamie. On
épargna le reste des insurgés, lorsqu'ils eurent
prouvé qu'ils avaient été enrôlés par leurs amis, et
que de leur chef ils n'avaient rien prémédité.

Aussitôt après ce massacre, Buxtorf, pour ôter
au prince l'espoir que les révoltés lui avaient fait
concevoir, fit avec Kiliau une sortie par la porte de
Saint-Ludger. Les assiégeants, qui s'étaient attendus
à autre chose, reconnurent que l'entreprise avait
échoué et reculèrent sans combattre.

Alors, ce même jour ayant été fixé pour le couronnement de Jean, on procéda sans différer à cette
grande cérémonie. Tous les officiers de la cour escortèrent leur roi à la place du palais; ils étaient vêtus
de riches étoffes; mais on remarquait facilement que

leurs belles robes provenaient de la dépouille des
églises. Les quatre reines se prélassaient, ornées
avec splendeur, la tête couverte de couronnes de
fleurs. Le roi marchait devant elles, couronné d'une
branche d'olivier. Il avait, sur un somptueux vêtement d'or et de soie, une chaîne d'or, à laquelle
pendait un globe d'or percé de deux épées et portant cette inscription : *En toutes choses roi de justice.*
Le fourreau et la poignée de son épée étaient d'or,
ainsi que ses éperons. Son sceau, très-pesant, porté
par Klopriss sur un coussin de velours, avait pour
armes deux épées en sautoir avec la légende : *Sceau
du roi du nouveau temple.*

Jean ne faisait plus rien sans sa musique ; elle
l'accompagnait partout ; elle l'endormait et l'éveillait.
Elle devait se distinguer à son inauguration solen-
nelle.

Eschman, quand toute la cour fut assise aux places assignées, apporta la couronne du roi. Elle était
splendide. Ses douze pointes radiales fort élevées
brillaient de pierreries étincelantes. Au moment où
Rothmann la lui eut mise sur la tête, les gardes
élevèrent le monarque sur un grand pavois, à la
manière antique ; des fanfares éclatèrent, le canon
tonna, et toute la foule se jeta à genoux. Le roi fit
signe qu'on eût à se relever pour le couronnement
des reines.

Les quatre diadèmes étaient prêts aussi ; quatre
chambellans les portaient sur des coussins de soie

bleue. On salua d'une fanfare les quatre reines à la fois. Norden et deux autres ministres en second couronnaient la petite Timmermensche, Hilla Phey et Nettie, pendant que Jean de Leyde, lui-même, couronnait de ses mains l'heureuse Divarre, avec plus d'apparat et des égards plus grands, comme la veuve illustre du prophète Énoch.

Le roi se plaça ensuite sur son trône, entre ses quatre femmes couronnées, et reçut les hommages : spectacle, disent les historiens, qui charma la multitude par son appareil théâtral.

Le reste de la journée, qu'une sanglante exécution avait commencée si cruellement, se passa dans les fêtes.

XVII.

LA JUDITH WESTPHALIENNE.

> Et souvent la perfidie
> Retombe sur son auteur.
>
> LA FONTAINE.

Dans de telles circonstances, le Prince-Évêque, reconnaissant qu'il n'avait pas assez de forces pour abattre une ville si déterminée, sentant combien l'esprit de l'ordre doit déployer d'efforts pour com-

primer l'esprit du mal, lorsqu'on l'a laissé s'épa-
nouir, comprenant de plus en plus l'immense faiblesse, à forces égales, des causes qui veulent conserver contre les causes qui veulent démolir, le
Prince-Évêque était tenté d'abdiquer aussi. Mais on
lui représenta que l'homme de bien devenait le
complice du crime en reculant devant lui; et il reprit
courage.

Cependant l'effectif des troupes diminuait tous les
jours; l'argent manquait au camp. Il écrivit à tous
les princes des pays voisins, leur demandant de
l'argent et des hommes dans l'intérêt commun; il
ne reçut que de vagues promesses, accompagnées
de remarques critiques sur les désordres qui se ma-
nifestaient dans les rangs des confédérés et sur les
fautes de leurs manœuvres. C'est toujours ainsi que
ceux qui ne font rien veulent couvrir l'égoïsme qui
les fait s'abstenir, en censurant des efforts qu'ils ne
secondent pas.

Abandonné à ses ressources et au petit nombre
de confédérés qui lui restaient, le prince se jeta
donc, selon l'usage, dans toutes sortes d'expédients. On en cite plusieurs qui amenèrent peu de
résultats. Un ingénieur, nommé Overkampf, lui
proposa enfin de construire un môle de terre devant les remparts, et de l'élever assez haut pour
dominer toute la ville et la foudroyer. On mit à
l'œuvre tous les paysans. On dévasta la campagne
pour en élever la terre, ce qui confondit pour long-

temps toutes les propriétés dans un rayon très-
étendu, et on créa péniblement une montagne factice. Lorsqu'on la crut suffisamment forte, on y
construisit des tours de bois. Mais alors les assiégés,
qui avaient tout vu sans se troubler et n'avaient pas
voulu inquiéter les travailleurs, firent pleuvoir tout
d'un coup, de toutes leurs batteries, une grêle de
boulets qui mirent les tours en débris, détruisirent
le môle et tuèrent une multitude d'infortunés.

Les confédérés prirent leur revanche d'un tel
échec en s'emparant d'un moulin à vent, dont les
anabaptistes avaient fait un bon fort. Il n'était qu'à
quelques pas en avant de la porte de Saint-Maurice, qu'il protégeait puissamment, et une nombreuse garnison l'occupait. Elle fut, en manière de
représailles, passée au fil de l'épée.

Ce petit fait d'armes irrita les assiégés. Ils
voyaient bien que leur prince ne se lassait pas sitôt
qu'ils l'avaient espéré. De leur côté, ils firent partir
des émissaires chargés d'aller au loin solliciter des
secours, quoiqu'ils sussent bien que les désastres
arrivés à leurs auxiliaires des Pays-Bas, que le baron de Teutenberg avait exterminés, dussent un
peu refroidir le zèle de leurs partisans. Mais ils es-
péraient dans les promesses de leur roi. Il annonçait avec assurance de grands mouvements pour la
cause de la communauté de Christ, à l'orient et à
l'occident.

Sur ces entrefaites, par une belle matinée de

mai, une idée extraordinaire jaillit dans une jeune
tête de Munster. Une femme, qui déjà plus d'une
fois avait offert de se dévouer, une femme jeune et
belle, favorisée par l'esprit, possédée d'une foi sans
limites pour son prophète, l'une de ses femmes au
reste et l'une des reines, Hilla Phey, après un mois
à peine de mariage, de royauté et de splendeurs,
se présenta magnifiquement parée devant Jean de
Leyde, siégeant en lit de justice au milieu de ses
grands officiers, et, se mettant à genoux sur les
marches du trône, elle surprit l'assemblée par une
proposition que personne n'avait prévue.

— Sire, dit-elle, Rothmann le très-vénéré nous
prêchait hier la femme forte. Il nous exposait la
vaillante action qui sauva Béthulie. Il nous démontrait qu'un autre Holopherne opprimait Munster.
Il nous représentait qu'il y aurait beaucoup de gloire
à délivrer la Westphalie de son tyran. J'ai relu, le
soir, dans le seul livre que les cœurs droits puis-
sent posséder, cette héroïque histoire. Je l'ai mé-
ditée. L'esprit alors m'a parlé, et il m'a dit que,
par la volonté du Père, je serais la Judith de notre
âge. Me voici prête à obéir.

Elle se tut en achevant ces mots.

— La chose est grave, répliqua le roi, après un
moment de silence solennel. Le Père nous en dé-
voilera les chances. Relevez-vous, reine Hilla, car
l'esprit est sur vous ; il vous grandit ; et vous domi-
nez vos compagnes.

Il fit un signe de bienveillance majestueuse a
Knipperdoling, et rentra aussitôt dans le palais, se
respectant trop pour régler cet incident en public.

Knipperdoling s'était approché d'Hilla; il lui prit
la main avec respect, la releva et la conduisit par
un couloir à la salle où Jean s'était retiré. Rothmann
quitta son siége aussitôt et suivit Knipperdoling.
L'entreprise importante qui venait d'être proposée
ne devait être décidée sans doute qu'entre ces trois
personnages.

Hilla, qui allait en être chargée, n'était au milieu d'eux qu'un être passif, subjugué, machinal,
— dont ils pouvaient à leur gré diriger les mouvements.

Elle déclara qu'elle était prête à tout sacrifier,
sa vertu même, pour tuer François de Waldeck.

— Le Père jugera l'intention, dit-elle dans son
fanatisme; il pardonnera toute faute en faveur du
mérite.

Ses trois auditeurs gardaient encore le silence.

— Votre main n'est pas faite à manier le glaive
ou la hache, dit enfin Knipperdoling. Par la séduction et par la parole, qui est une de vos grâces,
vous pouvez captiver Holopherne. Mais comment le
tuerez-vous?

— Par le poison, répondit vivement Rothmann;
c'est incontestablement le plus sûr moyen.

Et aussitôt (ce qui a fait croire qu'il s'attendait à
cette scène et que probablement il l'avait préparée)

il tira de la poche de sa cagoule une chemise du linge le plus fin.

— Ce vêtement, reprit-il, est imbibé d'un subtil poison : qui le revêtira ne pourra éviter d'en mourir, quelque remède qu'on emploie à le combattre. Si la Judith de Munster sait obtenir que François de Waldeck en fasse usage, — l'action est faite...

La pauvre jeune insensée était venue, la tête montée par l'esprit, sans réfléchir et sans prévoir. Elle comprenait bien à présent que sa petite main n'était pas de force en effet à couper une tête d'un coup de sabre. Elle réfléchissait aussi à la différence de position : l'Holopherne westphalien n'avait pas, comme l'autre, un damas pendu dans sa chambre ; le bon évêque ne portait pas d'épée. Il fallait donc se procurer une arme ; et puis elle se répétait encore qu'elle ne saurait pas la manier. Le poison, elle n'y avait pas trop songé. — Mais le poison, — comme Rothmann le présentait, c'était là un moyen qui surprenait et bouleversait tout d'abord ce qui restait de noble ou de généreux dans son cœur. Elle se trouva si émue, qu'elle se mit à trembler en silence. Si sa conscience ne la détournait pas encore du criminel projet qu'on lui avait soufflé, la peur l'arrêtait.

Un mot du roi pouvait seul mettre un terme à ses hésitations, et il est permis assurément de présumer qu'elle désirait alors qu'on la détournât de sa démarche. Mais les trois hommes qu'elle venait de faire ses confidents avaient trop d'intérêt à l'y pousser, au risque de la perdre. Jean n'avait encore rien dit. Le soin qu'il prenait de ne pas compromettre l'autorité de ses prophéties le tenait en garde. On pourrait penser que quelque attachement pour Hilla rendait sa résolution indécise. Mais cet homme tenait bien plus à son pouvoir et à sa couronne qu'à ses reines. Il méditait donc en lui-même, tout en laissant Knipperdoling et Rothmann rassurer la jeune femme, lui répondre du succès, lui promettre une gloire incomparable. Lorsqu'il vit qu'à travers leurs raisonnements, elle tournait sans cesse les yeux vers lui, toujours troublée, attendant sa parole, plus disposée évidemment à reculer qu'à marcher en avant, il la prit à son tour par la main, l'emmena seule dans une salle voisine, et là il lui dit avec un enthousiasme dont il connaissait les effets :

— Fille du Très-Haut, tu es heureuse. Ton cœur, qui vient de lutter contre les derniers assauts des esprits de la peur, doit se relever ferme et fier. Le Père a parlé. Voici qu'il envoie son ange devant toi, pour te garder dans le chemin, dans le camp des impies, et te ramener ici triomphante. Il t'en assure par ma bouche.

A mesure qu'il parlait, la sérénité revenait dans les traits d'Hilla.

— Nouvelle Judith, continua-t-il, tu égaleras l'héroïne de Béthulie. Va donc sans pâlir, avec un cœur d'homme, entreprendre l'œuvre du Très-Haut;

délivre Munster du tyran; couvre-toi d'une gloire
immortelle; et reviens prendre dans la cité sainte le
premier rang parmi les reines.

Hilla s'était redressée pleine de force. Elle était
gagnée.

Jean ne hasardait rien dans ce conseil. Si la jeune
femme pouvait réussir, la guerre était finie. Si elle
succombait, sa tentative n'en imprimait pas moins
à l'ennemi une terreur utile. Elle seule était déposi-
taire de la prophétie, qui ne devait être divul-
guée qu'après le succès.

Il ajouta à la parure d'Hilla un collier de diamants; et, sans dire un mot de plus, il la ramena à
Rothmann, qui, habitué à lire dans les yeux du roi,
n'eut pas besoin d'explications. Il fit, de la chemise
empoisonnée et de quelques hardes légères que la
jeune femme emportait, un petit paquet dont elle
se chargea le bras; et elle partit pleine de confiance, car elle eût plutôt douté de ce qu'elle voyait
de ses yeux que de la parole de Jean.

Knipperdoling la conduisit jusqu'à la porte de
Saint-Maurice. Il lui rappela, en la quittant alors,
qu'elle était invulnérable. Ce soin était inutile; elle
en était convaincue. Elle marcha, d'un pied léger,
droit au fort voisin, sans donner dans son cœur la
moindre prise à la crainte.

Les gardes s'avancèrent à sa rencontre, étonnés
de voir venir à eux une jeune femme si belle et
si richement parée. Elle les pria, du ton le plus

aisé, de la présenter au commandant, qui était le
drossard de Wolbeck. Elle lui dit en entrant :

— Vous voyez, messire, une transfuge de Munster qui vient se placer sous votre sauvegarde. J'ai
d'importants secrets à révéler, car je ne viens pas
ici pour me sauver seulement ; mais je désire ne dire
ces secrets qu'au Prince-Évêque.

Le drossard la fit asseoir avec une déférence polie,
et, après avoir admiré un moment sa bonne grâce,
il crut pouvoir lui faire quelques questions :

— Je me félicite, madame, dit-il, de l'honneur
que vous me faites en vous adressant à moi, et j'espère que vous me permettrez de vous demander qui
j'ai l'honneur de recevoir. Je vois que vous venez
de Munster. Cette ville est-elle votre patrie ?

— Non. Je suis née en Hollande (c'était vrai).
Mon mari et moi sommes venus à Munster, il y a un
peu de temps déjà. Nous étions attirés par la renommée du prophète et par le désir de mener la vie
évangélique. Nous pensions trouver là un peuple
de saints. Lorsque nos yeux ont reconnu que nous
nous étions trompés, lorsque nous avons vu quels
dangers courait la pauvre cité, rebelle à son prince,
nous avons résolu de fuir et de contribuer de tous
nos moyens à sauver les bourgeois égarés, en remettant la ville sous l'obéissance de son légitime
souverain.

— Et, si jeune, vous êtes partie seule ?

— Mon mari ne tardera pas à me suivre. Il m'a fait

sortir en avant pour assurer avant tout, à lui et à moi, la grâce du prince. C'est là ce qui m'amène à vous.

— Cette grâce, madame, est promise à tous ceux qui viennent la demander. Mais je ne comprends pas comment, en plein jour, on vous a laissé franchir les portes !

— Mon mari garde aujourd'hui la porte de Saint-Maurice ; et vous pouvez remarquer qu'en ce moment personne n'est aux remparts.

— Pardonnez mes questions, madame. Une dernière chose me surprend, c'est de vous voir si bien parée pour un tel voyage.

— Vous êtes drossard sans doute, répliqua Hilla en souriant ; car c'est un interrogatoire que vous me faites subir ici. Mais je conçois les défiances de la guerre, et, loin de m'en offenser, je ne puis que vous approuver. Je me suis parée de la manière qui vous étonne, d'abord pour ne pas inspirer de soupçons aux bourgeois de Munster, ensuite pour emporter avec moi ce que j'avais de précieux.

Le drossard, ravi des manières d'Hilla, fut pleinement satisfait. Il convint avec bonhomie de ses fonctions, que la jeune femme avait devinées, et qui le poussaient malgré lui à interroger.

— Mais pourtant, ajouta-t-il, je suis ici votre hôte et non votre juge, madame ; et c'est l'intérêt que vous inspirez, plutôt qu'un mouvement curieux, qui m'a inspiré le désir de vous connaître un peu.

D'ailleurs il était charmé, comme nous venons de le dire. Avant d'envoyer Hilla au prince, il lui écrivit en détail tout ce que nous venons d'exposer et se réjouit de garder la transfuge en attendant la réponse. Il la reçut deux jours après. François de Waldeck lui enjoignait de faire conduire honorablement la jeune femme à la résidence d'Iburg, où Sa Sérénité se trouvait alors.

Une circonstance providentielle vint traverser la situation. On n'a pas oublié sans doute Herman Ramers, l'ami d'Évrard de Moring. Il avait, un peu après lui, déserté aussi la ville de Munster et laissé, comme on l'a dit, sa maison aux prophètes. Mais ayant vécu long-temps, quoique catholique fidèle, avec les anabaptistes, et n'ayant abandonné qu'à l'extrémité des biens qu'il espérait conserver par une condescendance inactive, il passa pour avoir donné des gages aux rebelles; et il n'était pas en grâce auprès de l'Évêque, qui avait refusé de le recevoir et qui le regardait comme un homme douteux. Proscrit par les sectaires, qui avaient confisqué ses biens, il vivait donc dans la crainte de n'en être pas remis en possession, lors du rétablissement de la légitime souveraineté; et il était fort inquiet quand un frère, qu'il avait laissé à Munster, s'échappa à son tour et vint le retrouver, le lendemain même du départ d'Hilla. Il lui apprit tout ce qui s'était fait dans la ville et lui conta que la jeune femme, devenue l'une des reines de la nouvelle monarchie, avait offert d'aller tuer le tyran, qu'elle comparait à Holopherne. On n'en savait rien autre chose, sinon qu'après des mesures combinées secrètement elle était partie richement parée. Cet événement, dont les suites pouvaient être si funestes, l'avait décidé à chercher lui-même les moyens de sortir de la ville; il y était parvenu, et il venait avec l'espoir d'obtenir, par la révélation d'un si grave danger, la rentrée en grâce d'Herman Ramers et la sienne auprès de Sa Sérénité.

Ramers frappé courut aussitôt chez le général Tecklenburg, qu'il connaissait. Il lui annonça qu'une fanatique était partie de Munster pour assassiner ou empoisonner le Prince-Évêque, qu'elle se trouvait dans le camp, qu'il n'y avait pas un moment à perdre pour prévenir un si grand crime. Le général fit faire aussitôt des informations sur les transfuges qu'on avait reçus depuis la veille. Il n'apprit que le lendemain matin la présence d'une belle jeune femme chez le drossard de Wolbeck. Il monta à cheval aussitôt et arriva avec Ramers, au moment où l'on attelait le chariot qui devait conduire honorablement l'empoisonneuse à Iburg. Ramers la reconnut sur-le-champ, et le voyage fut suspendu, dès qu'il eut fait connaître la vérité sur cette femme, l'une des épouses du chef des révoltés.

On la fit rentrer pour l'interroger plus sérieusement que n'avait fait le drossard à son arrivée.

A l'aspect de Ramers, qu'elle reconnut aussi, elle se déconcerta un peu. Se voyant découverte et ne pouvant plus cacher sa position à Munster, elle eut peur. Cependant, à toutes les questions qu'on lui fit, elle eut la force de garder un silence absolu. Mais lorsqu'on eut amené devant elle les instruments de la question, elle en frémit si vivement, qu'elle confessa son projet, en cherchant toutefois à en atténuer la noirceur. Elle était venue, dit-elle, dans l'intention d'obtenir du prince qu'il abandonnât le siége, et dans la pensée de l'immoler en effet, car elle ne pouvait le dissimuler, s'il persistait à désoler Munster.

— J'ai cédé, dit-elle ensuite, aux raisonnements éclairés du prophète et aux sollicitations des voyants qui le secondent.

On lui représenta l'horreur de l'action qu'elle tentait.

— Elle est louable au contraire, dit-elle, puisqu'elle ne tend qu'à délivrer la ville sainte du tyran qui l'opprime.

Après qu'elle eut fait cette réponse avec un ton assuré, elle redevint pâle à cette question qui lui fut posée :

— Si elle avait un plan arrêté pour se défaire du prince ?

Elle balbutia et ne répondit rien de clair. On ouvrit le petit paquet de hardes qu'elle avait apporté ; on fut surpris d'y trouver une chemise

d'homme. Elle expliqua mal cette singularité. On
fit venir des médecins et des naturalistes (on dirait
des chimistes aujourd'hui) pour examiner la chemise. Ils la trouvèrent saupoudrée d'une poussière
blanche extrêmement fine, sans doute produite par
la dessiccation de la liqueur dont on l'avait imbibée.
Le seizième siècle était savant dans l'art de com-
poser les poisons. Mais on ne savait pas trop les ana-
lyser. Les médecins du camp n'avaient d'autre
moyen de connaître l'effet de celui-là que par une
expérience directe. On passa la chemise à un soldat
condamné à mort et qui venait d'être confessé. On,
eut l'humanité de l'endormir en lui promettant sa
grâce. Il ne se réveilla plus. Lorsque la jeune reine
vit ainsi tous ses secrets dévoilés, elle reprit entièrement son assurance et se compara à Judith.

— Que pouvez-vous me faire, dit-elle, quand je.
sais que l'ange du Père me protége et que pas un
cheveu de ma tête ne peut tomber?

— Mais si l'ange du Père vous protégeait, re-
pliqua le général Tecklenburg, il n'aurait pas souffert qu'on arrêtât votre marche et qu'on mît à nu
votre projet.

— C'est que peut-être François de Waldeck n'est
pas condamné encore par le Très-Haut, ou qu'il faut
pour le punir une main plus digne que la mienne.
Comme nos frères qui ont péri, j'ai peut-être plus
écouté la vanité que la gloire du Père.

— Vous placez la vanité dans le crime?

18

— Non dans le crime ; mais dans l'héroïsme.

Sur un signe du général, le drossard dit un mot au bourreau, car il était présent aux interrogatoires où son ministère devenait nécessaire toutes les fois qu'il fallait recourir à la question ou torture. Le bourreau sortit un instant et rentra bientôt, rapportant le large sabre qu'on appelait le coupe-tête, mais le cachant dans un petit manteau qu'il avait sous son bras. Hilla Phey ne remarqua rien de ce manége, occupée par le général Tecklenburg, qui cachait son indignation et continuait l'entretien.

Le vieux général, au premier aspect, avait été séduit, comme le drossard, par les grâces, la jeune beauté et l'élégance d'Hilla ; et d'abord il avait espéré qu'elle n'était pas la fanatique dénoncée. Mais, quand le crime fut évident, il se sentit doublement indigné de le voir abrité d'un masque si perfide.

— L'héroïsme, reprit-il, ne consiste que dans les grandes actions. Appelez-vous l'empoisonnement de ce nom ?

— Oui, s'il est le seul moyen de salut.

— Mais, dites-moi qui est le tyran, ou le prince qui cherche à reprendre ses domaines qu'on lui a enlevés, ou le misérable sans aveu qui s'en est emparé et qui s'y maintient par une succession de crimes?

— Celui qui s'en est vu le maître sans l'avoir disputé à personne, mais par un décret de l'esprit, est l'élu de Dieu. C'est lui qui m'a envoyée, et la voix du Père m'a parlé par sa bouche.

— Et il vous a dit sans doute que vous ne couriez aucun danger dans l'entreprise où il vous poussait.

— Le Père me l'a dit lui-même.

— Ainsi, vous ne craignez pas la mort ?

Ici, sur un clin d'œil du général, qui ne fut pas remarqué non plus par Hilla, le drossard fit signe au bourreau. Il s'était insensiblement placé derrière la jeune femme. Il développa son petit manteau, en tira le coupe-tête et l'examina en silence, se disposant à en user dès qu'on le lui dirait.

— Je ne dois rien craindre, répondit Hilla, toute entière à l'interrogatoire du général. Si, pour la gloire de Dieu et le salut de mon âme, il me fallait mourir, je m'y résignerais. Mais le coupe-tête même ne peut m'inspirer aucun effroi, puisque le prophète m'a dit, de la part du Père, que je rentrerais à Munster saine et sauve ; et il en sera ainsi.

Le drossard, comme elle disait ces derniers mots, donna le signe fatal à l'exécuteur, placé derrière elle de telle sorte qu'elle ne pouvait apercevoir aucun de ses mouvements. La tête de l'infortunée tomba aussitôt d'un seul coup, mais d'un coup si prompt, qu'elle n'eût pu dire un mot de plus, et si bien frappé, disent les relations du temps, « qu'il aurait coupé trois têtes comme celle d'Hilla (1). »

(1) M. Baston, Histoire de Jean de Leyde. Nous avons, dans ce chapitre et dans quelques autres, l'obligation de beaucoup de détails puisés aux sources originales, par l'auteur que nous citons.

On sut le jour même à Munster comment la pauvre reine n'avait pas été protégée autant que Judith, et quelle triste fin elle venait de subir. Jean fit expliquer par ses sous-prophètes les causes de cette mort, qu'il attribua, comme celles de Jean de Wyck et de Rollins, à l'esprit de vaine gloire. Mais il était dévoré, ainsi que ses amis Knipperdoling et Rothmann, d'une haine furieuse contre Ramers; et si les anabaptistes eussent alors tenu en leur pouvoir ce papiste, comme ils disaient, ils lui eussent fait expier cruellement la décollation de leur très-chère reine Hilla. Ils proposèrent aux confédérés de leur rendre Marshall et d'autres prisonniers importants qu'ils retenaient, si on voulait livrer Ramers en échange. Mais le Prince-Évêque, instruit de tout, avait appelé Ramers auprès de lui; il l'avait pris sous sa protection formelle; il avait pourvu à ses besoins et il n'oublia jamais le service qu'il venait de lui rendre. Loin de le livrer à ses ennemis, il leur fit savoir que de nouveau il ouvrait ses bras paternels à tous ceux qui reviendraient à lui dans le délai de quinze jours, leur promettant d'ensevelir dans l'oubli les torts du passé. Quelques-uns surent profiter de l'offre et trouvèrent le prince fidèle.

Quant à Marshall, on parvint à le racheter pendant une sorte d'armistice qui survint; et plusieurs autres prisonniers furent échangés. — La guerre n'était pourtant pas près de finir encore.

XVIII.

LES SEIZE REINES DE MUNSTER.

En fait de bonnes choses, trop n'est
pas assez.

Vieux proverbe troyen.

— On ne m'empêchera toujours pas de dire (poursuivait Gritte Modersohn dans une causerie animée
qui se tenait chez Rachel) que la petite Hilla Phey
s'est livrée bien légèrement.

— Elle s'est jetée d'elle-même dans le filet, ajouta
Catherine Cruse.

— Si c'est ainsi que finissent les reines, dit Élisabeth Dreyers, c'est peu engageant.

— Ce n'est pas sa qualité de reine qui l'a perdue,
répliqua Rachel, mais son imagination. Elle s'est
figurée que l'esprit la poussait.

— Elle a été avec présomption, dit à son tour
Sara, la jeune sœur de Rachel. Et puis, il est probable qu'on l'a un peu entraînée. C'eût été si déci-
sif, si elle avait fait le coup.

— Mais mourir ainsi, fit Catherine, mourir sans
pouvoir se retourner, sans être préparée, sans avoir
le temps de se reconnaître !

— Et d'un seul coup, dit Élisabeth, d'un coup
aussi net qu'un coup de rasoir ! Où est-elle à
présent ?

— Avec Mathys et les autres, répondit Rachel.

— C'est égal, reprit Catherine, mourir comme
une chienne, sans confession, sans eau bénite : Dieu
nous garde de pareille mort !

— Elle est toujours papiste, dit tout bas Sara à
Marguerite, en la poussant du coude.

— Mais, s'écria celle-ci, ne nous confessons-nous
pas à Dieu tous les jours ?

— Oui, répliqua la jeune marchande d'écrevisses,
vous vous confessez aux voûtes du temple, où vous
avez l'air de chercher des péchés qui sont ailleurs.
Il est possible que les murs et les voûtes aient,
comme on dit, des oreilles ; mais ils n'ont ni langue
ni voix pour nous absoudre et nous dire une bonne
parole. C'est joyeux, tant qu'on se porte bien. Quand
on est mort, je voudrais en savoir des nouvelles.

— A votre langage, il paraîtrait, dit Élisabeth
Dreyers avec une certaine sévérité, que vous n'êtes
plus des nôtres.

— Certainement que si, que j'en suis, puisque
j'ai reçu votre second baptême. Mais on ne m'empêchera pas de dire, à mon tour, qu'il se fait ici bien
des sottises.

— C'est le Père qui nous dirige.

— Eh bien ! par exemple, je n'aime pas à entendre toujours parler du Père seul. J'étais accoutumée

au Père, au Fils et au Saint-Esprit. Pourquoi supprime-t-on cela? Est-ce qu'on bannit aussi la sainte Trinité?

— Mais, cria Marguerite, puisque nous nous réformons et que pour cela il faut retourner aux anciens jours...

— Nous reculons, je le sais bien. Si on veut que nous redevenions juifs, qu'on le dise du moins. Les bonnes gens sauront à quoi s'en tenir.

— Ah! dit Rachel en souriant, ne tombez pas sur les juifs.

— Je ne les blâme point, riposta Catherine; ils sont moins bêtes que nous. Ils ne changent pas leur religion tous les matins.

La jeune Sara voyait les mauvaises passions du fanatisme se développer sur les figures d'Élisabeth et de Marguerite. Elle se hâta de dire :

— Laissons ces matières, puisque chacun ici est libre dans ses opinions; et revenons à notre pauvre amie Hilla Phey, victime de sa vaine confiance. Le prophète assure qu'elle eût triomphé, si elle eût rapporté davantage sa démarche hardie à la gloire du Très-Haut, et si elle eût plus songé à la cause des saints qu'à son propre orgueil. Pour moi, une telle entreprise ne m'eût pas effrayée. Mais je n'aurais eu jamais la témérité de m'y lancer seule. Que n'emmenait-elle pour sa sauvegarde le père Isaac, qu'on a toujours vu rentrer sain et sauf des plus périlleuses rencontres? Si j'avais une mission comme la sienne, je ne prendrais pas d'autre mesure.

— Knipperdoling et les têtes avisées l'ont toujours fait, dit Marguerite, et l'idée est bonne.

— Elle n'a pas sauvé Mathys, dit froidement Catherine.

— A celui-là, répliqua Rachel, son jour était venu.

— Le Juif, reprit la marchande d'écrevisses, lui avait pourtant promis qu'il le ramènerait.

— Non pas, s'écria Sara : mais qu'il faudrait le renverser pour arriver au voyant. Ce sont ses paroles formelles ; et c'est ce qui eut lieu. Les prophéties d'Isaac n'ont jamais été ambiguës.

— Il faut donc croire, dit Marguerite, qu'il nous disait vrai l'autre jour, lorsque, nous voyant réunies comme à présent, il prétendait, avec son sérieux ordinaire, qu'il y avait des reines parmi nous.

— Il est si peu permis d'en douter, répliqua Rachel, en s'approchant de l'étroite fenêtre, que voici quelque chose qui va assurément appuyer la prédiction.

Les quatre autres jeunes femmes coururent à la verrière, et virent comme Rachel les cent gardes de la chambre du roi, s'avançant deux à deux et faisant escorte au dais des reines. La tête de la colonne s'arrêtait à la porte, devant laquelle le dais se posa. Un moment après, on vit entrer Klopriss, tenant un parchemin sur lequel s'épanouissait le sceau royal.

Il demanda Rachel ; la bohémienne se leva, rouge d'émotion.

— J'ai ordre, dit Klopriss, de vous saluer reine et de vous conduire au palais avec les honneurs dus à ce rang. Rothmann vous attend, la couronne à la main.

Rachel salua d'un air digne, pendant que sa jeune jeune sœur jetait sur ses épaules un manteau et sur sa tête un voile.

Avant de quitter ses amies, elle leur promit de ne les pas oublier et dit à Catherine :

— Vous voyez qu'ici aucune opinion n'est repoussée...

— Excepté la bonne, pensa Catherine.

— Je ne suis pas anabaptiste et me voilà reine. Un jour vous le serez aussi.

— Moi, reine ! dit en reculant la marchande d'écrevisses.....

Et, toute hors d'elle-même, elle suivit de loin, avec les autres, le cortége de Rachel.

Elles virent le couronnement et le mariage de leur amie, célébrés avec une pompe très-brillante, mais très-rapide, par Bernard Rothmann. Après quoi elles furent admises au festin des noces, et rentrèrent chez elles, envahies par les ambitieux désirs que font germer la représentation et le luxe dans les jeunes cœurs faibles.

Ainsi la reine Hilla, à peine refroidie, était remplacée et mise en complet oubli.

Il survint, quelques jours après, un accident qui
eût pu avoir des suites graves. Le roi couchait dans
un pavillon, élevé au milieu des jardins de son palais. Sa chambre ne recevait de lumière que par de
hautes lucarnes grillées; elle était sur toutes ses
faces entourée, pour sûreté, de galeries où veillaient
les satellites chargés de protéger la paix de son sommeil. Ce jour-là, à propos d'une petite fête, Jean,
de bonne humeur, avait fait distribuer du vin à ses
gardes. Tous ces hommes s'endormirent, à l'exception des quatre sentinelles qui veillaient au
dehors. Un peu après minuit, on ne sait si ce fut
par quelque imprudence ou par quelque fait exprès,
le feu prit au pavillon, sur trois points différents.
Les gardes, éveillés en sursaut, se jetèrent dehors; et
lorsqu'ils eurent repris leurs sens, personne parmi
eux n'osa rentrer pour sauver le roi, dont la chambre était entourée de flammes, que le vent poussait
en tourbillons. Leurs cris appelèrent du secours
avec tant de tumulte, que toute la ville fut bientôt
debout. Ce bruit tira le roi du sommeil profond où
il se trouvait plongé. Il vit, par toutes les lucarnes
extérieures, sa chambre éclairée; les flammes de
l'incendie faisaient éclater les vitres et pénétraient
par là le long des voûtes. Il entrouvrit une porte et
ne vit que des fleuves de feu qui cernaient sa retraite. Personne ne venait à son appel désespéré; et
il comprenait que, dans quelques minutes, il allait
mourir là. D'épais sillons de fumée se jetaient par

les lucarnes dans la chambre fatale, comprimaient
sa respiration et lui amenaient rapidement l'as-
phyxie, lorsqu'il vit entrer brusquement un homme
leste, qui l'enveloppa d'un manteau mouillé, le
prit sur ses épaules, l'emporta à travers les débris
enflammés et le déposa à vingt pas du pavillon, qui
s'écroulait en ce moment avec fracas.

Il secoua son enveloppe, se trouva assis sur un
tertre de gazon, ne distingua plus, à la place du
pavillon, qu'un effroyable brasier qui éclairait toute
la ville, et vit devant lui son sauveur, — le juif
Isaac.

Surpris de ne remarquer à sa peau, à ses cheveux, à ses vêtements, aucune trace de brûlure :

— Vous seul, lui dit-il, pouviez entrer dans
cette mer de feu. Mais je vous dois la vie. Toute
faveur que vous pourrez souhaiter vous est accordée.

Cependant, continua-t-il, en se recueillant, je
n'étais pas seul là. Dans la chambre voisine repo-
sait la reine Nettie...

Le Juif, pour toute réponse, étendit la main sur
le lieu du désastre, lui faisant remarquer, par ce
signe muet, que la chambre même n'existait plus.

Les secours arrivaient de toutes parts; on étei-
gnait les flammes; on dispersait les décombres. Les
bourgeois accouraient par toutes les allées, très-
agités, — car une rumeur s'était répandue que le
roi avait péri dans le feu. Tous le virent debout,

ayant repris son calme, et s'appuyant sur le Juif,
auprès de qui se pressèrent bientôt Knipperdoling,
Rothmann, Kiliau et plusieurs autres qui venaient
le féliciter. Son salut fut considéré comme un autre
miracle.

On découvrit alors, sous les débris du pavillon,
le corps calciné de Nettie.

— Ainsi devait périr, dit tout bas un bourgeois,
l'infidèle fiancée du pauvre Henri.

— N'eût-elle pas été plus heureuse avec le forgeron? disait un autre.

Jean compléta son oraison funèbre :

— Encore une reine à remplacer, dit-il au Juif.

Et il rentra avec sa société dans les grands appartements du palais.

Le roi étant sauvé, on ne rechercha pas la cause
du sinistre (c'est un terme de notre temps). D'ailleurs, ce qui venait d'arriver servait Jean, car le
peuple disait que la protection du Père était bien
évidemment sur lui.

Ce ne fut que le surlendemain qu'on amena sous
le dais la femme élue pour hériter de la quatrième
couronne, bien étonnée de se voir appelée si vite,
mais sacrifiant, comme tant d'autres, ce qui pouvait
lui rester de bonnes convictions aux séductions de
la vanité, et bannissant de son cœur les tristes pres-
sentiments. C'était Catherine Cruse, que l'on a vue
marchande d'écrevisses. Son père lui avait donné du
relief. Il en prit à son tour de son élévation et fit

obtenir un poste à la cour à son ami Mathias, dont
il n'oubliait pas les services, lors de l'embuscade des
confédérés. Le choix du roi avait été déterminé par
la protection de Rothmann et du Juif, par certaines
grâces qu'on ne pouvait refuser à Catherine et qui
étaient vives et franches, enfin par un talent que
l'on croyait capable de distraire Jean; elle dansait
très-singulièrement, disait-on, les danses populaires.

Après qu'elle fut couronnée, le Juif se présenta
devant le trône et rappela à Jean la promesse qu'il
lui avait faite d'accorder la première faveur qui lui
serait agréable. Le monarque ne chercha pas à élu-
der sa parole; il la renouvela plus vivement encore.

— Sire, dit alors Isaac, je ne sollicite rien pour
moi; je n'ai ni ambition, ni désir, sinon un souhait
que le Père seul peut satisfaire. Je ne demande rien
non plus pour ceux qui sont, ainsi que moi, sous le
regard de Votre Majesté. L'esprit, en ces choses, la
guidera. C'est pour vous même que je réclame une
faveur.

Jean releva la tête avec attention.

— Vous avez rétabli le trône de Salomon, reprit
le Juif; vous devez faire quelques pas dans son
éclat. Quatre reines autour de vous manifestent que
vous êtes appelé à régner sur l'orient et l'occident,
le septentrion et le midi. Il en faut à votre palais
douze autres. Elles représenteront au monde les
douze tribus d'Israël, dont vous devenez le chef, et
qui bientôt peut-être, si je ne m'abuse, reconnaî-

tront en vous le Messie qu'elles attendent et se rassembleront sous votre sceptre.

Cette idée nouvelle, cette pensée bizarre, être le Messie attendu, frappa très-vivement Jean de Leyde.

— Si je l'étais, dit-il? Si les prophéties étaient pour moi? Si je devais en effet régner sur le monde? Qui sait si, parmi les Juifs nombreux qui habitent la Hollande, quelque descendant de David ne s'est pas allié à ma famille? si ce n'est pas son sang qui coule dans mes veines?

Il disait ces choses en lui-même.

A travers le sourire qui plissait ses lèvres, il répondit au père Isaac qu'il se rendait à son avis, mais que ce n'était pas là une faveur et qu'il ne se croyait pas quitte envers lui.

Il fut donc décidé qu'il y aurait seize reines à Munster. Rothmann s'en réjouit, Knipperdoling approuva, Kibbenbroch se frotta les mains; car il aimait la table, et jamais noce à la cour ne pouvait se célébrer sans festin nuptial.

Beaucoup d'autres applaudirent, sentant que désormais ils pouvaient prendre autant de femmes qu'il leur semblerait bon ou qu'il leur serait possible d'en entretenir. C'étaient les mœurs des sectateurs de Mahomet chez un peuple qui gardait toutefois le nom de communauté de Christ.

Un pasteur du comté de Bentheim, Bernard Krechting, que Rothmann avait attiré, depuis quel-

que temps déjà, dans le bataillon de ses seconds,
était surtout un des ardents propagateurs de la polygamie, et lui-même, dit-on, eut six femmes lorsqu'il en vit seize au roi. Car Jean se hâta de com-
pléter ce nombre.

La cinquième reine fut Élisabeth Dreyers ; la
sixième Christine de Reecke, qui avait jeté le voile ;
Marguerite Modersohn ne vit venir son tour que la
onzième. Nous ne nommerons pas les autres, qui
formeraient ici une nomenclature inutile, puisque
plusieurs n'ont fait autre chose que porter la couronne.

On ne sait trop jusqu'à quel point elles pouvaient désirer les succès de leur royal époux ; il annonçait solennellement que, lorsqu'il aurait soumis
toute la terre, il prendrait, comme Salomon, trois
cents femmes. C'était réduire pour toutes à peu de
chose leur part d'influence.

Mais toutes ces reines n'étaient pas sur le pied d'une
égalité parfaite. L'une d'elles au moins, Divarre,
avait des priviléges ; elle occupait tellement la première place, à cause de son âge plus mûr, de sa
sagesse reconnue dans le sens de la secte, de sa
qualité de veuve du prophète Énoch, que plusieurs
historiens ont cru qu'elle seule était proprement
reine. Elle avait sa maison particulière, ses officiers
à elle ; son royal époux lui avait même donné une
livrée spéciale et une garde d'honneur.

Hors ces distinctions, toutes les autres portaient,

comme elle, le titre de reine et en recevaient les
honneurs. Seulement aucune d'elles n'avait, comme
Divarre, une maison montée, et toutes vivaient ensemble. Elles mangeaient toutes avec le roi et paraissaient à table en grande toilette. Elles trônaient
avec lui dans les séances publiques, mais ordinairement une à la fois et par tours irréguliers, selon
le bon plaisir du monarque. Il avait une manière de
faire connaître chaque jour son choix; car chaque
jour il donnait audience. Une tablette, placée dans
le salon de réunion, portait les noms des seize reines, écrits l'un au-dessous de l'autre et numérotés.
Une aiguille d'or pendait à côté, à un cordon de
soie. Le roi désignait la dame du jour, en piquant
l'aiguille dans son numéro.

Jean s'était constitué le grand-juge de son royaume.
On lui avait dressé un trône au milieu de la place
principale, qu'on appelait la Montagne de Sion. « Il
s'y rendait trois fois la semaine, précédé de ses licteurs, environné de ses gardes et de ses principaux
officiers. Tillbeck, un bâton blanc à la main, conduisait le cortége. Le roi, sur un beau cheval et la
couronne en tête, marchait entre deux enfants, dont
l'un portait son épée et l'autre sa Bible. Knipperdoling et Rothmann le suivaient immédiatement. Le
bourreau en chef (dignité que Knipperdoling avait
abdiquée) fermait la marche avec ses quatre sup-
pléants. Le roi mettait pied à terre auprès du trône
(où l'attendait celle de ses femmes qu'il avait dési-

gnée); il s'asseyait; ses officiers se rangeaient autour de lui. Alors, prenant son sceptre, il faisait signe à un huissier d'appeler les causes (1). Les plaideurs s'approchaient; les avocats parlaient, et le roi jugeait. La plupart des procès étaient des querelles de ménage, souvent fort scandaleuses. »

Le retour de Jean à son palais était accompagné de la même pompe. Lorsqu'il allait au sermon, sa marche était plus somptueuse encore : les seize reines l'escortaient alors en grande parure. Après le sermon, d'ordinaire on dansait, talent auquel Jean avait des prétentions; et Catherine Cruse surtout le divertissait énormément, ainsi qu'on l'avait prévu.

Jean, devenu plus que jamais le nouveau Salomon, depuis qu'il avait seize reines, attira encore devant lui les mariages. Comme roi du nouveau temple, il voulait exercer une sorte de pontifical. Comme roi de la cité, il faisait battre monnaie. Comme roi du monde, il rédigeait des lois adressées à tous les hommes. Comme Messie, il cherchait enfin à produire des conversions au profit de ses doctrines.

(1) M. Baston, Histoire de Jean de Leyde.

XIX.

LE JUIF ISAAC.

A vaincre sans péril on triomphe sans gloire.

P. CORNEILLE.

Un mois s'était passé dans cet état de choses. Le siége, comme il était déjà arrivé, ressemblait plus à un blocus qu'à un siége, varié toutefois de petites attaques, de petites sorties sans grands effets, la justice royale allant son train, de nouveaux mariages se célébrant tous les jours, le fanatisme croissant, et la confiance du peuple dans le nouveau Salomon grandissant d'heure en heure.

Le nombre des combattants s'affaiblissait des deux parts dans de convenables proportions. Parmi les confédérés, plusieurs se lassaient et se retiraient; parmi les assiégés, quelques-uns se prenaient de peur et trouvaient moyen de s'échapper; de sorte que les forces des deux partis se balançaient toujours dans le même nombre inégal, les assiégeants devant être plus nombreux que les citadins, à qui leurs remparts et leurs tours valaient des bataillons. Au reste, ils n'avaient pas quatre mille combattants, et ils devaient maintenir toutes les nuits cinq cents hommes de garde aux murailles et aux portes. Ils n'en étaient pas moins venus tous au point de croire qu'on ne pouvait prendre leur ville, parce qu'ils voyaient dans leur roi le protégé et l'élu du Très-Haut. Cette persuasion, qui loin de s'affaiblir s'enracinait toujours de plus en plus, les rendait invincibles. Aussi, hors les temps du service militaire, ils ne vivaient pas moins tranquilles chez eux que s'ils eussent joui d'une pleine paix et si leur ville n'eût pas été entourée d'ennemis.

Le roi donnait l'exemple de cette sécurité. Chaque jour, après les soins du gouvernement et la distribution de la justice, qui était marquée souvent d'exécutions capitales, il y avait dans la soirée joyeuses réunions à la cour. On y chantait, on y dansait fréquemment; on faisait succéder les jeux à la musique, et aux jeux les causeries animées.

Un soir qu'on avait décoché beaucoup de quolibets contre l'Église romaine, contre le Prince-Évêque et contre ses alliés, sans même épargner le bon ami des anabaptistes, le landgrave de Hesse, Tillbeck vint à répéter que toute cette guerre ne tenait pourtant qu'à un seul homme.

— Si, en effet, la tentative d'Hilla avait réussi, dit aussitôt Rothmann, toute l'Allemagne aujourd'hui serait à nous.

— Il est certain, ajouta Kiliau, que les princes confédérés ne sont là que pour lui.

19.

— Et qu'ils aimeraient mieux s'en retourner à leurs affaires, poursuivit Divarre.

— D'autant plus, dit à son tour Knipperdoling, que partout leurs affaires vont fort mal.

— L'Allemagne entière est en fermentation, reprit Rothmann.

— On veut partout de notre liberté, fit Kibbenbroch.

— Fâcheux, cria Buxtorf, que la petite Hilla ait eu ce croc en jambes. Plus fâcheux, que ce François de Waldeck ne veuille pas venir en plaine avec moi. Je le lui ai offert pourtant.

— Mais il semblerait, dit alors Bernard Krechting, que cette femme qui a échoué soit la seule ici qui puisse tenter une grande entreprise.

— Il y en a d'autres, dit vivement Élisabeth Dreyers, élève de Rothmann, devenue reine.

— On en cite une, intervint alors le roi Jean; celle-là s'est vantée au moins de ne pas laisser sa tête à l'ennemi et de nous revenir.

— C'est la sœur de Rachel, dit là-dessus Gritte Modersohn.

— Un cœur vaillant, ajouta Antoine Cruse, une tête prudente, qui compte pour peu sa propre force et ne se fie pas à elle seule.

— Mais on dit néanmoins, reprit le roi, qu'elle s'appuie sur la chair et non sur l'esprit; car elle veut pour sauvegarde un homme, le Juif Isaac.

— Sire, reprit vivement Rachel, ma sœur n'oublie pas que le Père seul est le maître et que lui seul conduit toutes choses. Mais, dans une démarche que le Père n'a pas commandée formellement à un cœur élu, qu'il n'a pas révélée expressément par un de ses organes très-saints, elle croit qu'il y aurait orgueil téméraire, audacieuse présomption et vanité dangereuse à tenter le Père sans précaution. Elle a remarqué que le Juif Isaac est protégé du Très-Haut à des signes très-évidents; il n'élude, en effet, aucun péril, et il n'est pas même effleuré où tous les autres périssent.

— Il est vrai, répondit le roi. Si tel est le raisonnement de votre sœur, elle est humble et sage. Quel est le nom de cette jeune fille?

— Sara, la servante de votre majesté.

— A-t-elle de la grâce?

— Beaucoup, riposta Catherine Cruse, voyant que Rachel hésitait à louer les avantages extérieurs de sa sœur.

— Cette fille, marmotta Krechting, peut réussir.

— Avant de l'examiner, il conviendrait, dit le roi, de savoir du Juif s'il lui plairait de courir une nouvelle chance.

— Il est dans les jardins avec Klopriss, dit Kihbenbroch.

Et sur un signe du roi, il l'alla appeler.

Lorsqu'on eut exposé au Juif l'affaire en question, il répondit, sans s'émouvoir autrement, qu'à toute heure il était prêt pour de telles excursions.

— J'aime à suivre les faits héroïques, dit-il, et le courage est beau. Un cœur qui a du courage agrandit son être. Un homme se double, s'il lutte contre deux ; contre quatre il mérite d'être admiré ; contre dix il est au-dessus de sa nature ; contre une armée, contre mille, comme Samson, il est un prodige. Mais il y a aussi merveilleux spectacle à voir une jeune fille, qui est la faiblesse, lutter contre un homme puissant, contre un souverain, contre un chef d'armée dans son camp. De grand cœur j'accompagnerai Sara.

— Quoi ! sans peur ? dit Knipperdoling, toujours intrigué par ce personnage. Mais ils vous ont tenu dans leurs mains ; ils vous ont assis devant leurs drossards ; ils vous reconnaîtront. Vous avez échappé à leur potence ; ils la relèveront pour vous. Votre présence nous est trop utile.

— Je reviendrai parmi vous, répondit le Juif avec l'assurance la plus calme.

— Il est impossible, murmura Knipperdoling entre ses dents, que cet homme ne soit pas ce que je redoute.

— Au moins, dit le roi, que cette sécurité surprenait aussi, vous prendrez quelque **déguisement**.

— Un habit militaire, ajouta Rothmann, vous vous ferez passer pour un transfuge.

— A quoi bon ? Je ne puis déguiser mes traits. Ils ne les auront pas oubliés, s'ils doivent me reconnaître.

— Il vous plaît de vous exposer : c'est votre affaire; mais pour la sûreté de la jeune fille?

— Bon, si je me laissais prendre avec elle.

— Comment donc pensez-vous la conduire?

— Je ne la conduirai pas, je la guiderai; et c'est seulement lorsqu'elle sera prise sur un point, que je me ferai prendre sur un autre pour aller à son aide.

— Cet homme, dit Klopriss à demi-voix, est un grand magicien, qui a des ressources à toute aventure, comme le populaire en est persuadé. Et croyez-vous, ajouta-t-il tout haut, que la jeune fille puisse réussir?

— Le Père le sait. Je ne le sais pas.

— Du moins, poursuivit Jean, espérez-vous la ramener parmi nous?

— Je l'espère fermement, et je crois que j'en répondrais.

— Que vingt-quatre de nos gardes aillent chercher Sara, sous votre commandement, Klopriss, dit le roi en se levant. Bernard Krechting vous accompagnera. Vous amènerez devant nous cette jeune-fille avec toute déférence.

Klopriss et Krechting saluèrent et sortirent.

— Cet homme est le Juif-Errant! dit encore à part lui Knipperdoling, en dévorant Isaac de son regard ardent.

— Personne, sous peine de mort, reprit le roi, ne permettra à sa langue de laisser échapper un mot hors d'ici, sur le sujet qui nous occupe. Nous ne déciderons rien de la jeune fille sans avoir consulté le Père ; la mission que recevra celle-là sera dictée par l'esprit du Très-Haut.

Il se fit de tous côtés des chuchotements sur Sara et son mystérieux guide. Bientôt on entendit les trompettes qui annonçaient le retour du cortége. Un moment après, on vit entrer Sara, parée avec goût, mais avec simplicité. Elle marcha droit au monarque, le regard baissé, se mit vivement à genoux devant lui, et dit d'une voix douce et assurée :

— Votre Majesté a fait appeler sa servante. Que la main qui tient le sceptre s'étende sur elle et la protége. Que son esprit, éclairé par le Très-Haut, guide la faiblesse. Quels que soient les ordres de Votre Majesté, sa servante est prête à les entendre, et pour elle entendre c'est obéir.

Jean parut flatté de ces formes orientales. Il toucha Sara de son sceptre en lui disant :

— Relevez-vous, jeune fille.

— L'hysope ne s'élève pas devant le palmier royal, dit-elle ; l'humble ver de terre ne se dresse pas devant l'élu du Très-Haut. Souffrez que la servante de Votre Majesté, honorée de son regard, demeure à ses pieds jusqu'à ce qu'elle ait reçu sa mission.

— On dit, reprit le roi, que votre cœur est grand et que vous êtes poussée par l'Esprit à vous dévouer pour la cause des saints.

— La servante de Votre Majesté est confuse de
la gloire qui l'environne. Dans sa vive ardeur pour
le jeune règne que le Père nous a donné, et qui doit
faire revivre les splendeurs de Salomon, votre servante, Sire, a peut-être cédé à un élan de vaine
confiance. Rien de grand ne peut venir que du
Père ; rien de certain ne peut être inspiré que par
l'Esprit. L'humble fille qui ose ouvrir la bouche devant Votre Majesté n'est qu'un faible instrument
qui craint, à présent qu'elle voit votre éclat, d'avoir
trop présumé d'elle-même. Elle se borne donc à
offrir tout son être pour aller où il plaira à Votre
Majesté de l'envoyer, et pour exécuter fidèlement
ce qu'elle lui prescrira. Car pour elle entendre c'est
obéir. Seulement, se défiant de sa propre sagesse,
elle souhaiterait que son expérience, qui n'est pas
née encore, fût dirigée par le vieillard dont la sainte
communauté de Munster a éprouvé l'attachement.
Il est protégé par les anges du Père.

— J'ai dit que j'étais prêt, répéta gravement
Isaac.

La jeune fille tourna légèrement son regard vers
le Juif et le remercia par une inclination de tête.

— Votre mission, je le répète, dit le roi, vient
de l'Esprit ; la sagesse des saints brille dans votre
humble requête. Suivez-moi.

Il entra dans la salle voisine. Krechting releva
Sara, lui prit la main et la conduisit sur les pas du
monarque ; Rothmann, Knipperdoling et le Juif en-

trèrent seuls après eux. Rothmann ferma la porte,
et tirant aussitôt de sa cagoule une seconde chemise préparée :

— Nous aurons plus de chance cette fois, je l'espère, dit-il ; Sara, plus sage et moins exaltée que
la vive Hilla, ne sera pas cette fois la victime.

La jeune fille repoussa l'odieux moyen que lui
présentait Rothmann.

— Sauf l'approbation de Sa Majesté, dit-elle, ce
qu'on propose là ne me semble pas heureux. C'est
ténter les anges du Père que de porter avec soi des
témoignages pareils.

Le roi applaudissant d'un signe de tête, Bernard
Krechting sortit de sa poche un poignard dans sa
gaîne.

— Pour moi, dit-il, je puis vous offrir une miséricorde de Damas.

— C'est le mieux, dit Knipperdoling. Nous vivons en des temps où tout le monde a le droit d'être
armé.

Le Juif, voyant Sara hésiter devant cet autre
procédé, prit le poignard des mains de Krechting,
le tira du fourreau, l'examina une seconde, puis le
remettant au prédicant :

— La pointe est imprégnée de poison, dit-il.

— Je ne pensais pas qu'on pût s'en apercevoir,
reprit Krechting émerveillé.

— C'est encore, dit Sara, un de ces indices par
lesquels on est trahi. L'arme que voici me suffira ;

et le Père, s'il en est besoin, nous en fournira d'autres.

En même temps qu'elle disait ces mots, elle ôtait de sa chevelure noire une broche d'or, longue de sept pouces, à laquelle son voile était attaché. Cette broche, qui pouvait avoir dans son étendue une ligne d'épaisseur et qui se terminait par deux boules grosses comme des noisettes, renfermait un stylet très-effilé.

— C'est là du moins, dit le roi, une arme qui ne sera pas soupçonnée. L'esprit de sagesse à toute rencontre éclate en vous, jeune fille. Si le Père n'a pas condamné l'antechrist à tomber devant votre aiguillon, vous ne périrez pas à l'œuvre. Allez donc, et que le sage vieillard qui vous guide vous rende à la sainte cité. Elle vous apprête des honneurs.

— Partons à l'instant, dit Sara.

Jean rentra au sein de sa cour assemblée et lui présenta l'héroïne, en demandant un jeûne pour elle; car il voyait en elle la nouvelle Judith, plus clairement que dans l'ambitieuse Hilla. Quoique la nuit fût déjà avancée, les hérauts du roi publièrent le jeûne aussitôt, à tous les carrefours, pendant que Knipperdoling conduisait Sara et le Juif à la porte de Saint-Gilles, qu'il leur faisait ouvrir.

Isaac et la jeune fille s'avancèrent sans bruit dans la campagne, ne se permettant pas même les entretiens à voix basse. Ils franchirent la première ligne des confédérés sans être aperçus. Il leur fallait pas-

ser ensuite entre deux camps voisins, dont la ligne
de séparation était gardée comme un défilé. Le
temps était si couvert qu'ils ne furent pas vus d'a-
bord par les sentinelles. Mais comme ils finissaient
de traverser le passage, le froissement de quelques
broussailles les trahit un peu. Un vieux porteur de
mousquet, placé en vedette à vingt pas du sentier
qu'ils suivaient, crut apercevoir deux ombres; il
cria :

— Qui vive !

— Placez-vous devant moi, dit tout bas le Juif à
Sara.

Comme il ne répondait pas au cri de la sentinelle,
la balle du mousquet vint glisser sur son dos. Mais il
n'en fut pas autrement atteint.

Et quelques secondes après, entendant des cavaliers qui couraient sur ses traces, il saisit dans
ses bras la jeune fille et s'enfuit si vivement hors
des chemins, que les poursuivants durent renoncer
à l'atteindre.

— Nous sommes maintenant en sûreté, dit-il au
bout d'un quart d'heure, en déposant à terre son
léger fardeau. N'avez-vous pas eu peur ?

— Avec vous, que puis-je craindre ? répondit la
jeune fille.

— Me croyez-vous donc aussi un homme extraordinaire ?

— Je vous crois le Juif-Errant.

— S'il était vrai, ne savez-vous pas ce qu'on dit

dans la ville de cet infortuné, qu'il porte la mort où il passe et la donne à qui le voit?

—.Je ne crois point ces choses.

Le Juif se tut un moment. Sans doute qu'à la lumière du jour on eût vu sur ses lèvres un de ces amers sourires qui les ondulaient quelquefois et qui n'étaient pas explicables. Il reprit ensuite :

— Ne croyez pas non plus que je sois ce que vous dites. Si vous en aviez la ferme conviction, je devrais vous quitter et vous fuir; car il est dans la destinée du condamné de Jérusalem de ne pouvoir demeurer une heure avec ceux qui le connaissent certainement. Je suis à la vérité un enfant d'Israël, frappé d'une fatalité — qui ne me permet plus de dire l'histoire de ma vie. Vous la saurez pourtant, car le charme qui me lie sera levé, je l'espère, si notre cause triomphe, si le règne de Salomon se rétablit entièrement, si le nom du Christ tombe. Ce qui se passe me permet d'y compter. Mais nous voici hors des lignes qui bloquent la nouvelle Sion. Les périls ne sont plus si présents; l'espace est devant nous pour les éviter. La campagne est grande, comme vous voyez, et les bois qui la parsèment nous offrent partout des refuges. Je vois d'ici, de mon regard plus exercé que le vôtre, une masure où vous pourrez prendre avant le jour un peu de repos. Vous en avez besoin. Là nous dresserons les plans qu'il convient de suivre.

Il conduisit Sara par un chemin droit à une ca-

bane abandonnée. Un reste de litière témoignait
qu'on y avait stationné. Mais personne ne l'habitait.
Sara, très-fatiguée par ses émotions et par deux
heures de marche pénible, se jeta sur la paille, où
elle ne tarda pas à s'endormir profondément.

Elle ne s'éveilla qu'au jour et vit devant elle debout le vieux Juif, qui paraissait, comme toujours,
impassible, alerte, exempt de fatigue.

— Remarquez, Sara, lui dit-il, que nous avons
franchi tout le territoire occupé par les camps. Il eût
été imprudent de vous faire prendre, au sortir de
la cité de Sion. Un transfuge donne inévitablement
des soupçons, et les défiances l'entourent. Il ne faut
pas, si c'est possible, que l'on sache qui vous êtes.

— Mais on le saura probablement, répondit Sara.
N'y a-t-il pas à la cour du Prince-Évêque des réfugiés de Munster qui me connaissent et que je ne
pourrai éviter ?

— Alors ne cachez rien. Seulement, que l'on ne
devine pas que vous venez de la ville ; et si votre
courage ne s'est pas ébranlé, allez de ce pas, sans
hésiter, par un chemin où je vais vous mettre, à la
résidence d'Iburg, où demeure en ce moment le
Prince-Évêque avec sa cour. Vous l'approcherez librement ; vous vous jetterez à ses genoux, vous lui
direz que vous avez fui la cité rebelle, que vous
venez vivre sous sa loi. Si vous le trouviez seul,...
l'Esprit vous inspirera. Si vous l'abordez entouré,
faites effort pour séduire son attention, ou par des

récits qui l'intéressent, ou par des réponses qui le
rassurent. Vous connaissez tous les chefs de la communauté de Munster, vous savez tout ce qu'on y
fait. Sans trahir imprudemment nos amis, contez-lui
les choses singulières, excitez sa curiosité, obtenez
qu'il vous rappelle plus d'une fois auprès de lui,
inspirez-lui des espérances, des idées, des illusions.
Signalez la souplesse de votre esprit. L'occasion
vous viendra.

La jeune fille avait laissé parler le Juif. Lorsqu'il
eut fini, elle lui demanda tristement :

— Ainsi, vous me laisseriez aller seule ?

— Je me suis dévoué à vous soutenir, à vous
guider, à vous protéger surtout, répondit le Juif.
Personne jusqu'ici n'a pu nous voir ensemble. Si
vous pensez que maintenant je vous doive accompagner, vous ne m'avez pas compris. On vous arrêtera à cause de moi, et vous perdrez beaucoup à
n'avoir pas votre démarche libre. Tout le monde me
reconnaît vite; on m'a vu dans tous les coups de
main ; on soupçonnera de moi quelque piége ; on
ne verra en vous qu'un instrument que je dirige;
vous aurez manqué le but que vous vous êtes proposé. J'ai promis de vous ramener à la cour de Sion;
si vous avez confiance en moi, comme vous l'avez
dit, croyez que je tiendrai ma promesse. Soumet-
tez-vous donc au plan que je vous trace. Je l'ai
combiné avant de partir. Allez sans peur. Soyez assurée que je ne serai jamais loin de vous, que je

vous surveillerai sans relâche, qu'au moindre danger que vous courrez, vous me verrez auprès de
vous. Je puis, moi, ce qui vous est impossible, me
cacher le jour dans les bois même de la résidence,
puis tout voir et tout connaître la nuit.

— Je me rends, dit Sara en ranimant son courage; je vous répondrai comme au roi Jean : Entendre, c'est obéir.

— Fort bien, répliqua le Juif; allons·donc.

Et il marcha une demi-heure avec la jeune fille.
Puis arrivant à un carrefour, où l'aspect d'une
grande croix le fit tressaillir et pâlir, il se remit un
moment; après quoi, il indiqua à sa compagne le
chemin qu'elle devait suivre pour arriver à Iburg.
Lorsqu'il se fut assuré qu'elle l'avait bien compris,
il lui fit cette dernière recommandation :

— Sur toutes choses, Sara, ne fondez aucun espoir dans les expédients qu'avait imaginés Hilla
Phey. Ne songez pas un instant, devant le Prince-
Évêque, à spéculer sur des faiblesses qui sont rares.
Ces hommes de l'Église sont plus vertueux qu'on
ne vous le dit. Il est bon de les accuser pour les
perdre dans l'esprit du vulgaire ; mais il est insensé
de croire à des calomnies qui sont presque toujours
sans fondement. Laissons-les circuler dans la foule
grossière, n'en soyons pas la dupe. Allez donc au
but par la voie la plus simple, l'occasion. Seulement
épiez-la.

Sara, pleine d'ardeur, remercia le Juif, et, confiante en ses paroles, elle se lança dans la route qui lui était tracée.

Elle n'avait pas fait cent pas, qu'elle se retourna, émue d'un grand craquement qui frappait ses oreilles. C'était la haute croix que le père Isaac venait d'abattre.

— Toujours la même fureur contre le signe des chrétiens ! dit-elle en tombant dans une sorte de rêverie.

Et bientôt les deux compagnons se perdirent de vue, le Juif s'étant jeté dans un bois où il disparut.

. La jeune fille marcha vivement, si bien pénétrée des renseignements que le vieillard lui avait donnés, qu'elle n'eut besoin de demander son chemin à personne ; ce qui fit que nulle part dans sa route on ne la soupçonna étrangère au pays.

Elle chemina tant et si vaillamment, comme disent les vieux récits, qu'elle parvint à la résidence d'Iburg.

En y arrivant, elle s'arrêta dans une métairie de bonne apparence. Là elle conquit sur-le-champ l'affection des filles du logis, en se disant Égyptienne sans demeure, venant d'un pays où notre Seigneur et sa sainte mère avaient séjourné, en récompense de quoi les femmes de cette terre privilégiée avaient le don de voir l'avenir. Elle lut dans la main de ses hôtes leur destinée, et leur prédit de si heureuses fortunes, que pour beaucoup on n'eût pas voulu qu'elle eût pris gîte ailleurs.

Plusieurs bonnes femmes et simples filles d'Iburg vinrent le soir même consulter Sara, dont le merveilleux privilége fut exalté en peu d'instants. Au seul aspect du visage, de la démarche et des manières, elle connaissait si bien le naturel des gens, qu'elle les surprenait tous. Puis elle lisait si habilement, dans les lignes de la main gauche, combien on devait vivre d'années, quelle fortune on pouvait attendre, quels mariages on ferait, quels enfants on aurait et en quel nombre, de quelles maladies on se trouvait menacé, par quels dangers et par quelle mort on devait passer, que tous l'écoutaient avec grande foi.

Le lendemain matin, on savait déjà au palais du Prince-Évêque qu'une jeune étrangère avait couché dans la résidence, qu'elle était bohémienne, qu'elle ne dissimulait pas son séjour parmi les rebelles. On se défiait un peu de ces femmes. Ce fut Ramers que François de Waldeck chargea d'aller informer sur celle-là. Il vint donc à la métairie ; Sara le reconnut aussitôt. Comme elle n'avait que seize ans, et que jamais le transfuge ne l'avait aperçue dans les tumultes, il se calma en la voyant. Elle-même, d'un grand ton de candeur, courut à lui, et prenant sa main :

— Que Dieu soit béni, dit-elle, puisqu'il m'envoie en vous un protecteur ! J'ai quitté comme vous la malheureuse cité de Munster, il y a quelques nuits, effrayée par le crime d'Hilla Phey et par la

crainte que dans le sac de la ville on ne châtie un
si grand forfait sur les pauvres jeunes filles qui ont
connu l'infortunée. J'ai été poussée encore par l'horreur des excès où les mœurs publiques sont tombées. Depuis que la polygamie est au nombre des
premières lois dans la communauté de Munster,
nulle jeune fille n'est autre chose qu'une proie que
le premier venu peut ravir, s'il a la moindre part
de pouvoir. On a enlevé ma sœur Rachel pour le
roi Jean. Les cent gardes de sa chambre ont été envoyés pour cela. A la vérité, vous l'avez vue liée,
messire, avec les voyantes et s'agitant dans les mouvements de la réforme; ce que je n'ai pu comprendre, puisqu'elle n'est pas chrétienne. Pour moi qui,
sans communication avec l'esprit et sans intelligence
des choses politiques, me borne à dire honnêtement la bonne aventure et à deviner de mon mieux
les pronostics qui nous sont offerts dans les lignes
de la main, j'ai eu peur; je me suis enfuie; et, ne
voulant pas vivre dans un état de transes continuelles, je viens ici demander au souverain de protéger
une enfant — qui n'a jamais rien fait contre lui, —
et de m'assigner une ville ou tout autre lieu de ses
États où je puisse vivre en paix, — fidèle et soumise. Vous serez mon appui, messire, — car Sa
Sérénité doit faire cas en vous de l'homme dévoué
qui a sauvé sa vie.

— Il n'est pas dit, répliqua Ramers, que le projet
d'Hilla eût réussi. Mais comment avez-vous franchi

sans être arrêtée les lignes du blocus et les camps
des confédérés ?

— C'était la nuit ; à travers l'obscurité j'ai sur-
monté la peur, j'ai marché avec prudence et personne ne m'a vue.

— Qui vous a indiqué les chemins pour venir
jusqu'ici ?

— Un vieillard.

— Et vous vous rendrez volontiers où le Prince
vous enverra ?

— Sans faire aucune objection. Toute retraite
m'est indifférente jusqu'à la fin de la guerre, pourvu
que la protection promise par le Prince me soit accordée.

— On ne vous la refusera certainement pas. Mais
vous avez dû, par votre sœur et par ses amies,
comme par les relations nombreuses que vous donne
votre profession de bohémienne, savoir plusieurs
détails de ce qui se fait à Munster....

— Je sais en effet beaucoup de folies, à mon
sens du moins, car je n'en comprends pas bien peut-
être la portée.

— Consentiriez-vous à dire franchement ce que
vous en pouvez connaître devant Sa Sérénité ?

— Je me soumettrai toujours aux moindres ordres qu'il plaira à Sa Sérénité de me transmettre.
Mais l'aspect d'un si grand Prince, si bon et si cruellement offensé, m'intimidera. Je craindrai toujours
qu'irrité contre la ville de Munster, où se couvent

tant de trahisons, il ne me confonde avec ma sœur, que je ne crois pourtant pas capable d'une perfidie, et avec ses autres ennemis. Sa Sérénité ne peut voir qu'avec défiance une transfuge comme moi ; il vaudrait mieux, je pense, qu'elle chargeât un homme sûr, vous, par exemple, messire, de recueillir les renseignements que je puis donner. Avec vous, je parlerai sans crainte. J'ai l'expérience de votre bonté ; comme moi vous connaissez tous ceux qui agissent dans la ville ; vos lumières redresseront les jugements incertains que je puis porter.

Ramers se sentit si complétement rassuré par un tel langage, que, dans le rapport qu'il alla faire de son examen à François de Waldeck, il donna au Prince un vif désir de voir la jeune Sara et de l'entretenir. Elle se trouva donc au bout d'une heure introduite à la cour, protégée par les plus favorables préventions. Elle y déploya encore une habileté que, malgré son jeune âge, on pourrait dire éprouvée. Dès qu'elle vit, en son siége de prince, le sérénissime Évêque, elle se jeta à genoux devant lui ; et sur les instances gracieuses qu'il lui fit de se relever, elle le supplia de permettre qu'elle restât devant son souverain dans la seule posture qui lui convînt.

— Nous vous accordons notre appui formel, dit le Prince ; nous espérons que vous bannirez ici tout effroi ; nous vous assignons pour demeure, quant à présent, la résidence même d'Iburg, car nous avons à vous demander quelques renseignements que vous pourrez nous donner, s'il en est de vous ce que nous a dit notre féal Ramers.

— Entendre, c'est obéir, répondit Sara, qui probablement affectionnait cette phrase. Votre Sérénité, poursuivit-elle, voit à ses pieds son humble servante, soumise et dévouée.

François de Waldeck descendit de son trône, et par ce mouvement obligea Sara à se lever. Il l'emmena dans les jardins, et ; pendant près de deux heures, il s'informa d'elle, avec beaucoup de détails, de tous les faits récents qui s'étaient accomplis à Munster. Elle lui apprit sur le roi Jean, sur les seize reines, sur les personnages de la cour, sur les formes de la justice anabaptiste, sur les mariages, une foule de circonstances qui satisfirent sa curiosité. Mis parfaitement au courant par une sorte de gazette qui ne lui cachait rien, qui n'excusait ou n'aggravait aucune action, qui se montrait indifférente à tous les agents de la communauté de Christ, le Prince était charmé. Sara déployait une si grande naïveté, ou plutôt une si haute diplomatie, qu'elle ne disait rien de trop en aucun point, ne devançant pas les questions, ne s'écartant pas de leur cercle, ne cherchant à faire briller ni son esprit ni son zèle.

Plusieurs fois déjà elle avait répondu aux interrogations du Prince, relativement au Juif Isaac ; elle n'avait atténué ni le prestige qui entourait cet homme, ni l'opinion où s'arrêtaient plusieurs, en le

voyant échapper si évidemment à tout péril, qu'il
pouvait bien être le Juif-Errant. François de Waldeck, qui n'avait pas cessé de se sentir très-intrigué
par ce personnage, demanda à Sara quel jugement
elle-même portait de lui.

— Je le crois en possession d'un charme très-
puissant, répondit-elle.

— Vous ne voyez pas en lui l'homme maudit qui
repoussa le Christ?

— Non, seigneur, car il me semble qu'il le nie.

— Et que fait-il maintenant?

— Je l'ignore, seigneur.

— N'a-t-il pas contribué pour beaucoup à l'érec-
tion de la royauté.

— Pour beaucoup, il est vrai.

— Quel était là son intérêt?

— De rétablir, disait-il, le règne d'un nouveau
Salomon.

— Et c'est lui, dit-on de plus, qui a décidé Jean
à épouser seize reines.

— On dit vrai.

— Sans doute qu'il s'occupe encore de quelque
projet non moins extravagant. Cet homme, s'il n'est
pas le Juif-Errant, est le mauvais génie de Munster.
J'ai toujours été frappé de le voir, lui étranger à
cette malheureuse ville, ne la pas quitter d'un jour.

— Oh! il l'a quittée plus d'une fois, sire. C'est
lui qui est allé chercher Jean à Leyde, qui l'a conduit à Osnabruck, qui a déterminé Divarre à venir

d'Harlem rejoindre Mathys. Il a fait d'autres excursions.

— Mais il n'en fait plus depuis le blocus?

— Pardon, sire; en ce moment il n'est pas à Munster.

— Il en est sorti?

— Oui, sire.

— Et depuis quand?

— Depuis plusieurs jours déjà.

— Et personne n'a pu le surprendre et nous l'amener! Les princes voisins, qui refusent de venir à notre aide en nous reprochant que la discipline est mal observée chez nous, ne se trompent donc pas!

François de Waldeck soupira, puis il reprit :

— Pourtant, si cet homme a un charme, ou s'il est le condamné du Golgotha...

Il s'arrêta un moment et pria Ramers d'informer dans les camps sur le passage du Juif, espérant encore qu'il aurait pu être arrêté à quelque poste, et souhaitant plus vivement que jamais de pouvoir l'interroger une heure.

Ramers s'éloigna; la seconde Judith se trouva seule avec l'Holopherne de Munster, dans une allée solitaire où personne ne les voyait. Mais elle comprit bien que le moment n'était pas venu; son arrivée était trop récente; sa présence trop surveillée; elle se trompait si peu, que, trois minutes après, Ramers, ayant transmis les ordres du Prince, revint auprès de lui, accompagné d'Évrard de Moring, qu'il avait rencontré en observation sans doute dans un bosquet voisin.

Les affaires pressantes ayant appelé alors le Prince au conseil, Sara s'en retourna chez ses hôtes, très-satisfaite, ne songeant qu'à inspirer la sécurité, à étudier les lieux et les habitudes, à préparer l'occasion.

Huit jours se passèrent néanmoins sans qu'on la rappelât à la cour. Pendant ce temps-là, on n'entendait parler de tous côtés que de croix abattues dans les environs ; et personne ne découvrait la trace des profanateurs. Sara comprit que c'était un signal du Juif, qui lui annonçait ainsi sa présence permanente autour d'elle.

Le huitième jour, comme elle se rendait à une demi-lieue d'Iburg, demandée par une femme qui voulait savoir quelque chose de ce qu'elle appelait sa destinée, Sara, parvenue à l'angle d'un bois qui bordait le chemin, en vit sortir tout à coup Isaac, qui lui dit :

— Hâtez-vous, car dans deux heures le Prince vous demandera, et l'occasion que vous guettez pourra aujourd'hui vous ouvrir les bras. Je serai près de vous, s'il y a péril.

Ces mots vivement prononcés, le Juif rentra dans le bois, sans laisser à Sara étonnée le temps de répondre un mot. La jeune fille s'était arrêtée quelques secondes. Elle reprit sa marche d'un pas plus rapide ; et, préoccupée des paroles qu'elle venait d'entendre, elle tira de ses cheveux la broche d'or qui parait sa tête, dévissa l'une des deux boules, sortit de sa gaîne d'or le léger stylet qui s'y trouvait enclos, l'adapta à un manche d'ébène qui lui servait de sifflet, et cacha le tout dans sa ceinture.

Elle arriva bientôt dans la maison qui l'attendait, consulta avec calme les mains qui lui furent présentées, en expliqua les lignes, dévoila les bonnes fortunes qu'elle y savait lire, et s'en revint à la résidence, où peu d'instants après Ramers vint en effet la prier de se rendre auprès du Prince.

— On vient de me donner, par une lettre lancée de la ville au bout d'une flèche, un avis que vous pourrez sans doute éclairer de vos lumières, dit le Prince. Une jeune femme, dont on n'indique ni le signalement ni le nom, est sortie de la ville pour renouveler l'abominable tentative d'Hilla Phey. On nous prévient de nous tenir sur nos gardes. Soupçonneriez-vous quelqu'une des reines ou de leurs amies d'un tel fanatisme?

— Non, sire, quoique je les sache toutes insensées. Mais, si on ne la nomme pas, je crois qu'on veut, par un aveu aussi vague, troubler le repos de Votre Sérénité; et, si on la nommait, ce ne serait pas encore un suffisant témoignage; car on peut exercer ainsi des actes de vengeance contre les transfuges. Moi-même, qui suis en ce moment devant Votre Sérénité, on pourrait m'accuser, pour me nuire, d'un projet aussi noir.

— C'est vous, en effet, qu'on semble désigner,
dit le Prince. Mais, quoique votre demande d'habiter
où il nous plaira m'ait fait juger qu'en effet on ne
cherchait par là qu'à vous perdre, car cette lettre
n'est pas signée, j'ai voulu pourtant étudier le trouble
de votre visage. Votre contenance m'a confirmé dans
l'opinion que j'ai conçue de vous. Ne parlons donc
plus de cette révélation malicieuse. Aussi bien, ce
n'est pas vivre que vivre dans les transes ; et il sera
de notre vie ce qu'il plaira à Dieu. Maintenant je
crois pouvoir vous consulter sur autre chose, puisque, si jeune, vous avez la sagesse des vieillards.

Sur ce point de la conversation, François de Waldeck, comme la première fois, emmena Sara dans
les jardins et chargea Ramers d'une mission au camp
le plus voisin, afin de demeurer seul avec la jeune
fille.

— Cette guerre me lasse, reprit-il ; pour en obtenir le terme, je suis prêt à beaucoup de sacrifices.
Une pensée m'est donc venue ; c'est d'acheter les
chefs les plus influents. Excepté Jean de Leyde,
Knipperdoling et Rothmann, auxquels je ne puis jamais faire grâce (ils ont fait tout le mal), je suis prêt
à donner aux autres, s'ils me remettent Munster,
leur pardon sans réserve, avec de grandes richesses.
Vous devez connaître ces hommes. Quels sont ceux
que l'argent peut corrompre ? Le vieux Juif ?

— Rien ne peut toucher celui-là.

— Norden ?

— Il est sans pouvoir.

— Tillbeck?

— C'est une machine.

— Kibbenbroch?

— On l'achèterait aisément, ainsi que Klopris, Kiliau, Buxtorf, Antoine Cruse, quoique sa fille soit reine, et Krechting, en dépit de son farouche maintien. Mais tous ces hommes devraient être entamés par des moyens différents. Je n'en connais aucun autre qu'on puisse corrompre dans ceux qui peuvent quelque chose.

Le Prince et la jeune fille marchaient dans une allée couverte; Sara exposait les voies diverses qui pouvaient conduire aux cœurs des hommes qu'elle venait de nommer. Comme si elle eût craint qu'on ne saisît ses paroles, elle s'exprimait avec mystère et jetait à droite et à gauche ses regards inquiets. N'apercevant personne, dans un lieu fermé de chaque côté par d'épaisses charmilles, elle crut le moment venu, tira de sa ceinture le stylet effilé, le cacha dans sa main, et, laissant tomber son bras droit pour lui donner l'élan convenable, elle roidissait ses nerfs et touchait à la seconde où elle devait frapper, lorsque tout à coup un homme s'élança d'un bond du bosquet où il était caché; saisit d'une main puissante le bras de la jeune fille et lui ôta son poignard.

C'était Évrard de Moring.

Son action imprévue avait effrayé François de

Waldeck, qui ne comprenait rien encore à ce qu'il voyait. Mais, aussi prompt qu'Évrard, un autre homme bondit presque en même temps sur lui, le désarma à son tour, et, maître du stylet, en frappa au cœur le Prince-Évêque. Il renversa ensuite en se retournant Évrard de Moring, saisit dans ses bras la jeune fille et s'enfuit avec son fardeau.

Il avait disparu dans les taillis, avant que les gardes appelés par Évrard fussent arrivés au secours de leur maître.

XX.

MISSION ANABAPTISTE.

A la plus habile !

BEAUMARCHAIS.

Pendant que Sara épiait ce qu'elle appelait avec le Juif l'occasion, de petites intrigues occupaient la cour de Munster; et il eût été difficile qu'il en fût autrement à l'entour d'un trône improvisé que seize reines circonvenaient de leurs rayons. Christine de Reecke, qui avait apostasié, comme nous l'avons dit, ne se contentait pas de sa couronne d'or et de son seizième d'influence; elle rêvait ce que plus tard sut exécuter une des femmes du sultan Soliman II, le renvoi de toutes ses compagnes. Surveillante assidue de toutes leurs démarches, elle ne retrouvait le repos que lorsqu'elle était parvenue à les faire connaître au roi Jean, le plus ordinairement par des voies indirectes, car elle évitait ce qui pouvait compromettre une position qu'elle voulait agrandir, mais qu'elle eût perdue avec peine. Norden la soutenait dans sa ligue. De son côté, Norden ambitionnait le poste éminent de Rothmann. Mais ses efforts n'avaient pu encore entamer le monstre, couvert de solides écailles, comme il disait, par l'enthousiasme du peuple dont il avait repris toute la confiance, par l'appui du roi qu'il avait couronné et qui ne redoutait rien de lui, par la faveur des reines, qu'il défendait toutes également.

Christine venait de découvrir la part active que Catherine Cruse avait eue dans l'attaque des jeunes femmes contre Norden le prédicant, affaire où il était resté au pied de son prêche à demi éreinté de coups de sabot. Elle savait aussi quelques-uns de ces mots papistes que la fille d'Antoine Cruse lançait de temps en temps ; car, toute perdue qu'elle était, la pauvre brebis égarée retrouvait encore, dans son sens égaré, quelques lueurs de droiture qui lui dévoilaient le côté absurde de sa secte. Entraînée par le torrent, elle était une leçon des dangers où tombent les âmes faibles qui ne fuient pas le mal dès qu'il se laisse entrevoir. De plus, Christine de Reecke trouvait indigne, elle qui était noble, d'avoir pour compagne une ci-devant marchande d'écrevisses. Elle ne songeait pas sans doute qu'elle avait pour époux un ci-devant tailleur de pourpoints; et, si elle oubliait pour Catherine que la couronne couvre tout, elle ne devait pas l'oublier non plus pour Jean.

Si bien donc qu'elle allait, de concert avec Norden, furieux de voir couronnée une des femmes qui l'avaient frotté si rudement, dénoncer tout haut Catherine comme papiste, lorsque Rothmann, prévenu de ce projet, s'unit de son côté à la fille de son ami Antoine et lui fit sa leçon.

Vers la fin du dîner, comme on sablait les vieux vins du Rhin, la reine Catherine se leva vivement et se mit à danser devant le roi, avec une originalité plus grande que jamais. Jean se comparait à tous les hommes marquants du passé, lorsqu'il avait la tête un peu échauffée; il se souvint du roi Hérode, dont il ne voulait pourtant pas prendre le vilain côté, et il dit gravement :

— La noble reine qui vient de réjouir si gracieusement nos regards peut exiger de nous une faveur. Elle l'obtiendra, ajouta-t-il en se permettant un sourire, pourvu qu'elle n'ambitionne ni la moitié de notre royaume, ni même la tête d'un de nos fidèles.

Pour toute réponse à ces paroles, Catherine Cruse reprit son élan, et, avec plus de vivacité encore, elle dansa de manière que Jean, ne tenant plus à son siége, s'élança et se mit à danser aussi. La jeune femme s'arrêta dès qu'elle vit que l'haleine courte

du roi allait en faire un homme essoufflé. Il répéta,
de la voix saccadée que donne une grande agitation
de tous les organes :

— La jeune reine a le droit de demander une faveur. Elle ne lui sera pas refusée.

— Je recevrai donc deux grâces, répliqua la danseuse. Votre Majesté, qui ne peut se démentir, m'a
fait deux promesses.

— Nous les tiendrons, répondit le roi.

— De ces faveurs, la première agrandira la sainte
communauté de Munster. L'Esprit, j'en répondrais,
a fait connaître à Votre Majesté quel en est le sujet.
De nouveaux apôtres veulent aller conquérir le
monde. Je demande qu'il leur soit donné un chef
parmi les plus dignes, et que ce choix soit fait par
le roi très-sage, par Rothmann le très-révéré, par
Knipperdoling le clairvoyant. Pour moi, reine de
Munster, je n'ai rien à solliciter. — L'autre grâce,
quand je la réclamerai, n'aura pour objet que l'honneur du trône où siége le nouveau Salomon.

Eschman de Warendorp, qui pouvait être de part
dans l'intrigue, et qui avait toujours de singulières
idées, se leva aussitôt :

— Roi très-illustre, dit-il, la sainte Écriture tend
à la fin qu'elle se propose. C'est pourquoi le Père
veut que, sur la montagne de Sion (1), vous donniez
demain aux frères et aux sœurs un somptueux ban-

(1) La grande place de Munster.

quet ; et lui-même a choisi parmi nous des apôtres, qu'il conduira et qui porteront votre autorité jusqu'aux extrémités du monde. A la fin du repas, l'Esprit les fera connaître, afin qu'ils reçoivent de Votre Majesté leur mission.

— L'Esprit a parlé par votre bouche, répondit Jean. Ordonnez vous-même le festin. Tous y assisteront, même les hommes de garde.

Eschman de Warendorp sortit ; et, après avoir dit les paroles qui viennent d'être rapportées, le roi se retira dans ses appartements, accompagné seulement de Rothmann, de Catherine Cruse et de Knipperdoling. Rothmann, fermant les portes, dévoila aussitôt au roi une conspiration de fuyards qui avaient projeté de déserter Munster. On n'avait que de vagues indices ; mais on savait que Christine de Reecke et Norden en faisaient partie. Knipperdoling traita l'accusée de femme fière et, ce qui était plus singulier, de petite papiste, probablement parce qu'elle avait porté le voile avant sa lâcheté ; Rothmann lui reprocha d'être, quoique de loin, la cousine de la belle-sœur de François de Waldeck. Catherine Cruse, trop fière pour s'attacher à sa rivale, ôta sa couronne, se mit à genoux, et dit au roi que la seconde faveur qu'elle eût à demander était la protection de Sa Majesté contre Norden.

— Cet homme serait-il votre ennemi aussi ? s'écria le roi en bondissant.

— Pas précisément, sire. Mais il ne me pardonne

point de n'avoir pas approuvé qu'il traitât de fable l'histoire de sainte Catherine, ma patronne.

— C'est un extravagant, dit Rothmann.

— Il a trop souvent compromis la cause sainte, ajouta Knipperdoling.

— Je vous donne sa tête, répliqua le roi en se tournant vers Catherine.

— Votre Majesté, répondit-elle, s'est interdit d'accorder de tels dons.

— Et puis, poursuivit Rothmann en se recueillant, il ne serait pas bon peut-être de briser devant le peuple une de ses idoles. Mais, si Votre Majesté l'approuvait, Norden pourrait être le chef aventureux des apôtres qui partiront demain.

— Du moins, s'il succombe, dit Knipperdoling, sa mort nous sera utile encore.

— Faites ainsi, répondit le roi ; et vous, ministre du glaive, informez sur Christine, et que justice soit rendue.

L'information découvrit sans doute quelques preuves ou quelques apparences de preuves, puisqu'une heure après la reine Christine de Reecke avait la tête tranchée, de la main même de Knipperdoling, lequel avait bien voulu reprendre ses fonctions d'exécuteur suprême, par honneur pour la couronne.

Le lendemain, la reine punie, selon l'expression de Krechting, était remplacée d'une manière imprévue. On amenait au tribunal du roi une jeune femme qu'on avait mise en prison pour impudences, effron-

teries et désordres. Cette femme se nommait Élisabeth Vandschers ; elle plut au roi, qui, au lieu de la
condamner, l'épousa et la fit reine. Nous la retrou-
verons plus tard.

Eschman cependant avait préparé son festin public, en plein air, quoiqu'on fût au mois d'octobre.
Mais l'automne s'était prolongé dans une douce température. La grande place était couverte de tables
chargées de dix-huit cents couverts, où s'assirent
successivement, de onze heures du matin à six
heures du soir, sept mille convives, savoir, deux
mille hommes et cinq mille femmes. Le roi, avec
ses seize reines en grande magnificence, tint compagnie jusqu'au bout à tous les dîneurs, qui se rem-
placèrent quatre fois. Les gardes, au nombre de cinq
cent soixante, furent relevés par d'autres, prirent
place aux tables, comme on l'avait prescrit, dans le
dernier service ; et, sans se préoccuper de la disette,
de jour en jour plus menaçante, on eut constamment trois plats à chaque bande. Tout le monde fit
bonne chère.

Lorsqu'il vit que les frères et les sœurs avaient
bien bu et bien mangé, Jean leur donna la cène,
qu'il appelait effrontément l'eucharistie. Il fit le tour
des tables, mettant dans la bouche de chaque convive un petit morceau de gâteau, et disant à chacun :
Reçois, mange et annonce la mort de Christ. Il était
suivi de la reine Divarre, laquelle répétait la même
formule en insinuant dans chaque bouche une gor-

gée de vin, qu'elle portait dans une grande coupe. Pendant cette cérémonie, on chantait le *Gloria in excelsis*.

Quand tout fut fini, Eschman éleva la voix.

— Le Père m'a révélé, dit-il, que c'est en cet instant qu'il faut choisir nos vingt-huit apôtres.

La veille on ne s'en promettait que douze.

Il les nomma aussitôt : lui-même d'abord, puis Jules de Francken, Otton Klopriss, Henri Graess et vingt-quatre autres. De ces hommes, les uns, comme Eschman de Warendorp étaient, dit-on, des rusés qui voulaient, par un stratagème, sortir de Munster, dont ils prévoyaient la catastrophe ; les autres étaient des sujets embarrassants, dont les chefs de la sainte communauté voulaient se défaire. Nous ne saurions toutefois là-dessus émettre une opinion. Nous ne connaissons guère que les faits extérieurs. Ainsi, à chaque nom qui était proclamé, la musique du roi exécutait des fanfares.

Quand le prophète de Warendorp eut épuisé sa liste, le roi demanda à Rothmann de désigner à cette grande mission un chef spirituel. Rothmann répondit avec dignité :

— Les apôtres que l'Esprit vient d'élire ont déjà pour guides le très-éclairé Eschman de Warendorp, le très-illustre Jules Francken, l'un des évêques du vrai baptême ; le très-éloquent Klopriss, le très-docte Henri Graess. Nous leur donnerons pourtant un chef spécial dans les conquêtes qui leur sont destinées; et nous choisirons le plus éminent de tous nos frères, le très-ample Norden.

Les fanfares, à ce nom, firent un vacarme tel, que l'élu (il ne s'attendait pas à un tel honneur, et une écuelle de vin blanc qu'il portait à ses lèvres lui en tomba des mains) ne pût que baisser la tête en silence.

— Le roi, dès que la musique eut fait silence, somma tous les élus de déclarer s'ils étaient prêts à tout souffrir pour la cause sainte?

— Nous le sommes tous, hurlèrent-ils.

Norden voulut parler. Mais ses voisins lui mirent la main sur la bouche.

— Allez donc, reprit Jean, nous préparer la voie. Nous vous suivrons et nous punirons par le glaive ceux qui vous auront méprisé. Que l'on ouvre les portes de l'orient et de l'occident, du septentrion et du midi, et que les envoyés de l'Esprit prennent possession de toute la terre.

La nuit, depuis une heure, était venue et la scène n'était plus éclairée que par des flambeaux. Les apôtres se divisèrent en quatre groupes, que les convives en masse, tous assez échauffés, escortèrent en dansant jusqu'aux portes. L'obscurité favorisait leurs tentatives; car ils devaient franchir les camps. Rothmann suivit la bande où marchait Norden; il ne respira que lorsqu'on eut refermé sur lui la porte de Saint-Gilles.

Après que les vingt-neuf aventuriers furent dehors, la ville en joie dansa jusqu'au jour. On y oubliait tout, même Sara et le Juif. Cependant depuis quinze jours on n'avait pas eu vent de leurs nouvelles, et le bruit courait qu'ils étaient morts sans doute de la main des confédérés, lorsqu'enfin le lendemain matin un transfuge, accueilli dans Munster, apprit aux frères l'audacieuse action de Sara et comment le Juif l'avait sauvée.

Quoiqu'il ajoutât que l'évêque n'avait pas été atteint par le coup du vieil Isaac, attendu qu'une petite cuirasse dont on l'obligeait à se couvrir sous sa robe l'avait préservé, ce fut une réjouissance générale.

Et pourtant Sara n'était pas hors de péril, puisqu'après avoir erré trois jours dans les bois sans trouver d'issue, gardés qu'ils étaient par les confédérés, elle avait été reprise avec le Juif et reconduite à la résidence. Elle y rentrait le matin même qui suivit le départ des vingt-neuf apôtres ; et au moment où elle arrivait dans la cour du Prince, elle vit à sa suite une charrette qui amenait six hommes garrottés. C'étaient six des missionnaires anabaptistes, les seuls qui se fussent laissé prendre au passage ; tous les autres avaient traversé les lignes.

L'Évêque s'était avancé au balcon de sa chambre, appelé par les cris du peuple. Il vit avec joie qu'on lui ramenait son vieux Juif ; il recommanda aux gardes de ne pas le perdre de vue un seul instant. On le fit entrer avec Sara dans une chambre basse ;

dont la fenêtre, fortement grillée de barres de fer, fut gardée encore par toute une escouade. La charrette passa ensuite. Henri Graess, qui se trouvait parmi les six prisonniers, leva les yeux ; et, voyant le Prince-Évêque, qu'il connaissait bien, il lui dit en latin :

— Le Prince n'a-t-il pas le pouvoir de briser les fers du captif (1) ?

Ce peu de mots, prononcés dans la langue de l'Église, plut à l'Évêque ; il ordonna de garder à part Henri Graess, qu'il se réservait d'interroger. Les cinq autres furent conduits à la prison des drossards.

Le conseil intime s'assembla aussitôt.

On savait, par les aveux des prisonniers, que plusieurs bandes d'apôtres étaient dans la même nuit sortis de Munster, pour aller prêcher au loin l'anabaptisme. Quelques-uns des conseillers opinaient qu'il fallait sur-le-champ livrer un assaut général ; d'autres voulaient qu'on resserrât davantage le blocus.

— Non, répondit François de Waldeck ; laissons encore quelques jours à ces pauvres gens la liberté de s'évader. Moins il restera de coupables dans la malheureuse cité, moins nous aurons à sévir. Et, parmi ceux que nous saisirons, ne châtions pas sans jugement. Je me réserve Henri Graess. Nos dros-

---

(1) *Nonne princeps habet potestatem dimittere vinctum ?* Ce n'est pas un latin très-correct.

sards peuvent instruire sur ses compagnous. Qu'on amène devant nous le Juif et sa jeune protégée.

Sara parut, les mains enchaînées; la tête libre, le regard exempt de timidité. Le Juif souriait. La jeune fille regarda d'un air calme les instruments de la question judiciaire qu'on apportait devant elle.

— Vous prenez, dit-elle, des soins inutiles. La torture pour moi ne sera pas nécessaire. Je n'ai rien à cacher.

Elle avoua tout, en effet, avec une naïveté froide qui consterna l'assistance.

— Ou vous êtes dominée par le fanatisme le plus effrayant, dit Évrard de Moring, ou vous portez dans votre cœur une grande haine à Sa Sérénité.

— Pas la moindre, répondit Sara.

— Quel mobile a donc pu vous pousser à l'odieuse perfidie que vous avez tentée?

— Le désir de terminer une guerre funeste.

— Croyez-vous, dit Ramers, que la mort du Prince eût délivré Munster?

— Nous le croyons fermement; car les confédérés ont d'autres affaires.

— Vous vous trompez. C'est à la modération du Prince que vous devez de vivre encore. Si sa volonté auguste n'arrêtait pas ses alliés, dans une heure Munster ne serait qu'un monceau de ruines.

Sara sourit à son tour.

— Vous vous trompez plus que nous, reprit-elle. Si le Prince était tombé, vous ne seriez plus d'accord. Notre cause a des amis jusque dans vos rangs.

— Vous vous persuadez sans doute que votre cause est juste?

— Nous en sommes convaincus, et tous ceux qui ont reçu le vrai baptême mourront pour la défendre.

— Mais ceux de vos amis que vous dites dans nos rangs n'ont pas reçu ce second baptême.

— Peut-être, dit-elle.

Il se fit un silence, en même temps qu'elle regardait Ramers d'un air à lui rappeler que lui-même avait eu la faiblesse coupable dont on parlait. Quoiqu'il l'eût confessée et qu'il se fût réconcilié avec l'Église, il baissa les yeux embarrassé.

— Ce ne sont là, dit vivement un vieux drossard, que de nouvelles fourberies par lesquelles on cherche à nous désunir. Je demande contre la criminelle, convaincue de parricide, la sentence de mort.

— A moins, ajouta l'Évêque, qu'elle n'abjure ses égarements et ne rentre dans l'Église; auquel cas, de notre plein pouvoir, nous lui ferons grâce.

— Parricide! exclama le vieux drossard en élevant les mains.

— Je n'ai jamais été chrétienne, dit froidement Sara.

— Elle est Juive, en effet, ajouta Évrard de Moring.

— Fille assurément, dit un autre, de ce vieil

homme qui n'a pu trouver sa fin nulle part, et qui cette fois ne l'évitera pas. -

Il désignait Isaac, dont les yeux flamboyèrent. Ses lèvres s'agitèrent d'un frémissement moqueur.

— Ce juif est à moi, dit l'Évêque.

— Il a partagé l'attentat de la fanatique, intervint le vieux drossard. Plus coupable qu'elle, il doit mourir. Votre Sérénité ne peut faire grâce aux parricides. Tous ses alliés s'en indigneraient; ce serait donner force à l'esprit du mal.

— Ne hâtons pas nos jugements, reprit l'Évêque. Peut-être n'est-il pas en notre pouvoir de donner la mort à cet homme mystérieux. Plusieurs croient reconnaître en lui le Juif-Errant.

— Mais le Juif-Errant marche sans relâche, répliqua Évrard de Moring, et depuis deux ans à peu près cet homme ne quitte guère la Westphalie. Votre Sérénité se rappelle l'interrogatoire qu'il a subi déjà devant elle. Il ne dira rien de plus aujourd'hui. C'est un magicien qui possède des charmes puissants.

— Dominé par quelque affreux démon, ajouta le vieux drossard, car c'est lui seul qui a pu détruire sans être vu toutes les croix qui entouraient la résidence.

— C'est lui, en effet, poursuivit Ramers, qui a renversé les croix dans Munster.

— Il est vrai, dit le Juif; et, s'il vous plaît d'en savoir la cause, apprenez que je suis un enfant de Jérusalem la Sainte, condamné par une fatalité puissante à faire ce qui me concerne jusqu'au jour où le règne du Christ ne divisera plus les hommes. C'est pourquoi je travaille à la reconstitution du règne de Salomon le Sage et au rétablissement d'un seul temple pour toute la terre.

— Et vous prenez Munster pour la nouvelle Sion? demanda un conseiller.

— Jusqu'au jour où la vraie Sion sera tombée en notre pouvoir.

— Vous comptez donc, dit Ramers, vivre encore beaucoup d'années?

— Assez pour voir ce que j'attends.

— C'est le Juif-Errant, répéta obstinément le Prince-Évêque.

— La torture le fera confesser, quel qu'il soit, s'écria le vieux drossard.

Le Juif à ces mots brisa, d'un léger effort, les entraves qui lui liaient les mains.

— Voyons donc, dit-il d'un ton goguenard, la puissance de vos engins.

Le mouvement qu'il venait de faire avait étonné les bourreaux. Ils le couchèrent sur le chevalet. Mais, à mesure qu'on le liait, il rompait les plus grosses cordes, comme on rompt un fil de coton, et se contentait de dire :

— Apportez autre chose.

On prit des chaînes, dont il semblait se divertir à distendre les mailles; après quoi il les brisait en pièces.

On dut renoncer à l'épreuve du chevalet. Celle du brodequin lui succéda. On appelait de ce nom un instrument composé de deux ais de chêne, entre lesquels on plaçait les pieds du patient; puis, avec des vis de fer, on les serrait, et on comprimait le pied jusqu'à ce que la douleur amenât les aveux. mais les ais de chêne cassèrent sans aplatir d'une ligne les pieds d'acier du vieillard.

On apporta le soulier d'airain; on le rougit au feu vif; on le chaussa au prévenu, qui ne sourcilla point, et se contenta de dire que cette chaussure n'était pas plus douce que la sienne.

Les bourreaux étaient consternés de voir son pied, après un tel essai, aussi frais que s'il fût sorti d'une chausse de lin.

— Insigne magicien! dit le vieux drossard. Je n'en ai jamais rencontré de tel. Voyons l'épreuve de l'entonnoir.

On coucha le Juif sur le dos; on apporta un vaste entonnoir qu'on lui mit dans la bouche, et qui pouvait contenir vingt litres. On y versa deux seaux d'eau, qui l'emplirent. On s'attendait à voir l'eau, poussée par son poids, entrer dans l'estomac du patient et le gonfler outré mesure. Le Juif, qui avait rassemblé dans ses poumons tout ce qu'ils pouvaient contenir d'haleine, la repoussa avec force; le contenu de l'entonnoir jaillit jusqu'à la dernière goutte à une grande hauteur et inonda tous ceux qui l'entouraient.

Ce phénomène parut aux assistants plus surprenant encore que les autres, quoique alors on ne sût
pas trop de physique, comme l'assurent du moins
les savants de nos jours.

— On a vu en Espagne, dit le vieux drossard,
des sorciers braver le feu, repousser l'eau et faire
d'autres prodiges dans le domaine des éléments. On
en a vu en Saxe briser comme lui les liens de fer et
de lin. Ces hommes, par leurs pactes, ont pouvoir
sur les végétaux et sur les minéraux que la terre
recèle. Mais nul ami de Satan n'a jamais rien pu
contre certaines substances animales. Donc, pour
délivrer le pays de ce monstre, il ne nous reste que
de l'écarteler avec des câbles de cuir, en lui liant
sur la poitrine quatre cornes de bœuf sauvage, remède infaillible contre les charmes inconnus.

— Au fait, dit l'Évêque, si cet homme est le
maudit de Jérusalem, nous en aurons là quelque
nouvelle preuve. S'il succombe, c'est qu'il n'est,
comme plusieurs le disent, qu'un magicien puissant
dont il convient de purger la terre.

Le Prince sortit sur cette réflexion et laissa ses
conseillers préparer, avec les drossards, les apprêts
du supplice destiné au Juif. Il recommanda en même
temps qu'avant de condamner Sara, on s'occupât de
son âme.

Mais la jeune fille repoussa les tentatives des
bons moines qui cherchaient à la rendre chrétienne;
et sa sentence même ne l'effrayant pas, on décida

qu'elle serait pendue dans un sac, après avoir été étranglée. Cette exécution fut assignée au jour suivant, avec celle du Juif, dont on hâta les apprêts.

XXI.

LE JUIF-ERRANT.

A ces indices, et surtout aux vives émotions
qu'il excite en moi, c'est lui.

OSSIAN.

Tous les préparatifs étant faits le lendemain matin, on se disposa au curieux spectacle que promettait l'exécution du Juif. Les chefs de tous les corps armés avaient leurs places sur des gradins élevés à la hâte, au bout de la plaine où devait être écartelé le vieux magicien. On amena au milieu du champ quatre chevaux robustes ; les aides du bourreau apportèrent les cordes de cuir ; le bourreau en chef tenait un plastron hérissé de quatre cornes de bœuf sauvage.

Il y avait deux heures que le soleil était levé, quand le père Isaac parut, solidement garrotté et entouré de douze hommes d'armes.

En même temps qu'il s'avançait devant les drossards, l'intrépide Sara, d'un autre côté, s'y voyait conduite sous bonne escorte, et l'on pouvait remarquer que la jeune fille commençait à se troubler. On lui lut sa sentence, qui portait qu'elle serait liée dans un sac jusqu'au cou, puis immédiatement étranglée et pendue. Il n'y avait pas de grâce à attendre, d'abord parce qu'aucun des deux coupables ne paraissait décidé à la demander, et ensuite parce que le Prince-Évêque était absent, n'ayant jamais voulu assister, de près ni de loin, à une exécution.

L'escorte de la jeune fille l'emmena donc à l'autre bout du champ, où l'on venait de dresser un haut et fort gibet ; mais on ne l'éloigna du Juif qu'après qu'elle eut entendu aussi la sentence du vieillard. Elle s'en allait la tête baissée, pendant qu'on liait de nœuds indéfaisables les pieds et les mains du père Isaac aux extrémités des quatre câbles de cuir, et qu'on bouclait à son dos le plastron muni de cornes. On fit marcher bientôt les quatre chevaux animés vers les quatre points de l'horizon, de manière que le Juif, en quelques secondes, se trouva suspendu au-dessus du sol, et, après une violente secousse que la résistance qu'il opposait fit subir aux chevaux lancés, il fut tiré par les quatre membres.

Sara se trouvait alors amenée au pied de son gibet. On lui permit de jeter un dernier coup d'œil sur son vieux Juif, et de frémir à l'aspect des quatre chevaux, que leurs guides irritaient avec colère. Un aide-questionnaire lui lia enfin sa robe autour des jambes, et, — l'enlevant dans ses bras nerveux, —

la plongea dans le sac, dont on serra la coulisse autour de son cou, en même temps que le maître-
bourreau disposait méthodiquement le nœud coulant
qui devait l'étrangler.

Il allait monter à l'échelle, lorsqu'une clameur
qui partit de l'estrade l'arrêta brusquement ; un des
câbles dont le Juif était lié venait de se casser ; le
cheval qui tirait au midi, se sentant libre, avait pris
sa course avec tant d'emportement, qu'on ne le
voyait déjà plus. Le câble du cheval qui tirait à
l'orient se rompit peu après. Les deux autres chevaux, lancés en sens divers, enfourchèrent aussitôt
le patient dans le gibet. L'escorte qui avait amené
Sara fut renversée ; le bourreau effrayé s'enfuit, laissant au pied de l'échelle la jeune fille qui ne pouvait
faire aucun mouvement. Le Juif, arrivant à l'arbre
du gibet, s'y accrocha lestement d'une main ferme,
arrêta ainsi les deux chevaux bondissants ; puis,
saisissant un couperet, abandonné là par les hommes
de la haute justice, il coupa le troisième câble, et,
tournant le dernier autour de la potence, avec une
force herculéenne, il contraignit le quatrième cheval
à reculer jusque-là. Il le dégagea, prit dans ses bras
Sara hors d'elle-même, et sauta avec son fardeau
sur le coursier qui écumait et qu'il poussa droit à
Munster. — Ce fut en vain que les chefs confédérés, sortant avec effort de leur stupéfaction, en-
voyèrent après lui leurs cavaliers ; ils le virent rentrer en sûreté dans la nouvelle Sion ; et le vieux

drossard, se tournant vers François de Waldeck, attesta plus gravement que jamais que le Juif était sans contredit le plus grand magicien qu'on eût jamais vu, à moins qu'il ne fût pourtant Satan lui-même, lequel pouvait bien venir en aide aux enragés qui le servaient si bien.

— C'est le Juif-Errant, riposta encore l'Évêque.

— Je ne le saurais croire, même après ce qui vient de se passer, reprit le vieux drossard. Aucun indice de ce genre ne se trouve dans les vieux récits consacrés au maudit du Golgotha. Rien d'humain n'est dans cet homme, qui nous échappe pour la seconde fois. Je pourrais voir en lui le Juif-Errant, s'il se bornait à être impassible. Mais au don de ne pouvoir souffrir il unit, comme vous l'avez vu, une puissance que l'enfer seul peut donner.

— C'est précisément à ces signes, dit l'Évêque, que je reconnais le cordonnier de Jérusalem. S'il est condamné à ne subir la mort qu'au dernier jour, il est doué du pouvoir de se conserver.

— Mais, dis un Hessois, il a enlevé la proie du gibet.

— Par l'effet du hasard, qui l'a traîné là.

— Cependant, dit encore le vieux drossard, je ne connais rien de tel, je le répète, dans les histoires du Juif-Errant. Votre Sérénité sait qu'en divers temps et en beaucoup de lieux on a vu ce personnage mystérieux. Je ne raconterai pas ce qui s'est passé lors de sa conférence avec l'évêque de

Sleswick; c'est un fait encore récent. Je rappellerai seulement un récit qui remonte à trois siècles, et que le prieur des Bénédictins de Cologne me lisait dernièrement dans un historien anglais (1). Votre Sérénité avouera que le bandit qui vient de nous braver si prodigieusement ne peut être qu'un magicien, si elle veut bien comparer. Voici l'histoire. Elle est de l'année 1228.

En cette année-là, dit le vénérable narrateur, il vint de la Grande-Arménie en Angleterre un pieux archevêque qui allait en pèlerinage par le monde visiter les lieux saints et révérer les reliques augustes. Il se rendit à Saint-Alban, où repose la châsse du premier martyr de l'Angleterre. Le monastère l'accueillit avec son hospitalité habituelle; l'abbé témoigna de grands respects à un prélat qui venait de si loin et qui avait foulé la terre consacrée par les pas de Jésus-Christ. Pendant le dîner, où l'archevêque et sa suite étaient mêlés aux bons religieux, la conversation roula toute entière sur les traditions de la Terre-Sainte; puis on vint à parler de cet homme, dont il est si souvent question dans le monde, qui, ayant été présent à la passion du Sauveur, lui ayant parlé lui-même, est encore debout comme un témoignage de ce grand événement. L'archevêque se contenta de dire qu'en effet l'histoire de cet homme était très-singulière. Mais un

---

(1) Matthieu Pàris, ou son abréviateur.

chevalier croisé, qui, depuis Antioche, s'était joint à la suite du prélat, prit la parole :

— Monseigneur, dit-il, connaît bien cet homme; avant son départ pour ces pays de l'Occident, monseigneur a vu cet homme à sa table; il l'a entendu ce jour-là et plusieurs fois.

Comme l'archevêque arménien gardait néanmoins le silence, plongé à ce souvenir dans de profondes réflexions, un jeune moine pria humblement le chevalier de satisfaire la curiosité de l'assemblée, en racontant ce qu'il savait de l'homme en question.

— Lorsque Notre-Seigneur Jésus-Christ (dit le soldat de la croix en se signant) fut saisi par les Juifs qui avaient résolu sa passion, ils le conduisirent devant Pilate, non pour être jugé, mais pour être condamné. Comme il passait la porte du prétoire, le portier, qui se nommait Cartophilas, le frappa du poing dans le dos et lui dit avec mépris :

— Marche, Jésus, marche plus vite, marche sans t'arrêter.

Jésus le regarda et lui dit :

— Je vais et je me reposerai; mais toi, tu iras désormais et tu ne t'arrêteras qu'à ma seconde venue.

Or ce Carthophilas, qui, au temps de la Passion de Notre-Seigneur, avait environ trente ans, attend encore aujourd'hui, selon qu'il lui a été annoncé, la seconde venue de Jésus. Il paraît certain que, chaque fois qu'il arrive à cent ans, il fait une ma-

22.

ladie qui semble incurable et qui se termine par
une léthargie extatique, d'où il renaît guéri, refait,
ramené à l'âge qu'il avait au moment de la Passion
du Sauveur. Mais il n'est pas demeuré dans sa du-
reté de cœur. Aussitôt qu'après la descente du Saint-
Esprit les apôtres prêchèrent la foi catholique, le
malheureux Cartophilas, témoin déjà des merveilles
inouïes qui avaient entouré la mort de l'Homme-
Dieu, se sentit pressé d'expier son crime. Il demanda le baptême, et il le reçut des mains de ce
même Ananias qui avait baptisé l'apôtre saint Paul.
A son nom maudit de Cartophilas, Ananias substi-
tua l'heureux nom de Joseph, qu'il porte toujours.

Cet homme errant, soumis de cœur à la sentence
qui doit le purifier, parcourt sans relâche les diverses
contrées du monde, évitant de se nommer partout
où il est inconnu. Mais il se plaît surtout dans les
deux Arménies et dans les autres pays de l'Orient,
où il vit parmi les prélats, qui recherchent ses pieux
entretiens, car il raconte avec réserve et modestie
les choses anciennes. Il n'ignore rien de ce qui s'est
passé au moment de la Passion et de la résurrection
du Seigneur. Il a vu les témoins les plus incontes-
tables de la résurrection, c'est-à-dire ceux qui, ressuscités avec Jésus-Christ, sont venus alors dans la
cité sainte et se sont montrés à plusieurs. Il a vu
parmi eux saint Joseph, l'époux auguste et chaste
de la Vierge divine, qui, comblé de priviléges par
Jésus, dont il avait reçu le doux nom de père, lui

obtint la grâce du repentir. C'est pour cela qu'à son baptême il a voulu porter ce nom béni.

Il parle avec détails du symbole de foi établi par les douze apôtres; il raconte les miracles de leur prédication; et pendant ces récits il est souvent dans les larmes, car ils lui rappellent son crime.

Beaucoup de gens cherchent à le voir et à l'entretenir; il accueille les consolations; mais il refuse tous les présents; il se contente de vêtements simples et ne veut qu'une nourriture frugale, espérant à force de pénitence obtenir son pardon de Jésus, dont il connaît la bonté.

— Si le Juif qui repoussa Jésus était ainsi, dit le Prince-Évêque, nous ne le retrouverions pas absolument dans l'abominable homme qui vient de nous échapper une seconde fois. Mais ce qui vient de nous être rapporté n'est qu'une tradition isolée.

— Elle s'accorde cependant avec les autres traditions les plus en vogue, dit un professeur de Prague qui se trouvait au conseil du prince. Elle est confirmée encore par un autre récit de l'historien anglais qu'on vient de citer, et qui en parle une seconde fois sous l'année 1252. D'autres pèlerins d'Arménie vinrent alors en Angleterre, pour prier au tombeau du même saint Alban, si renommé dans le monde. Ils attestèrent que Joseph, l'homme errant, vivait toujours en leur pays, de la vie qu'on avait décrite aux moines de Saint-Alban, vingt-quatre ans auparavant, et ils donnèrent des renseignements qui confirmaient l'exactitude du chevalier d'Antioche.

De plus, il y a des versions diverses de la conférence du Juif-Errant avec l'évêque de Sleswick. Mais dans toutes cet homme ne se présente que comme un pénitent. J'en possède un récit imprimé à Leyde, il y a huit ans, avec cette épigraphe de l'Évangile, « Qu'il en est qui ne subiront point la mort, avant qu'ils n'aient vu venir le Fils de l'Homme en son règne. » On y lit qu'un jour de dimanche l'évêque de Sleswick, assistant au sermon, vit devant la chaire un homme grand et maigre, qui avait les pieds nus et portait de longs cheveux pendants sur ses épaules. Il écoutait le prédicateur dans une si pieuse contenance, qu'on ne le voyait pas remuer, sinon qu'il s'inclinait au nom de Jésus-Christ. Cet homme semblait âgé de cinquante ans. L'évêque, voulant savoir qui il était, l'interrogea et apprit de lui qu'il était Juif de nation, qu'il avait été présent à la mort de de Notre-Seigneur, et que depuis ce temps-là il était demeuré sur la terre, la parcourant toujours sans pouvoir mourir.

Pour appuyer la vérité de ses paroles, il rapportait les plus minutieuses circonstances de ce qui s'est passé lorsque Jésus-Christ fut pris et mené à la mort; il détaillait pareillement tout ce qui concerne les apôtres, et n'oubliait rien des événements notables survenus depuis la Passion.

Sollicité de dire pourquoi il se trouvait spéciale-

ment condamné à ne point mourir, il avouait, en
frappant sa poitrine, qu'il avait été l'un des persécuteurs de Jésus et l'un des plus ardents à demander sa mort; qu'il s'était joint à ceux qui l'avaient
entraîné devant le grand-prêtre, qui l'avaient accusé, qui avaient crié qu'on le crucifiât; qu'il avait
mêlé sa voix et son suffrage aux clameurs furibondes qui firent préférer Barabbas à Jésus; que, dès
qu'il l'avait vu condamné à mort, il avait couru
plein de joie à sa maison, devant laquelle Jésus
devait passer; qu'il avait annoncé cette nouvelle à
sa famille, en prenant sur ses bras le plus petit de
ses enfants, pour lui montrer la sainte victime; que
bientôt Notre-Seigneur passant, chargé de sa croix,
avait voulu s'appuyer un instant contre sa maison
pour se reposer, qu'il s'était jeté sur lui et l'en avait
repoussé avec injures, en lui montrant le lieu du
supplice où il devait aller; que Jésus l'avait regardé
et lui avait dit :

— Je m'arrêterai et me reposerai; mais toi tu
chemineras et ne te reposeras plus.

Qu'au même instant il avait mis son enfant à terre,
ne pouvant plus demeurer en sa maison; qu'il avait
suivi Jésus et l'avait vu mettre à mort; que dès
lors il lui avait été impossible de retourner en son
logis, ni même de rentrer à Jérusalem; qu'il n'avait
plus revu jamais ni sa femme, ni ses enfants; que
cent ans après seulement, ayant pu remettre les
pieds en Judée, il n'avait trouvé de Jérusalem que

les ruines. Il ajouta qu'il ne savait quels étaient sur lui les desseins de Dieu.

La relation dit encore qu'il s'arrêta à Hambourg un certain temps, pendant lequel on ne le vit jamais rire ; qu'il passa de là par Strasbourg, où les magistrats, ne voulant pas croire à son vieil âge, furent invités par lui de consulter les registres de leur ville. Il s'y était montré en 1250, près de deux siècles auparavant ; et cette mention s'y trouva en effet. Il paraît de plus que, dès qu'il met le pied dans une contrée, il en entend aussitôt le langage, si bien qu'il peut, s'il le désire, être inconnu partout.

Toutefois disons, — ce qui pourrait appuyer l'opinion de Sa Sérénité, — que les savants ne sont pas d'accord sur la douceur apparente de cet homme. Plusieurs pensent qu'il cache sous un masque hypocrite de mauvais desseins, qu'il ne vit maintenant que de la vie des spectres, que sa conversion est simulée et que son naturel est celui des esprits malfaisants. D'autres disent que ce vieillard est un imposteur, qui ne remonte pas aussi haut que le temps de la Passion, mais qui a trouvé moyen, comme quelques-uns, de prolonger sa vie outre mesure ; ce qui est reconnu possible. Au temps de Charlemagne, en effet, l'histoire nous montre un personnage parvenu à l'âge de trois cents ans. Les naturalistes disent même que les macrobies, qui vivent sous l'équateur, prolongent leur vie ici-bas jusqu'à cinq et six cents ans ; il est avéré aussi que, dans les terres hyperborées, certains hommes ne meurent que lorsqu'ils s'ennuient de trop vivre. Pour sortir de ce monde, ils mangent d'une certaine herbe qui les fait mourir en riant. Le savant Paracelse, présentement le plus célèbre médecin de la Suisse, enseigne, d'un autre côté, qu'il y a en certaines régions une plante qu'il appelle arbre de vie; il nomme le fruit de cette plante pain de miséricorde, et dit que ceux qui en peuvent manger vivent tant qu'ils veulent.

Pourtant, continua le professeur, on ne peut sans légèreté nier l'existence du Juif-Errant. Je n'ai dit ce qui précède que pour étayer l'idée de ceux qui ne veulent pas voir le condamné du Golgotha dans l'homme qui, en si peu de temps et malgré des précautions si bien prises, nous a échappé deux fois. On lit en effet, au livre de l'Antechrist, que saint Jean le bien-aimé, Élie et Énoch ne seront pas, au jour du dernier jugement, les seuls hommes que la mort corporelle aura épargnés; mais qu'avec eux il y en aura trois autres, témoins tous les trois de la Passion, savoir, Ponce-Pilate, Malchus et le Juif-Errant. Pilate est auprès de Vienne en Dauphiné, au fond d'un lac où on l'entend par intervalles crier et hurler; Malchus, à qui saint Pierre coupa l'oreille, et qui ensuite donna à Notre-Seigneur l'infâme soufflet rapporté dans les Évangiles, est à Jérusalem, en un cachot de la maison de Caïphe, vivant encore et enterré jusqu'au ventre. Dominique Auberton l'a

vu et lui a parlé, il y a vingt-sept ans. Il a le visage
long, la barbe rousse; il est vêtu d'une robe de laine
blanche faite à l'aiguille et paraît âgé de cinquante
ans. Il garde toujours les yeux baissés, ne parle
qu'aux chrétiens et attend le jour du jugement dernier. Quant au Juif-Errant, vous savez quelque chose
de ce qu'on en dit. Il y a là des mystères.

Et, puisque nous sommes occupés de ce sujet,
reprit encore le professeur, je vous ferai remarquer
que la tradition du Juif-Errant n'est pas sans exemple dans le passé. Le Koran, à son vingtième chapitre, lui donne un précédent. On y lit que l'ouvrier
qui avait fait le veau d'or, pendant que Moïse était
avec Dieu au Sinaï (cet ouvrier se nommait Alsamir), fut maudit par Moïse à son retour, et condamné à errer sur la terre jusqu'au dernier jour;
qu'il parcourt le monde en évitant les hommes, et
que s'il est rencontré par quelque mortel, il se recule en lui disant : Ne me touchez pas.

Est-ce une allusion aux Samaritains, qui emploient
cette phrase dans toutes leurs querelles, et qui pas-
sent pour les descendants de ceux qui adorèrent le
veau d'or? Je ne le déciderai pas. Je dirai seulement
que des doctes de notre Université de Prague sou-
tiennent cette version et disent qu'Alsamir ou Alsa-
mer, et mieux Al Sameri, veut dire le Samaritain et
n'est pas un nom propre.

D'un autre côté, les Musulmans eux-mêmes croient
au Juif-Errant. On voit, dans quelques-uns de leurs

livres qui sont à la bibliothèque de notre Université, ce qu'ils en savent. En l'an seizième de leur
hégire, qui est de notre ère la six cent trente-
huitième, trois cents cavaliers arabes campaient un
soir, sous la conduite de Fadilah, entre deux montagnes de la Syrie. Fadilah, ayant donné le signal
de la prière du soir, n'eut pas plutôt prononcé les
mots sacrés *Allah akbar* (Dieu est grand)! que la
voix d'un vieillard répéta cette formule. Personne
ne voyait ce vieillard, qui continua à répéter toute
la prière jusqu'à la fin, d'une parole nette et dis-
tincte. Toute la troupe l'entendit.

Quand Fadilah eut fini, il s'adressa à la voix :

— O vous qui me répondez, dit-il, si vous êtes
de l'ordre des anges, que la vertu d'Allah soit avec
vous! Si vous êtes un esprit d'autre nature, soyez
béni encore! Mais, si vous n'êtes qu'un homme
comme moi, faites-vous voir à nos yeux, afin que
j'aie la joie de vous entretenir.

Dès qu'il eut parlé ainsi, il vit tout à coup paraître à ses yeux un vieillard à tête chauve, vêtu
en derviche et s'appuyant sur un bâton. Il le salua
respectueusement et lui demanda qui il était.

— Mon nom ne peut vous être connu, répondit
le vieillard; je m'appelle Zérib, enfant des enfants
d'Élie. Je suis ici par l'ordre du Seigneur Jésus
(Issa) qui m'a laissé en ce monde jusqu'à son second
avénement. J'attends donc ce bon Seigneur, et selon
ses ordres j'habite ces montagnes.

— Et dans quel temps le Seigneur Jésus doit-il revenir? demanda Fadilah.

— Au jour où le monde verra sa fin, répondit le vieillard, au jour où tous les hommes se rassembleront pour le jugement dernier.

— Et quel signe aurons-nous, dit encore Fadilah, des approches de ce jour?

— Quand la charité sera éteinte, quand les pauvres ne trouveront que des cœurs sans pitié, quand on répandra le sang des innocents, que l'abondance des vivres n'en fera pas diminuer le prix, que l'impiété sera à son comble, que les temples du Très-Haut seront profanés et la parole sainte tournée en railleries.

— Mais, interrompit le vieux drossard troublé, ces signes conviennent à notre époque.

— Après avoir dit ces mots, poursuivit le professeur, le vieillard chauve disparut, et on n'en sait pas autre chose.

— C'est toujours une nouvelle preuve, reprit le vieux drossard, que le Juif-Errant ne peut pas être le bandit de Munster.

— Vos arguments ne me persuadent point, dit enfin le Prince-Évêque; je désire plus que jamais tenir cet homme en ma puissance une troisième fois. Je me bornerai alors à le garder prisonnier et je pourrai l'étudier à mon aise. Je vous prie donc, vous tous chefs et princes, mes alliés dans cette guerre, d'établir dès ce jour, plus étroitement que jamais, le blocus de Munster, en sorte que personne ne puisse dorénavant en sortir sans tomber en nos mains. Un secours que nous promet enfin l'Empereur est en marche ; bientôt, je l'espère, les rebelles opiniâtres seront contraints à se rendre.

Toute l'assemblée applaudit à la confiance du bon prélat ; les chefs se dispersèrent pour donner les ordres qu'il conseillait.

XXII.

BLOCUS DE MUNSTER.

> Est-il permis de trahir les traîtres ? Voilà une question.
>
> GRATHAM, *Contes des chemins creux.*

Le Prince-Évêque devait aussi prendre un parti à propos de Henri Graess, le missionnaire dont l'apostrophe latine l'avait intéressé. Les drossards avaient jugé ses compagnons, qui, n'ayant dit que des mensonges à la torture, avaient eu la tête tranchée. Pour lui, interrogé par le prince même au milieu de son conseil, il déplora d'un air de sincérité si vrai la route insensée qu'on lui avait fait tenir, il se montra si intelligent, il découvrit si nettement

les projets et les espérances du roi· Jean, que toute
la petite réunion secrète qui entourait le prince
conçut de l'intérêt pour ce jeune homme, et que
François de Waldeck, en prince toujours loyal et
toujours confiant, lui accorda la vie et la liberté, lui
promettant en outre de grandes récompenses, s'il
voulait servir, avec le zèle dont on le voyait capable,
la cause de son souverain.

Henri Graess accepta avec reconnaissance; et ses
paroles inspirèrent une confiance telle, que le conseil résolut de le renvoyer dans la ville, afin qu'il
travaillât à en accélérer la prise.

Avant de le faire partir comme observateur, on
suivit les conseils des princes et seigneurs admis
auprès de l'Évêque; on tenta une dernière fois la
voix des négociations. D'un côté, on voulait ménager le sang des hommes; de l'autre, on regardait
un assaut général comme plein de chances. Douze
députés s'avancèrent donc aux portes de la cité
rebelle, précédés d'un parlementaire. Ils étaient
porteurs de paroles généreuses. Le Prince-Évêque
n'usait que de sa clémence; il offrait la vie sauve à
tous et l'oubli de tous les crimes sans réserve,
n'exceptant que trois des chefs, qui étaient étrangers à la ville. On ne les désignait pas autrement.

Jean de Leyde, qui savait bien qu'on ne pouvait
jamais lui faire grâce, n'eut garde de recevoir les
envoyés en public. Il répondit à leurs paroles de
paix que ni lui ni son peuple n'acceptaient les pour-

parlers ; qu'ils ne demandaient pas de clémence aux ennemis de la sainte communauté de Christ ; que la clémence du Père leur suffisait ; qu'ils n'avaient pas besoin de miséricorde, eux qui vivaient selon la pure parole de Dieu ; que l'Évêque était un tyran et un monstre, et qu'ils ne se rendraient jamais vivants.

Après cette réponse, le roi de Munster fit reconduire les députés, sans leur permettre de parler à personne.

Quoiqu'on dût s'attendre dans le camp aux nouvelles qu'ils rapportaient, on en fut surpris. Mais, comme on pensait que le peuple de la nouvelle Sion, trompé par son roi, pouvait avoir d'autres sentiments, on lança le lendemain dans la ville quantité de lettres où l'on promettait un pardon absolu à tous ceux qui, dans les trois jours suivants, abandonneraient la place. Jean, instruit de cette tentative, fit défendre, sous peine de la vie, de ramasser ces lettres. Personne n'osa s'exposer à sa prompte justice ; personne ne recueillit ces papiers, qu'il eut soin de faire brûler ; et les confédérés virent bien qu'il fallait absolument recourir à un assaut général. C'était condamner la ville au sac et au pillage.

Les secours promis par Charles-Quint venaient enfin d'arriver ; de nouveaux alliés augmentaient les forces du siége ; on pouvait donc avoir confiance. Cependant on prévoyait avec les rebelles une lutte

si acharnée, qu'on voulut, malgré tant d'efforts inutiles, tenter encore les voies moins sanglantes de
l'adresse. Henri Graess recut l'ordre de partir pour
samissio n.

Il était trop adroit pour rentrer dans la ville en
simple évadé. Il se fit conduire de nuit en vue de
Munster, chargé d'énormes chaînes. Au point du
jour, les gardes de la porte Saint-Maurice virent,
à la portée du trait, un homme pâle qui se traînait
avec peine et faisait des signes de détresse. Quelques-uns crurent reconnaître Graess; le bruit de son
retour se répandit très-vite, pendant qu'on allait à
sa rencontre; des masses de curieux le reçurent, et,
fêtant son arrivée par le chant des psaumes, on
l'emporta chargé de ses chaînes devant le roi, qui
lui fit une réception honorable. Il raconta en pleurant la mort de ses collègues.

— Pour moi, ajouta-t-il, le Père m'a délivré,
afin que je viusse vous instruire des projets de
l'ennemi.

— Comment avez-vous pu vous échapper seul?
reprit Jean de Leyde, en ordonnant par un signe
qu'on rompît les chaînes pesantes qui l'accablaient.

— J'étais seul cette nuit, répondit Graess, dans
un étroit cachot de la résidence d'Iburg, préoccupé
de la mort cruelle que je devais subir le lendemain;
car ma sentence était prononcée. Tout à coup, l'ange
qui autrefois délivra notre frère Pierre est devant
moi; il détache de la muraille le bout de chaîne qui

m'y tenait scellé; il m'ordonne de le suivre; j'obéis, et j'arrive au bois de Béveran, que vous connaissez tous. Les ombres de la nuit commençaient à se dissiper. L'ange me quitte alors:

— Marche vers la cité sainte, me dit-il; ne crains point, car je suis avec toi; et cette chaîne que je te laisse attestera le miracle de ta délivrance.

Il disparaît alors; je m'avance péniblement; on me reconnaît, on m'accueille, et me voici devant vous, mon seigneur et mon roi.

Jean, qui est pour nous un phénomène inexplicable, crut avec son peuple au récit de Graess et l'admit auprès de lui comme son favori. Il lui prodigua sa confiance; il lui fit remarquer que des places de sous-prophètes étaient vacantes, et que, favorisé comme il l'était par le Père, il devait être doué des communications de l'Esprit. Graess jugea du premier coup d'œil que ce rôle lui serait utile; et il se mit à prophétiser. Il le fit avec une habileté qui lui établit un nom, en même temps qu'il s'initiait dans tous les secrets de la secte.

Cependant il craignait toujours que son masque de traître ne fût levé par quelque transfuge; et il cherchait les moyens de quitter Munster. C'était difficile, car on ne laissait sortir personne; et dans les petits combats de tous les jours on faisait quelquefois des prisonniers. Un jour, on amena au roi un soldat, à qui on demanda s'il voulait suivre la pure parole de Dieu.

— Non pas comme on l'entend chez vous, répondit-il généreusement. Je suis chrétien.

Jean lui-même fut aussitôt son bourreau.

Plusieurs fois il montra une telle avidité à répandre le sang, qu'il effrayait ses amis même. Il fit pendre un enfant de dix ans qui, pressé par la faim, lui avait dérobé quelques légumes. Il fit décapiter une femme (Élisabeth Holschers) à qui son mari reprochait trop peu de soumission. Catherine Kockenbecker subit la même peine pour avoir pris un peu trop de liberté, ainsi que Marguerite Osnabrugge, qui avait osé dire d'un prédicateur anabaptiste que sa doctrine était fondée sur le sable. Trois hommes et trois femmes, que la disette avait poussés à une tentative d'évasion, furent mis à mort. Knipperdoling avait lui-même tranché la tête d'une de ces femmes, parce que le bourreau, qui la connaissait, hésitait à la frapper. Après quoi, le lieutenant du roi de Sion avait voulu faire mourir aussi sa propre épouse, attendu qu'elle s'était permis une légère critique de la polygamie, et il avait fallu l'intervention du roi lui-même pour changer en une pénitence publique la sentence de mort prononcée contre cette malheureuse.

Élisabeth Wandschers, la dernière reine unie à Jean, ne fut pas si heureuse. On l'accusait d'avoir montré de la compassion pour les misères du peuple jusqu'à en pleurer. Elle mit le comble à ce forfait en demandant la permission de sortir de la ville.

Jean la traîna lui-même sur la place publique et lui coupa la tête devant toutes ses compagnes assemblées.

A travers ces excès, Rothmann prêchait qu'aux Pâques prochaines toute la terre serait soumise au roi de Sion, et que les enfants des rois et des princes rechercheraient l'honneur d'être ses pages et les suivantes des seize reines. Mais en même temps il arriva des nouvelles des missionnaires. On savait la mort de ceux qui s'étaient joints à Henri Graess; on ignorait le sort des autres. On apprit alors que les compagnons de Klopriss, ayant tenté de soulever Warendorp, s'étaient vus saisis par les confédérés, qui les avaient décapités sans grandes procédures, avec trois bourgeois séduits par eux. Quant à Klopriss, lequel s'était évadé des prisons de Cologne pour venir prêcher à Munster, on l'avait renvoyé sous bonne escorte à ses premiers juges. Ils avaient mis terme à sa vie de prophète sur un bûcher. D'autres missionnaires avaient péri à Coesfeld par divers supplices; plusieurs, entrés dans les petites villes, y avaient laissé leurs têtes. On eut enfin la relation du sort de Norden. Il avait été pendu à Amsterdam, au sommet d'une tour, où sa dépouille mortelle flottait encore aux vents. Il ne restait que deux apôtres sur lesquels on ne savait rien de précis. On les croyait en action à Wesel.

Quelques murmures sourds coururent à ces nouvelles lugubres. Poussé par les circonstances ou

dominé par un de ces accès de folie qui étaient fréquents à Munster, Knipperdoling fit comprendre
que l'ardeur prophétique s'emparait de lui. Il blâma
les rigueurs où le roi s'engageait. Secondé par
la cohorte de ses sous-prophètes, il parcourut les
rues et les places en poussant les cris de pénitence.
Parvenu à la montagne de Sion, où le roi en ce moment rendait la justice, entouré d'une foule plus
compacte que jamais, le lieutenant du nouveau Salomon ne s'arrête pas devant l'impossibilité de percer les masses pour arriver au trône. Il grimpe
comme un chat sur les épaules des curieux, se traîne
à quatre pattes sur leurs têtes ; pendant cette marche
singulière, il soufflait sur le peuple, disant à droite
et à gauche : Le Père vous sanctifie ; recevez le
Saint-Esprit... Il arrive à l'estrade où trônait Jean de
Leyde, y tombe sur ses pieds et se met à sauter autour du monarque. Jean, craignant de plus grandes
extravagances, descend de son siége et se retire.
L'énergumène aussitôt s'assied sur le trône en s'é-
criant :

— Le Père veut que je règne à mon tour. Jean a
été roi selon la chair ; je serai roi selon l'esprit. Alors
l'Écriture sera abolie, et vous vivrez tous selon les
instincts de la nature.

Personne ne remua à ce discours ; on ne savait
trop si ce n'était pas une épreuve convenue. Mais
c'était simplement une tentative de Knipperdoling.

Il était encore sur le trône, attendant quelques

marques de sympathie, lorsque les licteurs du roi selon la chair vinrent le saisir et l'emmenèrent en prison.

Tout le monde était fondé à le croire perdu. Cependant, la journée se passa sans que Jean prît à son sujet aucune mesure ; et le lendemain il revint à son ordinaire rendre la justice, n'ayant pas l'air de songer à la scène qu'on vient de rapporter.

Ce qui peut expliquer de sa part cet engourdissement, c'est qu'il s'occupait de publier alors le recueil de ses prophéties, où il annonçait que l'ancien symbole avait atteint sa fin et que *la foi du nouveau règne* se substituait au vieux christianisme.

L'année 1534 allait disparaître. Jean donnait pour étrennes à son peuple une ordonnance dont voici le préambule :

« Nous faisons savoir à tous les amateurs de la vérité, lettrés ou non lettrés, la vie que doivent mener les chrétiens, israélites du nouveau temple, armés sous la bannière de la justice dans le présent royaume, lequel a été annoncé par les prophètes, ébauché par le Christ et ses apôtres, pleinement établi par Jean, le roi juste, auquel le trône de David a été rendu par le Père. »

Vingt-sept articles composaient cette loi nouvelle. On y condamnait à mort tout prophète qui annoncerait autre chose que la parole de Dieu, tout homme qui exciterait une sédition, tout déserteur qui reviendrait à la ville. On autorisait toute femme à prendre un autre mari, aussitôt que le sien aurait prolongé trois jours son absence sans permission des supérieurs. On réglait aussi convenablement plusieurs autres points.

Sur ces entrefaites, un nouvel émissaire des confédérés fut envoyé dans la ville pour presser Henri Graess de rentrer au camp, attendu qu'on voulait cette fois ne pas laisser passer le printemps sans surprendre Munster. Celui-là se nommait Hans Nagell. Ses chefs lui avaient dit :

— Tu te jetteras dans la ville, tu lui annonceras ce que nous faisons, en exagérant nos torts et nos embarras ; et, quand tu auras bien examiné tout ce qui se passe là-dedans, tu diras secrètement au favori du roi Jean que nous n'attendons que lui ; après quoi, tu reviendras nous rendre compte de tout, et sois sûr que le Prince-Évêque ne t'oubliera pas.

Ce soldat, dont on connaissait la hardiesse, n'était pas moins intelligent qu'intrépide. Imaginant une ruse qui puisse l'accréditer auprès des assiégés, il propose à ses camarades une partie de plaisir que la discipline ne permet pas. Le jeu s'anime, et les compagnons sortent des lignes, s'approchent des remparts ; là, Hans Nagell fait naître une dispute ; les coups se mêlent aux cris ; les officiers accourent ; ils arrêtent tous les coupables ; on les emmène. Mais le rusé compère, qui a son plan, se dégage, échappe à ses gardiens et s'enfuit vers la ville. On le poursuit, on tire sur lui une grêle de coups qui ne l'atteignent pas. Les assiégés font jouer leurs canons pour protéger l'homme qui vient à eux ; ils le reçoivent dans leurs murailles et le présentent au roi Jean ; il le charme en lui contant son aventure, avec force injures contre ses officiers et contre le Prince-Évêque, qu'il appelle un tyran. Jean lui fait présent d'une bague d'or et le retient auprès de lui. Il ne tarde pas à rencontrer Henri Graess, auquel il déclare sa mission ; et ces deux hommes concertent leur départ prochain, en se proposant de s'adjoindre un troisième transfuge, Werner Scheiffer, bourgeois de la ville dont ils connaissent les sentiments. Une seule chose embarrassait Henri, c'était le stratagème à employer pour sortir sûrement.

— Comment ! vous êtes prophète, lui dit Hans ; vous avez droit de faire parler l'Esprit, et vous cherchez d'autres expédients ? Vous n'y pensez pas ?

— Vous avez raison, répondit Graess, et j'y ai bien songé. Mais j'avais le tort d'hésiter devant cette ressource.

— Deux jours après, comme le roi, inquiet de la mort subite de Sara, qu'une maladie de trois jours venait d'emporter, troublé de la disparition du Juif Isaac, que personne ne voyait plus, agité de n'avoir pas de nouvelles des frères de Wesel et de quelques villes de la Hollande dont il attendait de grands secours, rendait la justice d'un air distrait, Henri Graess parut saisi par l'Esprit ; il s'agita à la manière des prophètes au moment où ils allaient rendre

leurs oracles. Il était en proie à un tremblement
convulsif, regardait le ciel, ouvrait la bouche et
semblait tenir avec lui-même un dialogue muet. Enfin il parla :

— Roi de Sion, dit-il en se prosternant devant le
trône, votre constance est au terme de ses épreuves. Le Père nous a rassemblé des frères à Wesel,
à Rotterdam, à Deventer, à Leyde, à Harlem et
dans d'autres villes de ces riches provinces. Dispersés en bataillons épars, mais déterminés et nombreux, ils n'attendent qu'un chef qui les rallie, pour
venir à leur tête délivrer la ville que les païens
assiégent. C'est à moi indigne que le Père assigne
cet honneur. Mais il veut que Votre Majesté m'accorde un diplôme royal, afin que les frères connaissent que je ne suis ni un aventurier ni un imposteur.
Muni de ce titre glorieux, je pars.

Le roi fut ravi d'une telle offre. Il vit son salut dans
la démarche de Henri et lui fit délivrer solennellement le diplôme suivant :

« Nous Jean, par la grâce de Dieu, roi juste du
nouveau temple de Sion et ministre du Très-Haut, à
tous les chrétiens confédérés avec nous, salut.

» Nous vous faisons savoir que nous avons donné
mission au porteur des présentes, Henri Graess,
prophète éclairé des lumières du Père céleste, afin
que, pour l'accroissement de notre royaume, nos
frères dispersés dans la Germanie et les pays voisins
entendent de sa bouche les paroles de vie et se ren-

dent aux ordres qu'il a reçus de Dieu et de nous.
Ayez donc en lui, pour nos saintes affaires, la confiance que vous nous accorderiez à nous-même.

» Donné dans notre ville de Munster, le 2 janvier 1535, la 26ᵉ année de notre âge et de notre
règne la 2ᵉ.

» JEAN DE LEYDE. »

Ce diplôme, scellé du sceau royal, fut remis à
Graess avec trois cents florins. Muni de ces provisions, il déclara qu'il ne demandait pour acolytes
que deux hommes de bonne volonté, et qu'il était
prêt à partir. Les nuits étaient longues et le froid
très-rigoureux. Il annonce qu'il tient du Père la
promesse de franchir sans aucun péril les lignes du
blocus. Aussitôt Hans Nagell se présente, et, peu
d'instants après, sans qu'il parût que rien fût con-
certé, un riche bourgeois de la ville, Werner Scheiffer, offre aussi de se hasarder. Le roi avait pleine
confiance en ces deux hommes. Il les combla d'élo-
ges; et, à dix heures du soir, par une sombre nuit
de frimas, Graess sortit mystérieusement avec ses
deux compagnons. Le lendemain matin ils étaient
tous les trois à la résidence d'Iburg, riches tous
trois de renseignements précis.

Après qu'on les eut refaits par un copieux déjeu-
ner, l'Évêque les reçut en conseil. Ils annoncèrent
que, dans peu de jours, une grande sortie était projetée par les habitants de Munster pour ramasser des

vivres dans la campagne, attendu que la famine
commençait à se faire sentir plus vivement ; qu'on
avait rassemblé tout ce qu'il restait de blé dans la
ville en un seul dépôt ; que le roi s'en était réservé
la distribution ; qu'il avait envoyé dans la Frise quatre de ses affidés, avec de grandes sommes pour
acheter des grains et lever des troupes ; qu'on attendait ces secours à tout instant, et que pour cela toutes
les portes demeuraient ouvertes jour et nuit, gardées chacune par quarante hommes ; que, pour surcroît d'embarras chez les assiégés, la poudre allait
leur manquer ; mais que pourtant ils n'étaient pas
abattus. Ils comptaient à chaque heure : 1° sur une
conspiration que les anabaptistes tramaient à Wesel,
où ils amassaient secrètement des armes ; et où ils
se proposaient d'égorger les magistrats et de s'emparer de l'autorité ; 2° sur Pierre Schomacker, l'un
de leurs prophètes, qui se disait fils de Dieu, et qui
faisait des levées dans le pays de Groningue ; 3° sur
une intervention de leurs amis de Leyde et d'autres
villes de Hollande et de Frise.

Hans et Werner dirent encore que le roi Jean, se
modelant avec persévérance sur Salomon, avait déclaré qu'aussitôt que la terre lui serait soumise, il
prendrait trois cents femmes. Graess déclara que,
comme on ajoutait chaque jour de nouvelles fortifi-
cations aux anciennes, on ne devait pas se flatter de
jamais enlever la place de vive force ; et que, quoiqu'il ne restât plus dans Munster que cent chevaux

et deux cents vaches, avec des provisions qu'on ne pourrait jamais faire durer deux mois, les habitants avaient tant de confiance qu'ils s'attendaient, dans la prochaine sortie projetée, à la promesse de leur prophète, que chaque Israélite du nouveau règne tuerait dix Philistins, ce qui mettrait fin aux jours d'épreuves. D'un autre côté, Werner crut pouvoir déclarer, sur bons indices, que Jean de Leyde, Knipperdoling, Rothmann, Kilian et Krechting complotaient de s'évader furtivement; ce qui expliquait l'indulgence du roi pour la dernière échauffourée de son lieutenant.

Comme pour appuyer ces présomptions, qui avaient encore d'autres fondements, à l'heure même où les trois transfuges en faisaient part au conseil des confédérés, Jean de Leyde, dans Munster, promulguait des actes royaux où il cherchait à relever les esprits. Ainsi, il créait douze premiers ducs, auxquels il distribuait une portion modérée de l'empire que lui préparait le Père. Il nommait, dans ses serviteurs, un duc de Saxe, un duc de Brunswick, un duc de la Basse-Westphalie, un duc de Clèves et de Juliers, un duc de Gueldre et d'Utrecht, un duc de Hollande et de Brabant, un duc de Cologne, un duc de Trèves, un duc de Mayence, un duc de Brême et de Minden, un duc de Magdebourg, un duc de Groningue et de Frise. Il leur promettait, comme Rothmann, qu'à Pâques ils siégeraient tous dans leurs principautés, et qu'alors d'aussi riches domaines seraient donnés à tous les défenseurs de la nouvelle Sion.

Il y avait dans ces princes des marchands de tourbe, des boulangers, des chaudronniers, des tailleurs, qui continuèrent à manier l'aiguille, la pelle et le marteau, en attendant leur mise en possession.

Mais, au beau milieu de ces actes de libéralité, on apprit encore de fâcheuses nouvelles. Henri Graess avait été secrètement envoyé à Wesel. Là, au moyen de son diplôme royal, il s'était insinué dans la confiance des conspirateurs. Admis à leurs projets, exactement instruit de leurs forces, sachant le lieu où ils cachaient leurs armes, il instruisit de tout le duc de Juliers, qui vint sans bruit avec un corps de cavalerie, cerna Wesel, mit la main sur tous les anabaptistes et fit exécuter sans délai les six principaux meneurs. Pour obtenir leur grâce, les autres abjurèrent leur symbole, assistèrent en chemise à une procession publique, et firent amende honorable à l'Église, une torche au poing.

D'un autre côté, le prophète Pierre Schomacker, dit le fils de Dieu, suivi des plus ardents anabaptistes de la Frise et de la Hollande, avait organisé ces fanatiques en corps d'armée et s'avançait sur la Westphalie, annonçant qu'il prouverait sa divinité en faisant lever le siége de Munster, lorsqu'il vit venir à sa rencontre ce même baron de Teutenberg qui, un an auparavant, avait exterminé une armée

aussi nombreuse que la sienne, et venue des mêmes
contrées dans le même espoir. Il battit le fils de
Dieu, comme dit l'historien de Jean de Leyde, détruisit ses forces, le fit prisonnier, mit fin sur un
bûcher à ses extravagances, et fit trancher la tête à
ses lieutenants.

C'était le 24 janvier. Le lendemain, on décapitait
à Leyde les agitateurs de la secte.

Le roi Jean était donc quelque peu décontenancé,
et sans doute il était permis de croire qu'il caressait
l'idée de s'échapper d'une ville où les vivres allaient
manquer tout à fait. Mais la garde extérieure était
maintenant si rigoureusement faite par les assiégeants, que la fuite n'était pas facile.

Knipperdoling, qui cherchait avec lui à se sauver,
avait vu, comme on l'a remarqué, son outrecui-
dance impunie.

Après huit ou neuf jours de prison, il colora
sa réconciliation en s'humiliant. Il écrivit au roi
qu'il avait mal compris les inspirations du Père,
et que peut-être aussi quelque esprit mauvais l'a-
vait subjugué, lorsqu'il avait eu le malheur d'offenser son souverain, un souverain bien-aimé qui
l'avait déclaré l'héritier présomptif de sa couronne,
et envers lequel son acte de démence serait inexcu-
sable, si ce n'était un malheur plutôt qu'une faute.
Il achevait en protestant de sa soumission et de son
dévouement.

Pour réponse, le roi lui adressa des lettres patentes qui furent lues publiquement et dont on a conservé le préambule :

« A Bernard Knipperdoling, vicaire du roi, homme incomparable dans l'administration vigilante des affaires de Sa Majesté. Que la sagesse d'en haut éclaire votre esprit ; qu'elle affermisse votre foi ; qu'elle augmente votre charité ; que vous trouviez en elle la récompense de vos travaux ; qu'elle soit votre richesse, et que sa lumière vous conduise à l'héritage de l'immortalité. Amen. »

Le roi oubliait tout et n'avait pour son ami Knipperdoling que de tendres paroles. La réconciliation fut complète, et les fanatiques en furent les dupes.

XXIII.

PRISE DE LA NOUVELLE SION.

> Dans les luttes, ce sont les fous qui sont les plus forts,
>
> GOETHE,

Peu de jours après l'acte de mansuétude du roi Jean, le comte de Walckenstein, investi alors du commandement général des troupes confédérées contre Munster, et chargé de terminer enfin cette guerre, crut devoir essayer une dernière tentative d'huma-

nité, Il fit demander à Jean de Leyde un sauf-conduit pour les parlementaires qu'il voulait faire entrer avec des paroles de paix dans la ville assiégée.
Le roi Jean se trouvait dans un de ces instants où il
doutait de ses intelligences avec le Père et cédait
aux conseils de la peur. Il fut flatté d'ailleurs d'une
démarche où l'on paraissait reconnaître son titre, et
il accorda le sauf-conduit qu'on lui demandait. Cette
pièce, délivrée en bonne forme au nom des recteurs
désignés par la parole de Dieu pour la sainte cité de
Munster, fut emportée au camp, et, par la même
occasion, une lettre fut adressée au landgrave de
Hesse. Le roi Jean l'avait écrite de sa main; il récla-
mait la médiation du prince, qu'il appelait son cher
Philippe. Il lui démontrait qu'il était, lui Jean, roi
prédestiné de Munster, que le Père était avec lui,
et que la guerre qu'on lui faisait n'était qu'une
guerre impie.

Le landgrave, en recevant cette lettre adressée :
*A notre singulièrement aimé Philippe, landgrave
de Hesse,* n'hésita pas à secourir ses bons amis. Mais,
sachant qu'il n'obtiendrait rien des confédérés s'il
n'amenait la ville insensée à de certaines concessions, il y renvoya son ministre Fabricius, sans songer qu'un homme qui avait échoué déjà n'était guère
propre à une négociation aussi grave. Les gens qui
l'avaient bafoué et honni se contentèrent cette fois
de lui tourner le dos; et, comme personne ne voulut
lui dire un mot, ni lui offrir une bouchée à manger

ou un coup à boire, deux heures après son entrée dans la ville, il se retira devant la peur de mourir de faim.

Le juif Isaac avait reparu subitement dans les conseils du roi et de ses amis. Il avait remonté leur courage en leur promettant des secours qu'il était allé solliciter, ce qui expliquait son absence. En outre, il leur démontrait que, quelle que fût la capitulation, les meneurs ne pouvaient pas obtenir de grâce. Aussi, lorsqu'on annonça l'approche des envoyés du comte de Walckenstein, il fut décidé qu'on se montrerait fier. Le comte, en homme sage, avait pourtant mis de son côté les bons procédés et les égards. Les parlementaires qu'il envoyait, sous le sauf-conduit des recteurs désignés par la parole de Dieu, étaient les honorables bourgmestres de Francfort et de Nuremberg. Ils furent reçus par le roi Jean entouré de ses reines, de ses ducs et de ses conseillers ordinaires. Ils exposèrent qu'ils venaient offrir une paix dont les conditions seraient tolérables.

—Ce mot n'est pas clair, dit le Juif; il est de l'idiome de la tyrannie. Il faut des explications.

— Nous sommes prêts à en donner, répondirent avec calme les conciliateurs.

— Eh bien! demanda Knipperdoling, les droits acquis seront-ils respectés?

—Qu'entendez-vous par les droits acquis?

— Parlons-nous avec ambiguïté? s'écria Krechting. Mais nous pouvons préciser les choses. Le roi demeurera-t-il roi?

— Les reines, ajouta Divarre, resteront-elles reines?

— Les ducs, dit Kiliau, resteront-ils ducs?

— Les conseillers, dit Antoine Cruse, demeureront-ils conseillers?

— Les ministres de la sainte parole, dit Rothmann, seront-ils maintenus dans la possession de leurs églises?

— Je comprends, répliqua le premier bourgmestre de Francfort; vous voulez la paix sans aucun sacrifice, comme si vous-mêmes l'imposiez.

— Nous ne l'imposons pas, dit enfin Jean de Leyde. Nous en sentons le prix, et nous consentons à l'acheter. Mais nous n'accepterons qu'une seule condition, celle de payer un tribut annuel, si on reconnaît le règne établi avec son indépendance.

— Vous flatteriez-vous, reprit un envoyé, de résister aux forces de tout l'Empire? Car Charles-Quint s'est joint aux assiégeants.

— Nous n'avons rien à démêler avec cette quatrième bête de Daniel, répondit Jean. Le nouveau royaume d'Israël a été fondé par l'inspiration du Père. Croyez-vous l'emporter sur lui? Et en lui résistant, ne redoutez-vous pas la colère céleste?

— Nous pensons, au contraire, dit le bourgmestre de Francfort, servir la cause sainte en sauvant cette ville infortunée. Mais nous devons vous déclarer

24

que la première condition de la paix sera l'abjuration formelle de l'anabaptisme, abjuration qui doit
être assurée par des garanties; les châtiments seront
peu nombreux. C'est au conseil des princes à décider sur qui ils tomberont.

Ces dernières paroles firent pâlir Jean et ses intimes; et, dans leur démence, ils allaient manquer
de respect au sauf-conduit qui couvrait les parlementaires, lorsqu'une révolte éclata tout à coup
dans la ville. La disette, devenue affreuse, ne pouvait être parvenue à un point si extrême, qu'à force
de fanatisme. Les malheureux faisaient du pain avec
les immondices les plus infâmes; on mangeait en
secret les cadavres des morts; on citait une femme
qui s'était nourrie de ses trois enfants; mille horreurs avaient lieu autour d'une cour impure qui
seule ne manquait encore de rien. Quoique Jean
persistât à promettre la délivrance entière pour les
fêtes de Pâques, et bien que ces grands jours ne
fussent plus éloignés que de quelques semaines, la
faim dompta la confiance. Les spectres ambulants
qui peuplaient la ville n'avaient plus assez de forces
pour croire à leur prophète. Ils hurlaient autour du
palais en demandant un traité qui leur donnât du
pain. Jean eut peur qu'on ne pillât ses réserves, et
ce sentiment fit diversion à sa première colère. Il
ordonna donc aux envoyés de sortir de la ville, et,
montant à cheval, il se jeta dans la foule soulevée,
s'écriant qu'il permettait aux murmurateurs de quit-

ter Munster, et déclarant que pour lui, dût-il rester seul dans la sainte Sion, il la défendrait avec les anges que lui enverrait le Père.

Une partie des habitants sortit avec les parlementaires. — Mais le cordon de soldats armés qui entourait la ville les repoussa, et pendant plusieurs jours on vit ces malheureux manger l'herbe des prairies. Tous seraient morts, si la pitié des soldats ne leur eût donné quelques secours. Les assiégeants émus en vinrent même à jeter du pain aux assiégés par-dessus les remparts. Les princes, touchés de compassion, décidèrent qu'on recueillerait tous ceux qui auraient quitté la ville, qu'on les examinerait pour discerner les meneurs, qu'on épargnerait les victimes de la séduction, de l'entraînement et de la violence. Les coupables furent jugés et perdirent la tête; les faibles étaient en bien plus grand nombre, on s'efforça de les trouver innocents; ils furent dirigés sur différentes villes, après qu'on eut reçu d'eux le serment qu'ils abjuraient l'anabaptisme, qu'ils revenaient à la foi catholique; qu'ils ne sortiraient des lieux où provisoirement on les reléguait qu'avec la permission de leur prince; que, quand la ville serait prise, ils se soumettraient à la pénitence qui leur serait imposée, sans invoquer contre ces engagements aucun recours.

Ces affaires ne furent terminées que le 30 mai. La fête de Pâques avait passé; la délivrance n'était pas venue et le roi Jean continuait de régner. Les

24.

assiégeants, reculant encore devant les horreurs
dont le sac de la ville devait être le théâtre, firent
aux rebelles une sommation encore, et les pré-
vinrent que désormais on tirerait sur tout ce qui
sortirait de la place, sans distinction d'âge ni de
sexe. Les assiégés répondirent, le 2 juin, que, ne
se sentant coupables d'aucun crime, ils n'avaient
pas de grâce à implorer; qu'ils étaient résolus à défendre la vérité jusqu'à leur dernier soupir, et qu'ils
ne cèderaient que si on leur démontrait, par l'Écriture, qu'ils étaient dans l'erreur.

Cette obstination était le fruit des proclamations
de Jean et de ses amis; ils affirmaient que tous ceux
qui s'étaient livrés aux confédérés avaient été mis à
mort. Il y avait donc là le courage que donne la
peur.

Ce courage fit des prodiges. Pendant un assaut
général, qui dura trois jours, malgré une canon-
nade épouvantable, en dépit de l'intrépidité des assaillants, qui plantèrent vingt fois leurs drapeaux
sur les bastions, les rebelles se maintinrent; et il
fallut attendre de nouveau que la faim et le temps
mûrissent davantage la malheureuse cité. Une occasion vint enfin mettre un terme aux embarras des
princes.

Nous empruntons ce récit tout historique à l'an-
naliste de Jean de Leyde (1).

_____

(1) M. Baston, déjà cité plus d'une fois.

Rien encore, dit-il, n'annonçait formellement la
fin prochaine du siége de Munster. Cependant le
moment était venu. Le 15 juin, huit des assiégés,
n'espérant plus que la ville pût jamais se sauver,
s'échappèrent et passèrent au camp. Six de ces fugitifs sont égorgés par les lignes avancées ; les
deux autres trouvèrent moyen d'obtenir un sursis
en offrant leurs services aux chefs. L'un de ces deux
était Henschen de Langenstrat, qui avait rempli
dans la ville les fonctions de surveillant des corps-
de-garde. Cet homme, au commencement du siége,
avait servi dans les troupes du Prince-Évêque ; il
s'y était distingué par une intrépidité peu commune,
et dans sa petite taille il portait un cœur hardi et
résolu. De tels hommes ne sont pas toujours très-
disciplinés. Pour un mécontentement que lui causè-
rent certaines sévérités militaires, il avait quitté ses
drapeaux et s'était jeté dans Munster, où son courage, que rien n'effrayait, l'avait rendu cher au roi
Jean. En peu de temps, le nouveau Salomon s'était
épris pour lui d'une telle confiance, qu'il lui avait
donné la charge la plus importante peut-être de sa
milice, la surveillance de tous les corps-de-garde
de la ville. Elle l'avait mis en état de trahir son
nouveau maître et de recouvrer les bonnes grâces
de l'ancien. Voici comment les choses se passèrent.

Résolu de tout entreprendre pour assurer son
pardon, Langenstrat se fit conduire à Meinrad Hammon, dans la compagnie duquel, avant sa déser-

tion, il avait servi avec éclat. Il lui raconta ses
aventures, l'instruisit de tout ce qui pouvait faire
connaître l'état actuel de la ville assiégée, et lui
protesta que s'en emparer serait la chose du monde
la plus facile, si on le voulait sérieusement.

— J'inspectais les gardes, dit-il; j'ai tout vu,
tout examiné; les endroits faibles, je les connais à
m'y transporter les yeux bandés; et, si le prince con-
sent à me recevoir à merci, je me ferai volontiers le
conducteur d'une entreprise, du succès de laquelle
je réponds sur ma tête.

Meinrad Hammon avait la plus haute idée du mérite de son petit homme. C'est ainsi qu'il l'appelait.
Il l'accueillit avec joie, vit en lui un instrument
que la Providence ménageait aux catholiques, goûta
extrêmement sa proposition, et fit partir un courrier
pour en instruire le Prince-Évêque. François de
Waldeck, joyeux de cette nouvelle inattendue, envoya aussitôt à Langenstrat un sauf-conduit signé de
sa propre main et demanda qu'on lui amenât cet
homme. On le mit sur un chariot; on le couvrit de
feuilles *comme une pièce de venaison*, et on le conduisit secrètement dans un château voisin, où se
trouvait le Prince-Évêque, à une petite lieue de
Munster.

Le conseil s'assemble aussitôt. Langenstrat expose
son plan; on lui fait des objections; il répond à
tout; il finit par persuader. On arrête qu'on lui
donnera quatre cents hommes d'élite, quoiqu'il n'en

demande que trois cents. Avant de se séparer, tous
les conseillers jurent de garder le secret de la délibération, et, les préparatifs ayant été réglés, on y
travailla très-activement de toutes parts.

Afin d'épargner le sang que cette attaque nocturne allait faire couler à grands flots, et pour sauver une ville importante des horreurs qui fondent sur
une place surprise par des hommes qu'une longue
résistance a irrités, l'humanité du Prince-Évêque lui
fit encore adresser aux assiégés une sommation.
Rothmann, chargé d'y répondre, la rejeta avec mépris, ne se doutant pas que la dernière heure des
anabaptistes allait sonner.

Le soir du 25 juin de cette même année 1535,
tout étant prêt pour le coup de main, on vit s'avancer avec la nuit un épouvantable orage. L'air
était en feu ; des torrents de pluie se précipitaient
des nues, et les roulements d'un tonnerre continu
couvraient tous les autres bruits. Langenstrat jugea,
en homme habile, que cet ouragan furieux était
pour son entreprise la plus heureuse des circonstances. Il devait en effet cacher sa marche aux assiégés. La pluie qui tombait sans relâche ne pouvait laisser à leurs postes les sentinelles, contraintes
à chercher un abri.

A la tête des quatre cents hommes d'élite, il s'avança, les pieds dans l'eau jusqu'aux genoux. Tous
étaient persuadés qu'ils marchaient à une victoire
certaine, sentiment qui produit toujours de grandes

choses. Ils étaient au fossé à onze heures du soir, et l'orage continuait. Au moyen des fascines qu'ils avaient apportées, une partie de la troupe gagne le pied des murailles. On applique des échelles. En un instant, Langenstrat est sur les rempart, suivi des plus hardis. Les gardes dormaient; on les égorge, à l'exception d'un seul, qui racheta sa vie en livrant le mot d'ordre : *die Erde* (la terre); on s'empare d'une poterne, on tue ceux qui auraient dû la défendre et qui sommeillaient. On l'ouvre. Les quatre cents braves s'avancent dans la ville; ils se portent au parvis de la cathédrale, noble église dont les anabaptistes avaient fait leur arsenal. Pour s'en rendre maîtres, les compagnons du petit homme n'eurent qu'à égorger.

Mais, enivrés de leurs succès, ils négligèrent d'en faire passer la nouvelle au camp, pour qu'on leur envoyât des secours. Sans doute qu'avec cette vanité qui s'attache aux hommes de coups de main, ils se persuadèrent qu'ils n'en avaient pas besoin et qu'ils achèveraient seuls leur conquête. Cette présomption faillit les perdre. Voilà qu'en effet le bruit se répand dans la ville que les ennemis y sont entrés. Il produit un tumulte et une confusion inexprimables. Les anabaptistes s'arment à la hâte, courent à leur arsenal; on les repousse avec leurs propres canons. Ils reculent sans se décourager; leur nombre augmente; ils se précipitent en masse et avec toute la fureur du désespoir sur les ennemis, qui, trop inférieurs en forces, sont obligés de reculer à leur tour.

La position des quatre cents devient, de minute en minute, plus critique. Resserrés dans une espèce de cul-de-sac, ils allaient être accablés, sans l'habileté d'un de leurs officiers, Wilkin Steddink, qui fit enfoncer une maison, à travers laquelle la moitié de sa troupe ayant filé à petit bruit, il prit en flanc les Munstériens et les contraignit de se replier. Les anabaptistes, ignorant au milieu de la nuit à quelle quantité de troupes ils avaient affaire, se retirent sur la grande place et s'y barricadent en attendant le jour.

Cependant l'armée du prince, inquiète sur le sort de son détachement, s'était avancée vers les murailles. Ce qu'on lui cria du haut des remparts, aux premières lueurs du jour, n'était pas de nature à la tranquilliser : « Venez, venez, disait-on aux confédérés ; tous vos traîtres de compagnons sont morts ; avancez, vous irez les joindre. Ainsi périront tous ceux qui oseront s'élever contre l'élu du Père. »

Les apparences confirmaient ce langage. Aucun soldat du détachement ne se montrait ; les assiégés, sur leurs murs, affectaient la plus insouciante sécurité ; et de la ville ne partaient pas ces bruits et ces clameurs qui accompagnent nécessairement une mêlée où il s'agit, pour les deux partis, de vaincre ou de mourir.

En effet, on ne combattait plus. Le roi Jean avait

proposé un pourparler, que Langenstrat et Steddink avaient accepté, tant pour ménager à leur petite troupe quelques heures de repos que pour donner aux confédérés le temps d'envoyer des secours dont on sentait enfin le besoin impérieux. L'armistice convenu, on entre en conférence. Les commissaires du roi Jean demandent, de prime-abord, que les soldats de l'Évêque mettent bas les armes et se rendent à discrétion.

— Notre monarque, disent-ils, n'est pas sanguinaire; il traitera humainement des hommes suppliants qu'il verra désarmés.

Steddink établit sur ce terrain une délibération qu'il s'efforça de prolonger; il finit par répondre nettement que ses braves soldats ne peuvent souscrire à une telle proposition. Elle est honteuse; ils seraient déshonorés à jamais s'ils avaient la faiblesse d'y prêter l'oreille plus long-temps. A peine s'ils accepteraient de s'en aller comme ils étaient venus.

— Cependant, ajoute-t-il, si on leur permettait cette retraite, nous verrions ce que nous aurions à faire.

Les anabaptistes ne voient rien du panneau qu'on leur tend. Ils transmettent au roi Jean cette réponse.

— Eh bien! dit celui-ci, qu'ils s'en aillent; qu'ils sortent; mais qu'ils laissent leurs armes.

— Que nous propose-t-on? s'écrie Langenstrat en simulant l'indignation. Nous resterons ici et nous périrons tous, s'il le faut, plutôt que d'en sortir désarmés. Faites savoir à votre chef notre résolution. C'est notre dernier mot.

Pendant ces feintes, Steddink, qui n'avait pas plus envie que le petit homme de se retirer, avait envoyé son porte-drapeau, Jean Twickel, réclamer et hâter les secours du camp. Soutenu de trois soldats seulement, Twickel était sorti par la poterne qui avait introduit le détachement dans la place. Il avait gagné au pas de course le haut d'un ouvrage avancé; il y avait déployé son étendard, qui fut bientôt aperçu des assiégeants. Quelques confédérés s'avancent avec précaution; car ils craignaient que ce ne fût une ruse des assiégés pour attirer l'armée de ce côté et la surprendre. Mais Twickel leur crie le mot d'ordre, qui était Waldeck. On le reconnaît. Une voix lui demande :

— Où en sont nos compagnons?

— Fatigués de tuer, répond-il. Ils se reposent à l'ombre d'une négociation, et tout est encore dans le meilleur état. Mais, s'ils ne sont pas soutenus, ils succomberont. Courez à l'assaut; vous n'éprouverez de résistance nulle part.

On lui promet la plus grande diligence; et les heureuses nouvelles qu'il vient d'apporter se répandent dans le camp avec la rapidité de l'éclair. Pour lui, le porte-enseigne, il est rentré aussi heureusement qu'il était sorti, et il fait son rapport aux chefs.

— Compagnons! s'écrie Steddink, nous allons être secourus. Aux armes! et périssent ceux qui

osent vous proposer une lâche et odieuse capitulation.

Il fait sonner la charge à l'instant. Les commissaires du roi Jean s'écrient qu'on viole le droit des
gens, et implorent la vengeance du Père; il leur
ordonne de se retirer; puis il s'élance avec ses hommes sur les anabaptistes, qui ne peuvent soutenir
ce choc imprévu. Tout cède. Bientôt les troupes du
prince, qui ont couru à l'assaut et qui ont trouvé
les remparts dénués de défenseurs, entrent dans la
ville par tous les points. Le carnage devient universel; les femmes, les enfants mêmes ne sont pas
épargnés. Les soldats furieux massacrent tout.

Dans cet horrible désordre, Rothmann, au désespoir, sachant bien qu'il ne peut pas espérer de grâce,
s'habille en soldat, se précipite dans la mêlée et y
tombe percé de coups, mort trop honorable pour un
si méchant homme.

Le frère d'Eschman de Warendorp s'était logé dans
la maison d'un chanoine de la cathédrale. En voyant
son domicile investi, il avise une idée; il s'habille
en ecclésiastique et se donne aux soldats pour le
chanoine dont il occupait la demeure. Ce mensonge
l'eût sauvé, si un des siens ne l'eût trahi. Il fut mis
à mort.

Herman Tilbeck fut trouvé caché dans un égout;
on l'y laissa après l'avoir tué. La plupart des chefs
eurent pareille fin.

Deux cents des plus braves anabaptistes, retran-

chés dans leurs barricades, s'y défendaient en héros.
Il eût fallu du temps pour les forcer là, et leur ex-
termination eût coûté la vie aux meilleurs soldats.
Leur courage d'ailleurs, à travers les fureurs de
cette affreuse journée, excitait l'admiration. On oublia la cause pour ne plus voir que les hommes. Les
officiers du Prince-Évêque leur proposèrent la vie et
la liberté, offre qu'ils acceptèrent avec reconnaissance ; et, au moyen d'un sauf-conduit signé sur le
champ de bataille, ils sortirent de la ville sans qu'on
les inquiétât. Cet acte de clémence eut d'heureuses
suites ; on ne voulut plus tuer. Ce qui restait d'anabaptistes, les chefs exceptés, fut banni.

Mais on cherchait partout les quatre principaux
meneurs, Jean de Leyde, Knipperdoling, Krechting
et le Juif Isaac. On ne trouva plus ce dernier. Krechting fut pris dans un clocher où il s'était blotti ; c'é-
tait le seul de ces édifices qui fût resté debout, à
cause de sa forme surbaissée, le jour où les prophètes avaient ordonné d'abattre tout ce qui était
élevé. Le roi Jean s'était caché, tremblant et déguisé,
dans l'épaisseur des murs de la porte Saint-Gilles.
Comme il épiait le moment de s'échapper, un enfant
le reconnut et le découvrit. Il n'avait pas eu le courage de mourir les armes à la main.

On avait mis des gardes attentives à toutes les
issues, et des récompenses étaient promises à qui
livrerait Knipperdoling, qui avait disparu depuis
l'entrée du détachement de Langenstrat. Cet homme

était sans contredit le plus coupable des rebelles, depuis que Rothmann n'existait plus. Il s'était caché dans la maison d'une femme anabaptiste, logée près d'une des portes, et il attendait la nuit pour chercher à s'évader. Cette femme (elle se nommait Catherine Hobels), entendant les perpétuelles lamentations du misérable, commence à craindre qu'on ne la punisse de l'avoir recélé. Toutes les Munstériennes qui s'étaient prononcées comme elle dans la secte avaient reçu l'ordre de quitter la ville. On fit crier alors par toutes les rues qu'elles devaient se réunir sur la grande place, afin de partir ensemble. Le commandant du siège, en les inspectant, leur annonça que, si quelqu'une d'elles pouvait découvrir la retraite de Knipperdoling, celle-là aurait sa grâce toute entière. — Elle pourra demeurer à Munster, ajouta-t-il; et tout ce qui lui appartient en propre lui sera rendu.

Catherine Hobels, en entendant ces paroles, s'avance et dit que, si on peut compter sur une promesse faite aussi publiquement, elle indiquera le lieu où se tient caché l'homme que l'on cherche. Le général confirme par serment ce qu'il vient de dire.

— Suivez-moi donc, réplique-t-elle.

Elle le conduit droit à sa maison et lui livre Knipperdoling.

Le Prince-Évêque ratifia l'engagement de son général. Cette femme resta libre à Munster et conserva ses biens. Mais, ce qui est singulier, son mari, qui avait tenu rang de chef parmi les anabaptistes, apprenant la grâce accordée à Catherine, crut que cette faveur s'étendait à lui, sortit de sa cachette et se montra. Il s'était trompé : on lui coupa la tête. Il paraît au reste que Catherine Hobels ne l'avait pas réclamé.

Toutes les femmes, après qu'on eut cessé de tuer, eurent en général la vie sauve. Deux, pourtant, plus marquantes que les autres, furent exceptées de l'amnistie publiée. L'une était la reine Divarre, l'autre était la femme de Knipperdoling. On exigeait leur abjuration ; elles s'obstinèrent à la refuser ; on les condamna à la mort.

Mais le Prince-Évêque n'était pas encore entré dans la ville. Il n'y vint que le 28 juin. Steddink était allé au-devant de lui à la tête de huit cents cavaliers. Lorsqu'il arriva aux portes de la vieille cité, on lui en présenta les clefs. Il les reçut avec tristesse, car elles étaient teintes de sang. Il pleura en voyant le déplorable état où les égarements des Munstériens avaient plongé leur ville. L'offrande qu'on lui fit des deux couronnes et des éperons d'or du roi Jean ne le consola pas : peut-être même ajouta-t-elle quelque chose à son affliction, en lui rappelant trop vivement le souvenir des crimes et des extravagances de cette courte et ridicule royauté.

On s'appliqua sur-le-champ à effacer la trace des longs malheurs que Munster avait éprouvés, à dé-

truire les suites qu'ils avaient eues, à prévenir celles
qui pouvaient naître encore. On commença par remplir les articles de la capitulation faite avec l'armée
pour le partage des dépouilles, selon les usages de
ce temps-là. Les conventions attribuaient la moitié
de tout le mobilier des citadins au Prince-Évêque,
qui remit aux propriétaires cette partie de leur avoir,
sauvée ainsi de l'avidité du soldat. Les fugitifs rentrèrent dans leurs maisons. On voulut bien ne pas
voir que beaucoup d'anabaptistes se mêlaient parmi
eux et revenaient à leurs anciens domiciles. Le catholicisme fut rétabli, et le luthéranisme acheva de
s'étouffer lui-même assez vite dans la principauté de
Munster.

Des actions de grâce avaient été rendues à Dieu
dans tout le diocèse le 14 juillet. Après quoi, le roi
Jean, Knipperdoling et quelques autres chefs des
troubles avaient été conduits dans un château-fort,
où ils restèrent jusqu'au 12 janvier 1536, qu'on les
ramena à Munster. On s'étonne (dit encore M. Baston) que leur supplice ait été différé si long-temps,
car leur procès n'était pas de nature à exiger des
lenteurs. Mais cés grands coupables avaient pour
juge suprême un prince chrétien, et il voulait,
comme l'expriment des actes de l'époque, leur donner le temps et leur fournir les moyens de rentrer en
eux-mêmes, de se reconnaître et d'obtenir du ciel,
en s'humiliant et en se repentant, un pardon que
la terre ne pouvait leur accorder.

Le 22 janvier 1536, on fit monter sur un échafaud, dressé dans la grande place de Munster, Jean
de Leyde, Knipperdoling et Krechting. La veille,
on leur avait offert des prêtres catholiques pour les
consoler. Les deux derniers de ces trois criminels
répondirent que la consolation du Père leur suffisait. L'ex-roi de la nouvelle Sion ne se montra pas
si dédaigneux; il demanda l'assistance de Jean de
Siburg, aumônier du Prince-Évêque. En paraissant
sur l'échafaud, ce jeune monstre — (il n'avait que
vingt-sept ans) — se jeta à genoux, et, implorant
la miséricorde du Père, il poussa un cri si épouvantable, qu'il porta l'effroi dans l'âme de tous les
assistants. Il se remit aussitôt, et, se levant, il
regarda de sang-froid tous les instruments de son
supplice : ils étaient affreux. Il contempla avec la
même fermeté l'innombrable multitude de spectateurs dont il était environné; puis la tour de Saint-
Lambert, où étaient et où sont encore accrochées
les cages de fer dans lesquelles devaient être dépo-
sés et conservés les cadavres des trois condamnés.
Les remontrances du digne prêtre qu'il avait demandé le touchèrent alors, au point qu'il détesta et
pleura tous ses crimes, reconnaissant que dix morts
comme celle qu'il allait subir ne les expieraient pas.
Il abjura même une partie de ses erreurs, ne rete-
nant que celles qui concernaient le baptême. Un
juge, accompagné de deux assesseurs, monta enfin
sur l'échafaud, et lut tout haut la sentence des

trois coupables. Aussitôt les bourreaux s'emparè-
rent d'eux, et leur supplice commença. On ne
songe qu'en frémissant qu'il dura une heure. Ils
respiraient encore : on termina leurs souffrances en
leur plongeant un poignard dans le sein (1).

(1) Les biographes ont publié une fable de Jean de Leyde promené
de pays en pays, enfermé dans une cage de fer comme une bête féroce,
mais curieuse. Ce conte, absolument dénué de vraisemblance, a été
imaginé par Meshovins, qui écrivait cent ans après l'événement. Voici
la petite scène qui a été la source de cet ana :

Jean de Leyde (dit Meshovins) fut amené devant le Prince-Évêque ;
et entre ces deux personnages s'établit le colloque suivant :

LE PRINCE. Vil et infâme coquin, qui t'a poussé à faire à mon peuple
tout le mal dont tu es la cause?

JEAN. Mon cher François de Waldeck, pas tant de courroux. Nous ne
t'avons fait aucun mal. Au lieu d'une grande villace ouverte de tous
côtés, nous te laissons une ville bien fortifiée, que tu n'aurais jamais
prise, si la faim, plus forte que tes armes, ne nous eût pas domptés.
Quant aux frais du siége, je t'enseignerai un moyen de t'en rembourser
avec usure.

LE PRINCE. Quel est ce moyen?

JEAN. Fais faire une cage commode et couverte ; mets-y le roi Jean
et promène-le par toute l'Europe, exigeant une pièce de monnaie de qui
le voudra voir. Tu amasseras un trésor.

LE PRINCE. Mais cette autorité que tu as exercée à Munster, dis-moi,
de qui la tenais-tu?

JEAN. Je te prie de ne pas t'en fâcher ; mais je t'adresse la même
question : ce que tu appelles ton autorité, de qui la tenais-tu?

LE PRINCE. Moi, je tiens mon autorité du chapitre de la cathédrale,
qui m'a élu selon les lois.

JEAN. Oh bien! la mienne avait un meilleur fondement : je l'ai reçue
du peuple, et même du Père...

Après cet entretien, Jean fut remis dans son cachot.

XXIV.

ÉPILOGUE.

> Le dernier jugement
> Finira ton tourment.
>
> *Complainte du Juif-Errant.*

———◆———

Soixante-quatre ans après ces longues catastrophes, on en faisait encore dans le Nord des récits pathétiques, et toutes les familles en possédaient quelque légende. On racontait comment les reines de Munster avaient toutes péri vite; comment, à la mort de Jean de Leyde, il se trouvait que tous ses amis l'avaient devancé dans la tombe; comment un Juif ou un Bohémien, qui se nommait Isaac, avait jeté sur la ville de Munster un sort mauvais qui l'avait menée à sa ruine; comment cet homme étrange avait échappé à toutes les recherches, trois jours avant le sac de la ville; comment l'évêque François de Waldeck, frappé de sa disparition, et voyant toujours en lui le maudit du Golgotha, avait peu survécu à son triomphe.

25.

Plusieurs croyaient que ce mystérieux personnage, désigné sous le nom du Juif Isaac, était en
effet le Juif-Errant. Ils ajoutaient aux traditions
répandues sur son compte, la croyance ferme qu'il
portait ruine et malheur à tous ceux qu'il aimait, et
que sa haine contre l'espèce humaine venait de ce
qu'il voyait constamment la mort lui enlever en
peu de temps toutes ses affections. Enfin, on prétendait que, seul des meneurs de Munster, il vivait
encore, et qu'on l'avait vu en diverses contrées
s'attacher à tous les novateurs levés contre l'Église
romaine.

Mais les choses étaient déjà bien changées. En
même temps que Luther croissait en Allemagne
pour agiter le monde chrétien, la terre espagnole
voyait grandir un de ses enfants, qui devait mettre
un frein au monstre de la réforme menteuse, et
amener dans les mœurs la réforme vraie. C'était
Ignace de Loyola. Lorsqu'il entra dans la lice,
comme un envoyé de Dieu, la carrière était vaste.
Si les peuples du Midi, avec leurs idiomes fils de
la langue de l'Église, avec leurs souvenirs des croi-
sades et du zèle de leurs pères, demeuraient fidèles
à Rome, la plupart des nations du Nord, où se
parlent les langues celtiques, s'étaient soumises au
protestantisme. La lutte entre la foi et l'esprit d'examen embrassait un terrain intermédiaire, savoir :
la France, la Belgique, l'Allemagne méridionale, la
Hongrie et la Pologne. Ces contrées n'avaient pas

rompu avec Rome; mais les protestants y étaient
assez nombreux pour espérer d'en être les maîtres.
Ils formaient en France un État dans l'État; ils
avaient en Pologne la suprématie à la diète; en
Belgique, on les comptait par centaines de mille;
en Bavière, possédant la majorité dans l'assemblée
des États, ils ne votaient les subsides que moyen-
nant des concessions en faveur de la réforme; en
Transylvanie, la maison d'Autriche n'avait pu empêcher la diète de se saisir des biens de l'Église; et
dans l'Autriche proprement dite, un tiers à peine de
la population demeurait catholique.

Mais les enfants d'Ignace de Loyola, devenus
l'avant-garde de l'Église romaine, ont déployé dans
la carrière les vertus, les lumières et le zèle qui
animaient les saints des premiers siècles. Ils com-
battent pour leur mère; et que leur importent les
persécutions, les calomnies, les outrages qui tombent sur eux sans les accabler! Ils savent que le
disciple ne doit pas être plus que le maître; et ils
souffrent avec joie, car ils voient qu'ils ont dignement combattu. En effet, la réforme avait à peine
atteint les dernières années du siècle qui l'avait
produite, que partout elle reculait devant l'ordre
des Jésuites. L'Église triomphait en France, en
Belgique, en Bavière, en Autriche, en Pologne, en
Hongrie; et les protestants partout ne faisaient que
s'amoindrir. Ils n'ont rien reconquis depuis. En vain
ils seront secondés par le Jansénisme au dix-sep-

tième siècle, et par la philosophie rationaliste au
dix-huitième, ils ne conserveront une apparence
de vie que par des transformations qui amènent leur
néant.

Mais en 1600, le Juif Isaac n'éait pourtant pas
le seul qui survécût des personnages que nous
avons vus passer dans ce grave récit. Il se montra à
Leyde en cette même année, gagnant la Flandre ;
une vieille femme le reconnut ; c'était Lydwine, la
première épouse de Jean, alors chargée d'années,
mais demeurée inébranlable dans sa foi. Elle frémit
en revoyant l'homme qui avait emmené son époux
insensé. — Elle mourut peu après dans un grand
calme.

Était-ce donc le Juif-Errant? On dit encore que
la même figure se montra plus tard à celui qu'on
a bien voulu appeler un moment le grand Arnauld,
cet homme si largement funeste, qui disait, en parlant des doctrines religieuses, qu'il mettrait le râte-
lier si haut, que personne ne pourrait y atteindre.
On ajoute qu'il se lia un siècle plus tard avec les
encyclopédistes et avec les rêveurs allemands. Les
rhéteurs de notre temps l'ont assurément vu.

Mais s'il est le Juif-Errant, et si les légendes que
nous savons de lui sont vraies, rappelons-nous
qu'il a déjà pleuré deux fois : à la chute des Albigeois, il a pleuré de colère ; à l'entrée d'Énoch et
d'Élie, il a pleuré d'orgueil. En voyant nos faiblesses, nos lâchetés, les opprobres de notre vanité, les

misères de notre esprit, nos ingratitudes envers l'Église romaine, à qui nous devons ce que nous sommes, — qui sait si bientôt il ne pleurera pas de compassion?

FIN.

APPENDICE.

COMPLAINTE DU JUIF-ERRANT.

Sur un air de chasse.

1.

Est-il rien sur la terre
Qui soit plus surprenant
Que la grande misère
Du pauvre Juif-Errant?
Que son sort malheureux
Paraît triste et fâcheux!

2.

Un jour près de la ville
De Bruxelle, en Brabant,
Des bourgeois fort dociles
L'accostent en passant.
Jamais ils n'avaient vu
Un homme si barbu.

3.

Son habit tout difforme
Et très-mal arrangé
Leur fit croire que cet homme
Était fort étranger,
Portant, comme un ouvrier,
Devant lui un tablier.

4.

Lui dirent : — Bonjour, maître,
De grâce, accordez-nous
La satisfaction d'être
Un moment avec vous :
Ne nous refusez pas,
Tardez un peu vos pas.

5.

— Messieurs, je vous proteste
Que j'ai bien du malheur ;
Jamais je ne m'arrête,
Ni ici, ni ailleurs ;
Par beau ou mauvais temps
Je marche incessamment.

6.

— Entrez dans cette auberge,
Vénérable vieillard ;
D'un pot de bière fraîche
Vous prendrez votre part :
Nous vous régalerons
Le mieux que nous pourrons.

7.

J'accepterais de boire
Deux coups avecque vous,
Mais je ne puis m'asseoir,
Je dois rester debout.
Je suis, en vérité,
Confus de vos bontés.

8.

— De savoire votre âge
Nous serions curieux :

A voir votre visage
Vous paraissez fort vieux :
Vous avez bien cent ans,
Vous montrez bien autant ?

9.

— La vieillesse me gêne;
J'ai bien dix-sept cents ans,
Chose sûre et certaine,
Je passe encor trente ans :
J'avais douze ans passés
Quand Jésus-Christ est né.

10.

— N'êtes-vous point cet homme
De qui l'on parle tant,
Que l'Écriture nomme
Isaac, Juif-Errant ?
De grâce, dites-nous
Si c'est sûrement vous?

11.

— Isaac Lakkedem,
Pour nom me fut donné;
Né à Jérusalem,
Ville bien renommée :
Oui, c'est moi, mes enfants,
Qui suis le Juif-Errant.

12.

Juste ciel! que ma ronde
Est pénible pour moi !
Je fais le tour du monde
Pour la cinquième fois!

Chacun meurt à son tour,
Et moi, je vis toujours.

13.

Je traverse les mers,
Rivières et ruisseaux,
Les forêts, les déserts,
Montagnes et coteaux,
Les plaines, les vallons,
Tous chemins me sont bons.

14.

J'ai vu dedans l'Europe,
Ainsi que dans l'Asie,
Des batailles, des chocs
Qui coûtaient bien des vies;
Je les ai traversés
Sans y être blessé.

15.

J'ai vu dans l'Amérique,
C'est une vérité,
Ainsi que dans l'Afrique,
Grande mortalité;
La mort ne me peut rien,
Je m'en aperçois bien.

16.

Je n'ai point de ressource
En maison ni en bien;
J'ai cinq sous dans ma bourse,
Voilà tout mon moyen :
En tous lieux, en tout temps,
J'en ai toujours autant.

17.

—Nous pensions comme un songe
Le récit de vos maux ;
Nous traitions de mensonge
Tous vos plus grands travaux ;
Aujourd'hui nous voyons
Que nous nous méprenions.

18.

Vous étiez donc coupable
De quelque grand péché
Pour que Dieu, tout aimable,
Vous ait tant affligé ?
Dites-nous l'occasion
De cette punition.

19.

— C'est ma cruelle audace
Qui cause mon malheur ;
Si mon crime s'efface,
J'aurai bien du bonheur ;
J'ai traité mon Sauveur
Avec trop de rigueur.

20.

Allant sur le Calvaire,
Jésus portant sa croix,
Me dit en débonnaire,
Passant devant chez moi :
— Veux-tu bien, mon ami,
Que je repose ici ?

21.

Moi, brutal et rebél,
Je lui dis sans raison :

—Ote-toi, criminel,
De devant ma maison;
Avance et marche donc,
Car tu me fais affront.

22.

Jésus, la bonté même,
Me dit en soupirant :
— Tu marcheras toi-même
Pendant plus de mille ans ;
Le dernier jugement
Finira ton tourment.

23.

De chez moi, à l'heure même,
Je sortis bien chagrin ;
Avec douleur extrême
Je me mis en chemin ;
Dès ce jour-là je suis
En marche jour et nuit.

24.

Messieurs, le temps me presse,
Adieu, la compagnie :
Grâce à vos politesses,
Je vous en remercie ;
Je suis trop tourmenté
Quand je suis arrêté.

TABLE.

FIN DE LA TABLE.

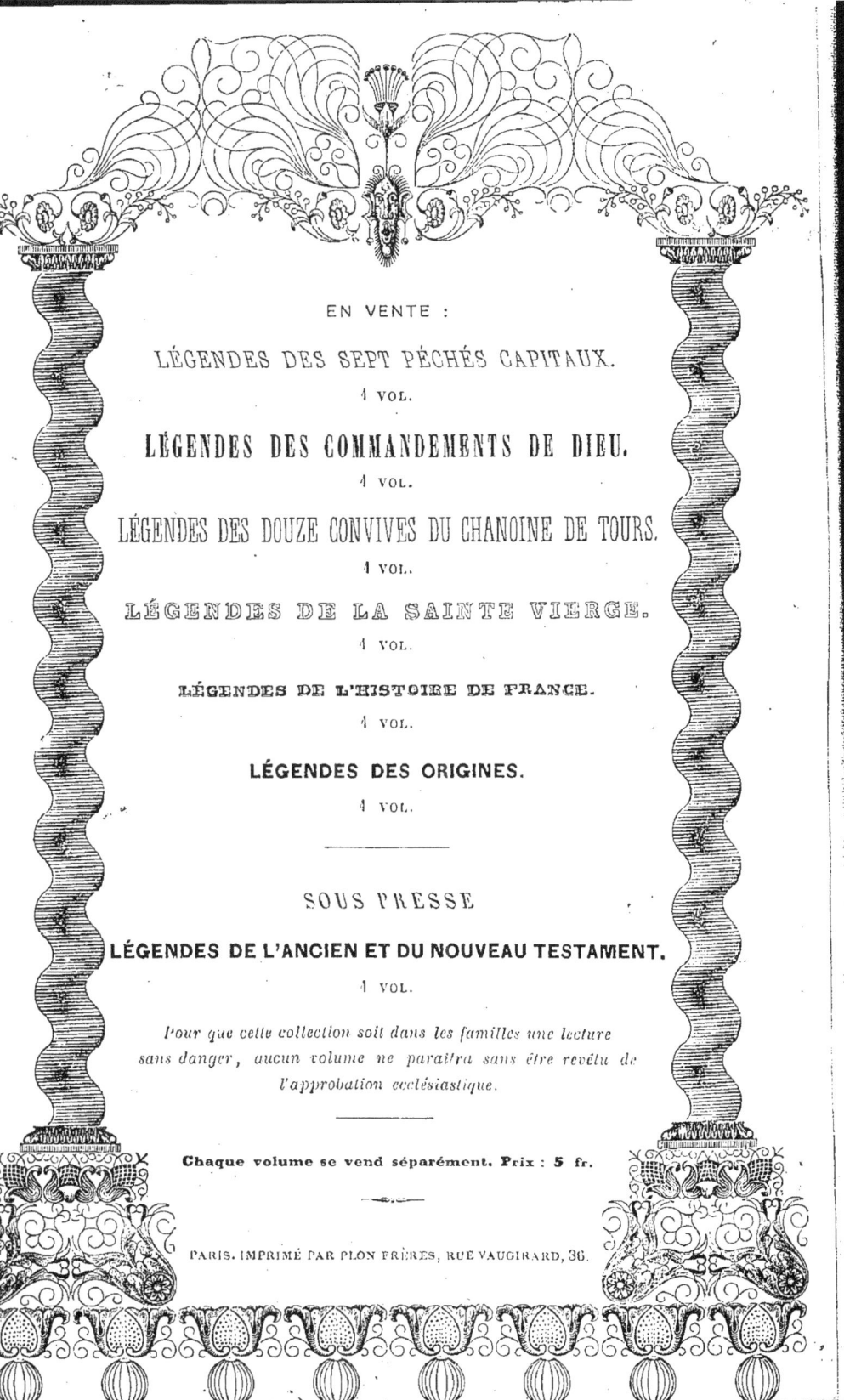

EN VENTE :

LÉGENDES DES SEPT PÉCHÉS CAPITAUX.

1 VOL.

LÉGENDES DES COMMANDEMENTS DE DIEU.

1 VOL.

LÉGENDES DES DOUZE CONVIVES DU CHANOINE DE TOURS.

1 VOL.

LÉGENDES DE LA SAINTE VIERGE.

1 VOL.

LÉGENDES DE L'HISTOIRE DE FRANCE.

1 VOL.

LÉGENDES DES ORIGINES.

1 VOL.

SOUS PRESSE

LÉGENDES DE L'ANCIEN ET DU NOUVEAU TESTAMENT.

1 VOL.

*Pour que cette collection soit dans les familles une lecture
sans danger, aucun volume ne paraîtra sans être revêtu de
l'approbation ecclésiastique.*

Chaque volume se vend séparément. Prix : 5 fr.

PARIS. IMPRIMÉ PAR PLON FRÈRES, RUE VAUGIRARD, 36.

www.ingramcontent.com/pod-product-compliance
Lightning Source LLC
Chambersburg PA
CBHW050739030726
47505CB00002B/326